AF177037

Foto: svenwausw

Bernd Schreiber, geb. 1952 in der Pfalz. Studierte Germanistik und Ev. Theologie in Saarbrücken bzw. Deutsch, Religionspädagogik und Erziehungswissenschaften in Bremen. Er arbeitete für den Kinderfunk und war Mitinitiator von KLICK, Kinder- und Jugendzeitung (in den 80er Jahren). Heute lebt Bernd Schreiber in Worpswede. Er veröffentlichte bisher zahlreiche Kinderbücher sowie Kinderbuchreihen: Mister Fantastic & Miss World (dtv junior), Die Container-Füchse (dtv junior), Leselöwen (Loewe Verlag), Ritter Tollkühn (Carlsen) und Good by Macho (S. Fischer). Darüber hinaus schrieb er für Arena, Baumhaus und Thienemann.

Bernd Schreiber

Oulu
oder
Die Reise ins Ungewisse

Roman

© 2019 Bernd Schreiber
www.berndschreiber.de
Umschlaggestaltung: svenwausw, Motive: pixabay
Verlag & Druck: tredition GmbH, Halenreie 40-44, 22359
Hamburg

ISBN
Paperback: 978-3-7497-1780-4
Hardcover: 978-3-7497-1781-1
e-Book: 978-3-7497-1782-8

Koirat kutsuen kulkevat, kunnon vieraat kutsumatta.
Hunde kommen, wenn man sie ruft, gute Gäste ungeladen.
Finnisches Sprichwort

1

Gott, was tue ich hier eigentlich? Bin ich komplett verrückt geworden? Gloria stand vor dem Hauptbahnhof von Helsinki und fragte sich ernsthaft, ob sie sich nicht auf ihren Geisteszustand untersuchen lassen sollte. So weit zu reisen für einen Mann, von dem sie nicht mal ein Foto hatte. So bescheuert konnte ein normaler Mensch doch gar nicht sein. Was, wenn er sie reingelegt hatte? Wenn alles, was er geschrieben hatte, gelogen war? Dann gute Nacht. Gloria blickte zu den beiden Statuen empor. Es waren zwei in finnischen Granit gemeißelte Wächter. Gloria nahm jedenfalls an, dass es Wächter waren. Was hätten sie sonst darstellen sollen? Wesen aus der finnischen Mythologie? Von finnischer Mythologie hatte sie keine Ahnung und sie hatte auch nicht vor, sich damit näher zu befassen. Die Wächter hatten glattes, längliches Haar, guckten etwas düster vor sich hin und hielten jeweils eine Lampe in ihrer Hand. Rechts von Gloria befanden sich zwei weitere Wächter. Die zwei Paare umrahmten den Eingangsbereich des Hauptbahnhofs. Gloria gruselte etwas beim Anblick der beiden monumentalen Wächter. Deren Blicke, so stellte sie fest, waren auf das gegenüberliegende Kaufhaus gerichtet. Vielleicht machten sie deswegen so ein finsteres Gesicht, denn vierundzwanzig Stunden am Tag auf ein- und dasselbe langweilige Gebäude zu starren, konnte selbst steinernen Riesen die Laune verderben. Während sie einige Schritte zurückwich, wurde aus dem leichten Gruseln Mitleid. Da es sich bei den Wächtern – oder was auch immer sie darstellen sollten – nicht um reale, sondern um in Stein gehauene Figuren handelte, hielt sich jedoch ihr Mitleid in Grenzen.

Hätte sich Gloria weniger um die Statuen gekümmert, hätte sie den Landrover bemerkt, der gerade ausparkte.

Der Wagen rollte immer weiter, als der Fahrer im Rückspiegel eine weibliche Person entdeckte. Dem Mann gelang es gerade noch rechtzeitig auf die Bremse zu treten. Erschrocken sprang er aus dem Wagen.

Zwischen Gloria, die er beinahe angefahren hätte, und der Stoßstange hätten keine zwei Bierdeckel mehr gepasst.

„Tut mir leid. Ich habe Sie nicht gesehen. Ist Ihnen was passiert?", plapperte der Mann auf Deutsch drauflos. Er war aufrichtig besorgt. Dabei ging es ihm nicht nur um Glorias Befinden, es ging auch um ihn. Der Mann wollte keinen Ärger haben.

Gloria musterte die Person mit einem Blick, der vielleicht eine Spur zu geringschätzig war. Ihr stand ein Mann gegenüber, der circa eins fünfundsiebzig groß war, relativ breite Schultern hatte, einen sehnigen Hals und braunes, leicht struppiges Haar. Er hatte Hände, mit denen er zupacken konnte wie ein Gewichtheber im Superschwergewicht, obwohl er vermutlich keine 70 Kilo wog. Besonders Frauen spürten die unbändige Kraft, wenn sie ihm zur Begrüßung die Hand reichten, aber auch Männern wurde jedes Mal bewusst, welch geballte Energie durch diesen Körper strömte. Der Mann war keiner, der bei einer Gefahr schnell die Nerven verlor und dennoch wäre die Situation für ihn weniger problematisch gewesen, hätte er es statt mit einer Frau, die ihn derart scharf musterte, mit einem streitsüchtigen Bären zu tun gehabt. Dann hätte er sich wesentlich sicherer gefühlt.

Gloria, die etwas jünger war als ihr Gegenüber, sagte noch immer nichts. Sie hatte glattes kastanienbraunes Haar, die

Augen waren blau und aufgeweckt, die Lippen schwarz geschminkt, das Kinn rund, aber nicht speckig. Dass sie drei, vier Kilo zu viel auf den Rippen hatte, war ihr durchaus bewusst, machte ihr aber nicht allzu viel aus. Nur wenn ihre Stimmung getrübt war, störte sie das leichte Übergewicht. Weitaus ärgerlicher fand sie den Leberfleck auf ihrer Unterlippe. Deswegen hatte sie es sich angewöhnt, die Lippen schwarz zu schminken. Sie war der Meinung, dass der Leberfleck bei rotem Lippenstift noch schwach zu sehen war. Das bildete sie sich zwar nur ein, wie Freunde und Kolleginnen ihr immer wieder bestätigten, es änderte aber nichts an ihrer Einstellung.

Der Mann musste davon ausgehen, dass Gloria ihn womöglich nicht verstanden hatte und da ihm die finnische Sprache so fremd war wie eine vegetarische Mahlzeit, wiederholte er seine Worte auf Englisch.

Die Antwort kam prompt. Auf Deutsch. „Gucken Sie denn nie in den Rückspiegel, wenn Sie ausparken?", blaffte Gloria den Mann an. Sie hatte einen Rucksack und eine grüne Reisetasche aus Nylon dabei.

Der Mann war überrascht, so weit weg von seiner Heimat seine Muttersprache zu hören. Er war froh, dass er nicht weiter englisch sprechen musste. Wenn er englisch sprach, fühlte er sich immer so unsicher und er hasste nichts schlimmer als die eigene Unsicherheit.

„Es tut mir wirklich leid", sagte er. Die Reue, die er dabei an den Tag legte, war nicht gespielt. Der Mann wollte die Sache unbedingt wiedergutmachen. „Sind Sie gerade angekommen? Kann ich Sie vielleicht irgendwohin bringen?"

„Das bezweifle ich", antwortete Gloria leicht gereizt. „Es sei denn, Sie fahren nach Oulu."

9

„Da muss ich zufällig auch hin", entgegnete der Mann verblüfft.

„Ja, klar", meinte Gloria. Ihr spöttischer Blick verriet, dass sie nicht an solche Zufälle glaubte.

„Ich schwöre, ich habe wirklich dort zu tun", beteuerte der Mann. Gloria gefiel ihm, wenn er einmal von den schwarz geschminkten Lippen absah. Sie war hübsch, nicht zu dünn und nicht zu dick und in dem lässig grauen Pulli mit der Knopfleiste und den Bändchen am Ausschnitt sah sie richtig sexy aus.

„Nicht, dass ich neugierig wäre", sagte Gloria. „Aber mich würde schon interessieren, was Sie rein zufällig in Oulu zu tun haben."

Der Mann erzählte ihr, dass er am Radrennen Oulu-Rovaniemi-Oulu teilnehmen würde. Es war ein Rennen für Amateure, die keine Scheu hatten, sich einen Tag lang auf einem Sattel zu quälen, der fast so schmal wie eine Bananenschale war.

„Radrennen", wiederholte sie. „Mit dem Wagen?" Sie blickte argwöhnisch auf das verschmutzte Heck des Landrovers.

„Nein, aber mit dem Rennrad, das sich darin befindet", antwortete der Mann todernst. Er wollte auf keinen Fall, dass Gloria auch nur für einen Moment an seiner Rechtschaffenheit zweifelte. Der Mann legte großen Wert darauf, dass die Leute ihn für einen ehrlichen Menschen hielten. Er öffnete die Heckklappe, zog vorsichtig eine Plane beiseite und präsentierte Gloria ein schwarz-gelbes Rennrad, das im Gegensatz zum Landrover vor Sauberkeit glänzte. Es war keine x-beliebige Marke, wie man sie für ein paar Euro im Supermarkt bekommen konnte. Dieses Rad war von hoher Qualität. Dreitausend Euro hatte es ihn gekostet. Der Mann würde jeden umbringen, der es wagen sollte, das Rad zu stehlen. Voller Stolz erklärte er

Gloria, dass Rahmen und Gabel aus Carbon bestanden – dadurch wog das Rad gerade mal sechseinhalb Kilo.

„Dann sind Sie also ein Radrennfahrer", schlussfolgerte Gloria.

„Nein, nein", antwortete der Mann schnell, um ja kein Missverständnis aufkommen zu lassen. „Ich betreibe das nur als Hobby." Aus einem Missverständnis konnte schnell ein zweites werden und im Nu hatte man den Überblick verloren.

„Eigentlich wollte ich ja mit dem Zug fahren", sagte Gloria, „aber mit dem Auto macht es wahrscheinlich noch mal so viel Spaß. Das Auto ist doch in Ordnung? Ich meine nur. Es sieht aus, als hätte es schon eine Million Kilometer hinter sich. Im Gegensatz zu Ihrem Fahrrad."

Fahrrad hatte sie zu seinem Rennrad gesagt. Dem Mann tat die Verunglimpfung richtig weh. „Mit dem Wagen ist alles okay", antwortete er leicht eingeschnappt.

„Ich bin übrigens Gloria."

„Sören." Aus Angst, sein Rennrad könnte auch nur den kleinsten Kratzer abbekommen, verstaute er ihr Reisegepäck auf dem Rücksitz. Danach räumte er fix den Beifahrersitz frei und wischte mit der Hand einige Krümel weg.

Gloria wollte einsteigen, das aber stellte sich als unerwartetes Problem heraus. Die Tür des Landrovers quietschte nicht nur, sie ging auch schwer auf. Also doch. Gloria sah sich in ihrer Vermutung bestätigt, der Wagen könnte mindestens eine Million Kilometer hinter sich haben, dabei hatte er in Wirklichkeit lediglich 216.526 Kilometer auf dem Tacho. Sie nahm trotzdem auf dem Beifahrersitz Platz. Beim Versuch die Tür zu schließen, scheiterte sie. Gloria versuchte es erneut. Dieses Mal mit mehr Schwung. Sören sollte nicht glauben, sie wäre zu dumm eine Autotür zu schließen, doch auch dieser Versuch misslang. Sie hätte es noch zehnmal probieren können und es hätte nichts gebracht.

Da half nur Muskelkraft und von der hatte Sören mehr als genug. Er beugte sich rüber und zog die Tür zu, als wäre es ganz einfach. Dabei drang etwas von ihrem Parfüm in seine Nase. Er kannte die Marke nicht. Woher auch? Er hatte sich in seinem ganzen Leben nicht für Parfüm interessiert. Dennoch war er von dem Geruch recht angetan – seine Begleiterin roch nach einem zaghaften Flirt an einem lauen Sommerabend irgendwo am Ostseestrand auf Rügen. Das war zwar nicht annähernd sein Gedanke, aber wäre es der Fall gewesen, hätte er gar nicht mal so falschgelegen.

Gloria wurmte es, dass Sören so wenig Mühe hatte, die Tür zu schließen. Es hatte so schrecklich einfach ausgesehen.

Sören war die Sache etwas unangenehm. Er befürchtete, die klemmende Tür könnte ein schlechtes Licht auf ihn werfen.

„Und du bist wirklich sicher, dass der Wagen in Ordnung ist?", erkundigte sich Gloria spöttisch. Nachdem sie sich mit ihren Vornamen vorgestellt hatten, gab es für sie keinen Grund mehr, sich noch weiter zu siezen.

Ihr spöttischer Ton machte Sören etwas nervös. „Keine Sorge", antwortete er bierernst. Er konzentrierte sich ganz aufs Ausparken. Er hatte keine Lust auf einen weiteren Zwischenfall. Sonst käme er womöglich nie von hier weg. Oder er hatte das Auto bald voller Leute, die er dann kreuz und quer durch Finnland chauffieren durfte.

2

Sören schaltete das Navigationssystem ein und ließ sich von der weiblichen Stimme durch die Straßen von Helsinki führen. Er wollte so schnell wie möglich auf die E 75.

Gloria blickte aus dem Fenster – sie war von den Sehenswürdigkeiten wie berauscht. Allerdings muss man wissen, dass schon ein kleines, blau angestrichenes Friseurgeschäft sie geradezu euphorisch stimmen konnte. „Sind die Häuser nicht wunderschön?", seufzte sie.

Sören tat sich mit ihrer Äußerung schwer. Was sollte er an den Häusern schön finden? „Ja, unbedingt", antwortete er. Das war typisch für ihn. Sören war keiner, der jemandem mit seinen Ansichten die Tür einrannte. Das hatte viele Vorteile. Einer davon war, dass er erst gar nicht in die heikle Situation kam, sich verteidigen zu müssen, falls jemand eine andere Meinung vertrat. Auf diese Weise minimierte er das Risiko, dass er mit jemandem in Streit geriet. Außerdem lief er ungern Gefahr, dass man ihn für einen Ignoranten hielt. Und er musste nicht wirklich über das Gesagte nachdenken, wenn er dem Gesprächspartner zustimmte. Das war vor allem dann von Vorteil, wenn ihn der Gesprächsstoff nicht ums Verrecken interessierte. Überhaupt beschäftigte er sich höchst selten mit der Frage, ob etwas schön war. Es sei denn, die Rede war von einer Frau. Ansonsten zählte für ihn nur, was nützlich war und ob es auch Qualität hatte. Wie sein Rennrad zum Beispiel. Oder die passende Kluft dazu. Oder wenn er sich eine Winterjacke kaufte, dann musste es eine sein, die etwas aushielt und bei der man selbst bei minus fünfzig Grad nicht zu frieren begann, auch wenn er noch nie einen Winter erlebt hatte, der kälter war als minus zwanzig Grad. Aber darauf kam es nicht an, sondern auf Qualität.

„Bist du schon mal in Finnland gewesen?", erkundigte sich Gloria.

„Das ist mein erster Finnlandtrip", antwortete Sören.

„Meiner auch", sagte Gloria.

„Und was treibt dich ausgerechnet nach Oulu?", wollte Sören wissen.

Gloria überlegte, ob sie ihm die Wahrheit erzählen sollte. Dass sie in dieses ferne Land gereist war, um jemanden kennenzulernen, das hieß, richtig kennenzulernen, quasi von Angesicht zu Angesicht. Bis zu jenem Zeitpunkt kannte sie lediglich den Chatnamen des Mannes, den sie in einem Café in Oulu treffen wollte. *Huuhteluaine* nannte er sich (sie hatte sich scherzhaft das Pseudonym *Sahnehäubchen* zugelegt). Wie er aussah und welchen Beruf er hatte, wusste sie nicht. Er wusste auch nicht, wie Gloria aussah und womit sie ihr Geld verdiente. Fotos zu verschicken, war für beide nie ein Thema gewesen (diese Anonymität wollten sich beide bewahren) und schon gar nicht hatten sie das Verlangen, sich über ihren Beruf auszutauschen. *Huuhteluaine* nicht, weil er der Ansicht war, dass es nichts Interessantes darüber zu berichten gab, Gloria nicht, weil sie ihre Arbeit hasste und nicht mehr darüber nachdenken wollte, sobald sie das Büro verlassen hatte. Gloria hatte *huuhteluaine* im Chatroom einer bekannten Single-Website kennengelernt. Sie wäre im Leben nicht auf die Idee gekommen, jemandem aus dem Internet auch tatsächlich zu treffen. Daher passte es ihr ganz gut, dass ihr Chatpartner aus Finnland stammte, und, wie er behauptete, lediglich ein wenig seine Deutschkenntnisse auffrischen wollte. *Huuhteluaine. Weichspü-*

ler. Sie hatte die Bedeutung mithilfe des Internets herausgefunden. Weichspüler. Der Name hatte sie stutzig werden lassen. Wen oder was wollte ihr Finne weichkriegen? Sie etwa? Seine Erklärung war verblüffend einfach gewesen. Als er damit beschäftigt gewesen wäre, sich einen Namen zu überlegen, hätte er gerade Wäsche gewaschen. Mehr würde nicht dahinterstecken. Hatte er zumindest behauptet. Und sie hatte es ihm geglaubt. Zwei Jahre hatten sie einander geschrieben. Manchmal hatten sie wochenlang nichts voneinander gehört und dann wiederum war kein Tag vergangen, an dem sie sich nicht miteinander austauschten. In all der Zeit hatte sich *huuhteluaine* kein einziges Mal eine plumpe Andeutung erlaubt. Er war immer darauf bedacht, freundlich zu sein. Weder hatte er sie nach den Farben ihrer Augen gefragt noch welche Unterwäsche sie gerade trug. Meist beschränkten sie sich auf ganz banale Dinge. Sie teilten einander ihre Lieblingsorte mit, ihre Lieblingsbücher, ihre Lieblingsspeisen, ihre Lieblingsschauspieler, ihre Lieblingssänger, ihre Lieblingsbands. Auf diese Weise erfuhr Gloria viel über die finnische Kultur und manchmal war sie erstaunt darüber, wie offen und sensibel *huuhteluaine* war. Sie hatte immer gedacht, finnische Männer wären wortkarg und introvertiert. Und nun war sie in Finnland und würde ihrer Internetbekanntschaft bald gegenübersitzen. Sie konnte es immer noch nicht glauben, dass sie sich auf dieses Abenteuer eingelassen hatte. Sie war wohl noch dümmer als eine störrische Bergziege.

„Eigentlich will ich von da gleich weiter nach Kuusamo", sagte sie. Das war eine glatte Lüge. Kuusamo war ihr gerade erst eingefallen.

„Kuusamo?", wiederholte Sören. „Na dann viel Spaß." Er

grinste.

„Wieso?", fragte Gloria. Sie verstand den Witz nicht.

„Kuusamo ist nicht gerade wegen seiner tollen Häuser bekannt", antwortete Sören.

„Dafür soll die Umgebung umso schöner sein", entgegnete Gloria. Er würde ihre Bemerkung wohl schlecht widerlegen können. In Finnland war es vermutlich überall schön.

„Du machst Urlaub?", erkundigte sich Sören.

Gloria nickte. Urlaub. So konnte man es auch nennen. Urlaub von zu Hause. Urlaub von ihrer gestörten Mutter. Tatsächlich hatte sie eine Luftveränderung dringend nötig gehabt. Vermutlich wäre sie niemals nach Finnland gereist, wenn sie nicht gleichzeitig das Bedürfnis gehabt hätte, so viele Kilometer wie möglich zwischen sich und ihrer Mutter zu bringen.

Sören war kein besonders neugieriger Mensch. Neugierde konnte zur Belastung werden, vor allem wenn er mit Dingen konfrontiert wurde, die er gar nicht hören wollte. Aber was seine neue Begleiterin beruflich machte, interessierte ihn schon. Also fragte er sie danach. So direkt war er selten. Meist wartete er darauf, bis man ihm die Informationen von selbst lieferte und dann entschied er, ob sie für ihn von Bedeutung waren oder nicht. In 99 von 100 Fällen war dies jedoch nicht der Fall.

„Ich arbeite für ein Inkasso-Unternehmen", teilte ihm Gloria mit.

„Oh!", entfuhr es Sören. Eine Schuldeneintreiberin. Auch das noch.

„Was meinst du mit oh?", hätte Gloria gern gewusst.

„Ach, nichts", antwortete Sören. Er wollte sie auf keinen Fall verärgern. Das Problem war nur, dass er keine Leute mochte, die Schulden eintrieben.

„Hörte sich ein bisschen so an, als hättest du auf dem Gebiet schlechte Erfahrungen gemacht", sagte Gloria.

„Nicht so wichtig", entgegnete Sören. Bis auf einen abbezahlten Bankkredit, hatte er nie irgendwelche Schulden gehabt. Und dennoch versuchte seit einigen Monaten ein Hamburger Inkassobüro 92 Euro für ein Abo von ihm einzutreiben. Für ein Abo, das es gar nicht gab, wohlgemerkt. Mit Mahngebühren war die Forderung bereits zu einem hübschen Sümmchen angewachsen. Sören hatte trotzdem nicht vor, auf die unverschämten Bescheide zu reagieren.

„Wir sind ein seriöses Inkasso-Unternehmen", sagte Gloria, als könnte sie Gedanken lesen. Gott, was redete sie da? Seriös. Klar, wenn man einmal davon absah, dass sie es mit lauter unfähigen Kollegen und Kolleginnen zu tun hatte, deren einzige Motivation darin lag, einen Weltrekord nach dem anderen im Krankfeiern aufzustellen und ihre Vorgesetzten ein merkwürdiges Verständnis von Führung hatten, indem sie ihre Mitarbeiter systematisch schikanierten und wo die Unternehmensleitung die Einführung eines Betriebsrats kategorisch ablehnte.

„Glaub ich sofort", entgegnete Sören. Um sich nicht in Schwierigkeiten zu bringen, hatte er auf jegliche Ironie verzichtet. Auf der sicheren Seite fühlte er sich dennoch nicht. Das wäre nur dann der Fall gewesen, wenn sich beide darauf verständigt hätten, das Reden einzustellen (er wäre der Letzte gewesen, der etwas dagegen gehabt hätte). Er hatte oft genug erlebt, wie leicht Worte und erst recht ganze Sätze zu bösen Fallen werden konnten, aus denen es dann kein Entrinnen gab.

Gloria bezweifelte, dass Sören ihr wirklich glaubte, ließ die Bemerkung aber so stehen. Sie wollte jetzt nicht ungemütlich werden. „Machst du auch Urlaub hier, oder bist du nur wegen des Rennens hergekommen?", wechselte sie bewusst das Thema.

„Mal schauen", antwortete Sören ausweichend. Eine Woche hatte er eingeplant. Dann musste er zurück auf die Fähre. Ob er wirklich erst nach einer Woche abreiste, hing ganz vom Ausgang des Rennens ab. Würde er unter die ersten zwanzig kommen, wäre er hochzufrieden und dann hätte er allen Grund gehabt, im Land der tausend Seen zu bleiben. Würde er einer der Letzten sein – wovon er nicht ausging –, wäre die Platzierung eine Demütigung für ihn. In diesem Fall würde er das Land Hals über Kopf verlassen und seine Reise nach Finnland für ewig aus seinem Gedächtnis streichen.

„Was meinst du mit mal schauen?", fragte Gloria. „Hast du denn kein Ticket für die Rückfahrt gebucht?"

„Es gibt immer eine Möglichkeit zurück", antwortete Sören. „Mit oder ohne Ticket."

Einerseits beneidete ihn Gloria wegen seiner lockeren Art, andererseits wurde sie durch seine Unbekümmertheit an ihren Job erinnert. Unbekümmertheit hatte schon so manchen ihrer Kunden in den Ruin getrieben. „Und was machst du so, wenn du nicht gerade wegen eines Radrennens nach Finnland reist?", fragte sie, um auf andere Gedanken zu kommen.

„Ich arbeite bei der Autobahnmeisterei", antwortete Sören. Er redete nicht gern darüber. Eigentlich war er gelernter Maschinenbauer, hatte es aber bei der ersten Firma wegen einiger Differenzen mit dem Chef nicht lange ausgehalten – er hatte es nie lange bei einer Firma ausgehalten –, arbeitete mal hier, mal da, auch in Bereichen, die nichts mit Maschinenbau zu tun hatten (unter anderem ein halbes Jahr als Möbelpacker), bis er schließlich bei der Autobahnmeisterei vorsprach, die händeringend Leute suchte. Am Ende des Monats hatte er drei Jahre hinter sich. Ein kleiner Rekord. Inzwischen liebäugelte er damit, erneut die Branche zu wechseln. Sören hatte seine Liebe zur Windenergie entdeckt. Als Servicetechniker von Windkraftanlagen zu arbeiten, war sein Traum. Er war schwindelfrei, fürchtete weder Tod noch Teufel und hatte unbändige Lust daran, an seine körperlichen Grenzen zu gehen. Und er hatte eine abgeschlossene Berufsausbildung als Maschinenbauer, womit er schon mal eine wichtige Voraussetzung erfüllte. Was ihm zum Servicetechniker von Windkraftanlagen noch fehlte, war ein entsprechender Lehrgang. Der dauerte exakt ein halbes Jahr. An dem Lehrgang konnte er jedoch nur teilnehmen, wenn er bei der Autobahnmeisterei kündigte. Leistungen von der Agentur für Arbeit hätte er in diesem Fall nicht zu erwarten. Er wäre in der Zeit arbeitslos und müsste den Lehrgang aus eigener Tasche bezahlen. Dazu wäre er auch bereit gewesen – er hatte eisern gespart (das Rennrad war der einzige Luxus, den er sich in den letzten Jahren geleistet hatte, ansonsten lebte er eher spartanisch). Sören war sogar schon zu einem persönlichen Gespräch in einem der wenigen Ausbildungszentren gewesen – ein solches befand sich glücklicherweise in der Nähe seines Wohnsitzes – und hatte bei den Dozenten einen guten Eindruck hinterlassen. Er hatte noch eine Woche Zeit, dann lief die Frist für die Anmeldung ab. Er hätte sich auch längst angemeldet, wenn ihn die elende Büffelei nicht abgeschreckt hätte. Er würde lernen müssen bis zum Umfallen. Nun war Lernen nicht gerade eine seiner Stärken, schon gar nicht, eine Prüfung abzulegen, weil da auch immer die Angst mitspielte zu versagen.

„Ist das nicht gefährlich, wenn die Leute so schnell an euch vorbeifahren?", fragte Gloria.

Sören gab einen undefinierbaren Laut von sich, als wollte er nicht so richtig mit der Sprache heraus. Er hatte die E 75 erreicht und musste sich nicht mehr so auf den Verkehr konzentrieren.

„Gab es auch schon mal einen Unfall?", wollte Gloria wissen.

Sören atmete tief durch. „Vor einem Jahr ist ein LKW durch die Absperrung gerast", antwortete er.

„Das muss bestimmt schlimm gewesen sein", sagte Gloria.

Sören würde den Tag jedenfalls nie vergessen. „Ein Kollege von mir ist dabei gestorben", entgegnete er. „Es war sein erster Arbeitstag. Und ich war derjenige, der ihm die Stelle besorgt hatte." Sören hatte zum Schluss richtig verbittert geklungen und in der Tat ging ihm die Sache noch so an die Nieren, als wäre das Ganze erst ein Tag zuvor geschehen.

„Gibst du dir etwa die Schuld an seinem Tod?", erkundigte sich Gloria. Es war ihr unangenehm, dass sie eine alte Wunde aufgerissen hatte, aber sie konnte jetzt nicht einfach schweigen oder von etwas anderem reden, obwohl ihr genau danach war. Das hätte sich einfach nicht gehört.

„Wenn ich nicht gewesen wäre, würde er heute noch leben", antwortete Sören. Er erinnerte sich noch genau an die Zeit nach dem Unfall. Er hatte sich vor lauter Schuldgefühle gehasst. Damals dachte er zum ersten Mal darüber nach, der Autobahnmeisterei den Rücken zu kehren, war dann aber geblieben. Er wollte nicht schon wieder fortlaufen, wie er es all die Jahre zuvor getan hatte – möglicherweise ein Zeichen, dass er erwachsen geworden war.

„War es ein Freund von dir?", fragte Gloria.

„Nein." Seinem Gewissen war das egal gewesen und das hatte es ihn auch lange spüren lassen.

Gloria beruhigte es, dass der Tote kein Freund von Sören war. Sie fand, dass jetzt eine gute Gelegenheit war, die Fragerei einzustellen, ohne den Eindruck zu erwecken, ihr fehle es womöglich an Empathie. Aber irgendwann musste einmal Schluss sein und so gut kannte sie Sören ja nicht, als dass es gerechtfertigt gewesen wäre, in seinem Seelenleben herumzustöbern wie ein Flohmarkthändler auf einem fremden Dachboden. Sie steckte sich die Stöpsel ihres iPhones ins Ohr, um sich das neueste Album von Adele anzuhören, deren Musik sie über alles liebte.

3

Helsinki lag hinter ihnen und die Gegend wurde allmählich ländlicher. Gloria blickte aus dem Seitenfenster des Landrovers. Sie fand es praktisch, dass sie sich um nichts kümmern musste. Es war lange her, dass sie sich so entspannt gefühlt hatte. Finnland war offensichtlich genau das Richtige für sie. Und auch der Typ neben ihr, der einen recht vertrauenerweckenden Eindruck auf sie machte.

Circa fünfzehn Kilometer hinter Lahti – sie befanden sich nun auf der Route 24 – zwitscherte es plötzlich im Wagen, als hätte eine Schar Vögel den Rücksitz in Beschlag genommen. Sören guckte etwas irritiert. Sekunden vergingen, bis es Gloria dämmerte, dass das Gezwitscher der Klingelton ihres Smartphones war. Sie löste hektisch den Gurt, befreite sich von den Stöpseln ihres iPhones, drehte sich nach ihrem Rucksack um und holte ihn zu sich nach vorne. Das Smartphone hatte sie in einer der Seitentaschen verstaut – die richtige war schnell gefunden. Misstrauisch blickte sie auf das Display. Dagmar. Gloria zögerte. Sie konnte sich schon denken, weshalb ihre ältere Schwester anrief. Für einen Augenblick dachte sie daran, das Smartphone ganz auszuschalten. Sie wollte ihre Ruhe haben und nicht mit diesen verfluchten Familienangelegenheiten belästigt werden. Nicht hier in Finnland. Sie ging trotzdem ran. Kaum hatte sie mit ihrer Schwester ein paar Worte gewechselt, wurde ihr Ton schärfer.

Das kriegte auch Sören mit, der gegen seinen Willen Zeuge der Unterhaltung wurde. Er hätte gern weggehört, also konzentrierte er sich auf die Landschaft. Es nützte nichts. Er hätte sich schon die Ohren zuhalten müssen, wenn er nichts von dem Gespräch mitbekommen wollte. Jedenfalls ging es um den Geburtstag ihrer Mutter, die demnächst fünfzig wurde.

„Keine Ahnung, ob ich kommen werde", hörte er Gloria sagen.

Gloria verspürte nicht das geringste Verlangen, an diesem Tag bei ihrer Mutter aufzutauchen. Es würde doch nur wieder darauf hinauslaufen, dass alle den Mund hielten, wenn es eigentlich darauf ankam, ihr Paroli zu bieten, fünfzigster Geburtstag hin oder her. Gloria hatte genug von dem scheinheiligen Getue. Noch aber kämpfte sie mit der Entscheidung. Klein beigeben oder hart bleiben? Sie hatte gehofft, die Reise nach Finnland würde ihr helfen, die richtige Entscheidung zu treffen. Noch hatte sie mit niemandem darüber gesprochen. Auch nicht mit ihrer Schwester. Die fiel jetzt natürlich aus allen Wolken. Sie konnte sich kaum beruhigen und machte Gloria heftige Vorwürfe. Als sie dann auch noch erfuhr, dass sich Gloria in Finnland aufhielt – Gloria war bis dahin der Meinung gewesen, das ging niemanden aus ihrer Familie etwas an –, wurde ihre Schwester regelrecht hysterisch. Gloria hatte jedoch nicht die weite Reise unternommen, um sich von ihrer Schwester maßregeln zu lassen. Sie brach die Verbindung ab.

Alle Achtung, dachte Sören, seine Beifahrerin mochte zwar eine Inkasso-Tusse sein, aber sie war keine Frau, die der Familie zuliebe ihre Prinzipien verriet. Das gefiel ihm. Schon hatte sie ein paar Punkte bei ihm gutgemacht.

Verärgert steckte Gloria das Smartphone weg, tat den Rucksack auf den Rücksitz zurück und schnallte sich wieder an. Sie war wütend auf ihre Schwester und sie war wütend auf sich selbst, weil sie den Anruf nicht ignoriert hatte, vor allem aber weil sie nicht unmissverständlich gesagt hatte, dass sie nicht kommen würde und damit basta. Sie hatte sich um eine endgültige Entscheidung gedrückt.

„Dumme Gans!", flüsterte sie, wobei nicht klar war, wen sie damit meinte, sich oder ihre Schwester, was letztlich egal war, denn es hätte auf beide zutreffen können.

Sören grinste mitfühlend, hütete sich aber davor, etwas zu sagen. Die Familienprobleme anderer Leute kümmerten ihn nicht und das sollte auch so bleiben.

Gloria dachte, dass sie ihm eine Erklärung schuldig sei. „Meine Mutter leidet an einer Art Bewusstseinsstörung", sagte sie.

Sören atmete tief durch. Genau das hatte er befürchtet – die Konfrontation mit Nebensächlichkeiten, mit Dingen, die ihm so gleichgültig waren wie die Heerscharen toter Fliegen vorne an seinem Landrover.

„Sie verdreht immer alles so, wie sie es gerade braucht", fügte Gloria hinzu. Wenn das keine Bewusstseinsstörung war, was dann? „Und tablettensüchtig ist sie auch."

Sören hob leicht den Kopf, als habe er die Problematik verstanden.

„Sie benötigt unbedingt eine Therapie", meinte Gloria noch. „Aber meine Geschwister wollen das nicht wahrhaben. Ich bin es leid, so zu tun, als wäre alles in Ordnung. Sollen sie ohne mich heile Familie spielen."

Sören spürte, dass er jetzt etwas sagen musste. Aber was? Es gab so viele Möglichkeiten, darauf zu antworten und gleichzeitig so viele Möglichkeiten, es sich mit ihr zu verderben. Am besten versuchte er es mit etwas Diplomatie.

„Klingt nicht gerade nach einem Kompromiss", lächelte er Gloria an.

„Faule Kompromisse nützen keinem was", entgegnete sie fast schon trotzig und blickte wie abwesend aus dem Seitenfenster.

Sören fand, dass das ein gutes Schlusswort war, er war kein Freund künstlich in die Länge gezogener Gespräche. Endlich konnte er sich wieder auf die E 75 und die Umgebung konzentrieren.

Gloria musste an ihre Mutter denken. Dabei hatte sie sich geschworen, genau das nicht zu tun, solange sie sich in Finnland aufhielt. Sie verachtete ihre Mutter. Obwohl …, nein, ganz so schlimm war es noch nicht. Sie war nur so riesig enttäuscht. Ihre Mutter war selbstsüchtig, verlogen und tablettenabhängig. Dass ihre Geschwister das nicht begreifen wollten. Gloria hatte es so satt. Ständig musste sie sich gegenüber ihren Geschwistern rechtfertigen. Dabei war sie doch diejenige, die den Kontakt zu ihrer Mutter pflegte und sich ständig über sie ärgerte. Ihre Geschwister waren fein raus. Robert und Dagmar waren weggezogen und ließen sich höchstens zum Geburtstag ihrer Mutter blicken. Oder an Heiligabend, wenn sich alle zu Würstchen und Kartoffelsalat und zum Verteilen der Geschenke trafen, mit denen nie einer so richtig etwas anzufangen wusste. Gloria war die Einzige, die ihrer Mutter Kontra gab. Und immer wenn das der Fall war, hatte ihre Mutter nichts anderes zu tun, als mit Dagmar zu telefonieren (Robert nahm die Gespräche aus Feigheit schon gar nicht mehr entgegen), um sich bei ihr über ihre ungerechte Schwester zu beschweren, worauf Dagmar wiederum umgehend bei Gloria anrief und diese heftig wegen ihres Verhaltens attackierte, ohne sich darum zu kümmern, ob das, was ihre Mutter behauptet hatte, auch der Wahrheit entsprach. So geriet Gloria mit ihrer Schwester jedes Mal von Neuem in Streit. Doch Gloria hatte genug davon. Es machte sie von Mal zu Mal wütender, dass man ihr für alles die Schuld gab, nur weil ihre Mutter eine Spezialistin im Verdrehen von Tatsachen war. Manchmal konnte sie ihren Vater verstehen, dass er sich von dieser Frau hatte scheiden lassen. Was so schade war und was sie so richtig ärgerte, war die Tatsache, dass Dagmar nicht begreifen wollte, wie sehr ihre Mutter sie manipulierte.

Sören war an dem Punkt angelangt, wo er die Fahrt wieder genießen konnte. Manchmal fuhren sie durch Kilometer lange Waldgebiete, die hauptsächlich von Birken und Nadelbäumen geprägt waren, hin und wieder unterbrochen von einigen Felsbrocken zu beiden Seiten der Straße. Dann gab es Abschnitte mit Getreidefeldern, so weit das Auge reichte, darin gelegentlich (fast schon versteckt) ein einsam gelegener Bauernhof. Kamen sie an einem Dorf vorbei, was nicht oft geschah, hatte es in der Regel nicht mehr als ein paar Holzhäuser. Sören fuhr nicht schneller als die vorgeschriebenen 80 km/h. In der Heimat fuhr er nicht so diszipliniert, aber im Ausland konnte eine Geschwindigkeitsüberschreitung ein kleines Vermögen kosten, auch wenn er nicht wirklich wusste, wie viel man in Finnland für zu schnelles Fahren bezahlen musste. Sören verspürte auch kein Verlangen, es herauszufinden. Dafür fand er etwas anderes heraus und das verdarb ihm derart die Laune, dass er Mühe hatte, nicht die Beherrschung zu verlieren – das Kontrolllicht für die Kühlflüssigkeit leuchtete wieder auf. Schon in Helsinki am Hauptbahnhof hatte er ein Problem mit dem Kühler gehabt. Zum Glück hatte er einen Kanister mit Wasser dabei. So hatte er den Kühler wieder auffüllen können. Daher verstand Sören auch nicht, wieso das Kontrolllicht erneut aufleuchtete.

Normalerweise hätte er jetzt ein paar Flüche ausgestoßen, aber das hätte keinen besonders souveränen Eindruck auf seine Begleiterin gemacht. Er überlegte, was er tun konnte, ohne das Gesicht zu verlieren. Lahti hatten sie bereits hinter sich. Er hätte umkehren können, aber bis Lahti waren es ungefähr fünfundzwanzig bis dreißig Kilometer. Das konnte er nicht riskieren. Dann fiel ihm ein, dass er noch etwas Wasser in seinem Kanister hatte. Hoffentlich rächte es sich nicht, dass er zu bequem gewesen war, den Kanister im Hauptbahnhof wieder aufzufüllen. Er hasste sich wegen seiner Unbesonnenheit. Trotzdem. Vielleicht würde der Rover es ja mit dem bisschen Wasser bis zum nächsten Dorf schaffen. Nach zweihundert Metern kam ein Rastplatz.

„Zigarettenpause", sagte Sören.

„Ich rauche aber nicht", entgegnete Gloria.

„Ich muss nur ein bisschen Wasser nachschütten", sagte Sören. Er versuchte, so ruhig wie möglich zu klingen.

Gloria wurde misstrauisch. „Stimmt was nicht?"

„Alles in Ordnung", antwortete Sören. Von wegen. Verdammte Dreckskarre. Er hätte große Lust gehabt, die Kiste in die Luft zu sprengen.

Sören fuhr auf den Rastplatz, nahm den Kanister aus dem Heck und füllte das restliche Wasser in den Kühler. Was er dabei entdeckte, raubte ihm fast den Verstand.

Gloria gefiel das Gesicht, das Sören beim Aussteigen gemacht hatte, gar nicht. Sie öffnete die Beifahrertür, was jedoch nicht so einfach war. Irgendwie schaffte sie es dann doch, die Tür so weit aufzustoßen, dass sie aussteigen konnte, ohne sich ernsthaft zu verletzen. Sie ging zu Sören, dessen Miene noch finsterer geworden war. Gloria brauchte gar nicht zu fragen, was der Anlass seiner Verstimmung war, sie erfasste das Problem auch so – das Wasser, das Sören in den Kühler gefüllt hatte, lief munter unten wieder heraus, sodass sich auf dem frischen Asphalt des erst kürzlich errichteten Rastplatzes eine Wasserlache gebildet hatte. Gloria konnte verstehen, dass Sören so ein Gesicht machte. Ihres sah jetzt nicht viel besser aus.

Sören legte sich unter den Wagen und betrachtete sich den Schaden. Das Loch war so groß wie eine Faust. Da war nichts mehr zu machen. Verdammter Dreck, verdammter!

„Was sagt der Fachmann?", erkundigte sich Gloria. Noch nahm sie die Sache scheinbar gelassen. Sie ahnte aber, dass die Gelassenheit nur von kurzer Dauer sein würde, sie war sowieso nur gespielt.

Sören kroch wütend unter dem Wagen hervor. „Der Kühler ist hinüber!"

„Na klasse", entgegnete Gloria sarkastisch. Sie sah keinen Grund mehr, sich zurückzunehmen. „Und jetzt?"

Sören hätte unmöglich in Worte fassen können, wie peinlich ihm die Angelegenheit war. Er hätte es auch gar nicht erst versucht. Hätte man ihm einen Vorschlaghammer in die Hand gedrückt, hätte er den Landrover ohne zu zögern mit ein paar wilden Schlägen zertrümmert.

„Ich brauche einen neuen Kühler", antwortete Sören zerknirscht.

„Toll!", entgegnete Gloria. Sie blickte sich theatralisch um. „Es gibt ja auch so viele Läden hier, wo man einen Kühler kaufen kann." Sie hätte es wissen müssen. Sie hätte wissen müssen, dass es Schwierigkeiten geben würde. Schon als sie das ungepflegte Auto sah. „In Helsinki hast du gesagt, dass der Wagen in Ordnung ist."

„War er ja auch", behauptete Sören.

„Und wie komme ich jetzt nach Oulu?" Gloria schaute Sören an, als wäre er ein kleiner, mieser Taschendieb.

Sören fühlte sich eher wie ein Vollidiot, aber er wollte sich nicht so fühlen. Er wollte sich wie jemand fühlen, der Herr der Lage war. Daher wäre es ganz hilfreich gewesen, wenn sich Gloria nicht so egoistisch aufgeführt hätte. Er wollte schließlich auch nach Oulu.

„Du kommst schon nach Oulu", antwortete Sören. „Versprochen." Er hatte zwar noch keine Ahnung, wie er das anstellen sollte, aber er würde Himmel und Hölle in Bewegung setzen, um Gloria zu beweisen, dass absolut Verlass auf ihn war. „Ich muss nur irgendwie eine Werkstatt auftreiben."

„Mit Betonung auf irgendwie", lästerte Gloria. Sie hatte die Nase voll. Sie ging um das Auto herum und öffnete die Tür vom Rücksitz. Die Tür ließ sich problemlos öffnen. Welch Wunder, dachte sie. Gloria nahm ihr Gepäck und stapfte damit zur Straße.

„Was hast du vor?", erkundigte sich Sören.

„Trampen", antwortete Gloria.

Ist vielleicht auch besser so, dachte Sören. Egoistin.

In diesem Augenblick hielt ein rostbrauner Pontiac Chieftain auf dem Rastplatz, gut zwei Wagenlängen hinter Sörens Landrover.

Der kommt wie gerufen, sagte sich Gloria und stapfte mit ihrem Gepäck auf den Oldtimer zu. Der Mann, der am Steuer saß, beachtete sie nicht. Obwohl Gloria bemerkte, dass er am Telefonieren war, klopfte sie an die Scheibe. Der Fahrer kurbelte das Fenster herunter. Sein Gesicht verriet weder Überraschung noch Neugierde, es verriet lediglich, dass er einen Dreitagebart hatte und dass der Fahrer recht gut aussah, was vielleicht mit seinem schwarzen und leicht gewellten Haar zusammenhing, das nach hinten gekämmt war. Einige der Haare fühlten sich offensichtlich einer gewissen kreativen Disziplinlosigkeit verpflichtet, sie fielen einfach seitlich herunter. Gloria mochte das. Es hatte etwas dezent Wildes, Verwegenes an sich. Nun war der Mann weder wild noch verwegen, er wollte lediglich das Telefonat zu Ende führen, dann würde er Zeit für sie haben. Das teilte er Gloria mit. Auf Finnisch. Gloria beherrschte kein Finnisch, sie verstand aber auch so und wartete geduldig. Nach zwei Minuten war er mit Telefonieren fertig. Jetzt war doch so etwas wie Neugierde in seinem Gesicht zu erkennen.

Gloria erklärte dem Finnen in einem recht passablen Englisch, dass sie nach Oulu müsse. Ob er zufällig in dieselbe Richtung fahren würde und ob er sie eventuell mitnehmen könne.

„Steig ein", sagte der Finne auf Deutsch.

Gloria blickte den Mann verblüfft an. Dass er deutsch konnte, war natürlich fantastisch. Das Blatt schien sich doch noch zu ihren Gunsten zu wenden. Gloria verstaute das Gepäck auf dem Rücksitz und nahm neben dem Finnen Platz. Von ihr aus konnte die Fahrt beginnen.

Noch aber machte der Finne keine Anstalten, den Pontiac zu starten. „Habt ihr Streit?", erkundigte er sich. Sein Blick war auf den Landrover von Sören gerichtet.

„Was? Oh, nein", antwortete Gloria irritiert. „Wir sind uns zufällig am Hauptbahnhof in Helsinki begegnet. Er muss ebenfalls nach Oulu und hat mich mitgenommen. Jetzt ist der Kühler hinüber. Ich kann aber nicht warten, weil …" Weil sie dort eine Verabredung hat, wollte sie eigentlich sagen, überlegte es sich dann aber anders. Sie fand, dass der wahre Grund ihrer Reise niemanden etwas anging. Außerdem schützte sie sich so vor unangenehmen Fragen. Wie sollte sie jemandem verständlich machen, dass sie wegen eines Mannes nach Oulu wollte, von dem sie nicht einmal den richtigen Vornamen kannte, ohne dass man sie für verrückt erklärte? „Na ja, eigentlich wollte ich von da gleich weiter nach Kuusamo", behauptete sie.

Der Finne nickte. „Ich heiße Mika", sagte er.

„Gloria." Sie lächelte.

Mika startete den Pontiac. Gloria war froh, dass es endlich weiterging. Als der Finne langsam an dem Landrover vorüberfuhr, würdigte Sören Gloria und ihren neuen Reisegefährten keines Blickes. Er würde schon allein klarkommen. Er war bisher mit jeder Situation klargekommen.

Mika fuhr ein paar Meter und hielt wieder an. Dann legte er zur Verwunderung von Gloria den Rückwärtsgang ein. Kurz vor Sörens Landrover kam der Pontiac zum Stehen.

„In Finnland helfen wir einander, wann immer jemand in Not ist", klärte Mika sie auf, schaltete den Motor ab und stieg aus dem Oldtimer. Der Lack glänzte, als hätte der Wagen eben erst die Produktion verlassen.

4

Sören passte es überhaupt nicht, dass der Besitzer des Pontiacs ausgestiegen war. Er brauchte keinen Zuschauer und schon gar keinen, der dumme Fragen stellte und der ihm sowieso nicht helfen konnte.

Mika stellte sich neben Sören und schaute ihm schweigend zu. Sören tat so, als wäre er mit dem Kühler beschäftigt. Er hatte absolut keine Lust, seine Lage zu erklären, obwohl es da nicht viel zu erklären gab. Dass sein Kühler defekt war, hätte selbst die Großmutter von Rotkäppchen erkannt, wäre sie noch am Leben gewesen. Sören war klar, dass er den Fremden nicht ewig ignorieren konnte. Er war zwar noch immer sauer auf sich, aber das war noch lange kein Grund, sich wie ein Idiot zu benehmen. Unhöflichkeit in einem fremden Land konnte schnell zum Bumerang werden. Er schaute auf und blickte in das scheinbar gleichgültige Gesicht von Mika. Sören nickte ihm freundlich zu, das heißt, er bemühte sich, einigermaßen freundlich zu wirken, auch wenn dies für ihn unter diesen Bedingungen eine Zumutung war.

Mika nickte mit dürftiger Miene zurück. „Hast du ein Seil, damit ich dich abschleppen kann?", kam er gleich zur Sache.

Sören guckte verdutzt, zum einen, weil er nicht damit gerechnet hatte, dass der Finne die deutsche Sprache beherrschte, zum anderen, weil der Fremde die Situation sofort erfasst hatte und ihm ohne Umschweife genau die Unterstützung anbot, die er in diesem Augenblick benötigte. Hätte Mika ihn gefragt, ob er ihm helfen könne, hätte Sören verneint und versucht, den Mann so schnell wie möglich loszuwerden. So aber kam er erst gar nicht dazu, seinen Stolz oder was sonst noch hätte hinderlich sein können, die Hilfe eines Fremden anzunehmen, ins Spiel zu bringen.

„Ein Abschleppseil? Ja, klar", antwortete er überrascht.

„Ich weiß, wo es eine Werkstatt gibt", sagte Mika.

Werkstatt klingt nicht schlecht, dachte Sören. Er ging nach hinten, öffnete die Heckklappe und suchte nach dem Abschleppseil. Natürlich lag es nicht da, wo es eigentlich hätte liegen sollen. Sören fluchte innerlich. Als machten manche Sachen das absichtlich. Nur um ihn zu provozieren. Er musste fast das ganze Heck ausräumen und kam sich dabei richtig dämlich vor. Schließlich fand er das Seil. Hektisch räumte er alles wieder ein, das Rennrad zuletzt, mit der obligatorischen Plane darüber.

Mika hatte geduldig gewartet. Er hatte zwar gesehen, dass Sören ein Rennrad dabeihatte, sagte aber nichts dazu. Er konnte nichts Außergewöhnliches daran erkennen. Er fand, dass jeder ein Recht hatte, ein Rennrad dabei zu haben, wenn es ihm Spaß machte.

Das Abschleppseil war schnell angebracht. Sören verlor über den Pontiac kein Wort, auch wenn ihm der Oldtimer gefiel und er gern mal am Steuer eines solchen Schlittens gesessen hätte. Obwohl er so einen Wagen nicht unbedingt besitzen wollte, allein der Spritkosten wegen. Es reichte ihm schon, dass sein Landrover so ein Benzinschlucker war.

Mika fuhr langsam an. Als sich das Seil spannte, spürte Sören, wie ein Ruck durch den Landrover ging. Sorgen, dass beim Abschleppen etwas passieren könnte, machte er sich keine. Der Finne schien zu wissen, was er tat.

Mika vergewisserte sich, dass von links kein Auto kam und lenkte den Oldtimer auf die Landstraße, den Rover im Schlepptau. Sören, der noch schnell die Warnblinkanlage eingeschaltet hatte, achtete darauf, dass das Seil gespannt blieb. Immer wenn er merkte, dass es anfing durchzuhängen, trat er leicht auf die Bremse, bis sich das Seil wieder spannte. Das klappte ganz gut und die wenigen Male, wo es ihm nicht ganz so optimal gelang, gab es einen kleinen Ruck, was aber nichts war, worüber man sich den Kopf zerbrechen musste. Der Rover war einiges gewohnt. Mika fuhr zwischen 70 und 80, ab und zu blickte er in den Rückspiegel. Sören saß hochkonzentriert am Steuer, das Seil ständig im Blick. Dass sie an einem See vorbeifuhren, entging seiner Aufmerksamkeit.

Gloria saß neben Mika und schwieg. Es ärgerte sie, wie sie sich Sören gegenüber aufgeführt hatte. Da hatte sie wahrlich schon bessere Momente gehabt.

Sie fuhren etliche Kilometer, den See hatten sie hinter sich gelassen. Gloria wurde das Gefühl nicht los, als würde es von Baum zu Baum einsamer werden. Aber da täuschte sie sich. In dieser Gegend war es überall gleich einsam. Möglicherweise war es die Beständigkeit der Einöde, die Gloria das Gefühl zunehmender Einsamkeit vermittelte. Sie sollte mal ganz in den Norden fahren, dann würde sie begreifen, dass es durchaus eine Steigerung von Einsamkeit gab.

Mika dagegen empfand gar nichts, jedenfalls nicht, was die Gegend betraf. Sie war schon immer so einsam gewesen und würde es auch in Zukunft bleiben, hier und anderswo. Nicht, dass ihm die Landschaft gleichgültig gewesen wäre. Er fühlte sich mit der prallen Natur, die seine Heimat prägte, aufs Innigste verbunden. Aber daran dachte er im Augenblick am wenigsten. Er dachte an etwas anderes. Er dachte an den Anlass dieser Fahrt und daran, wohin ihn die Reise führen würde. Er dachte an Oulu. Mika hatte die Fahrt viele Jahre hinausgeschoben. Aber jetzt war die Zeit gekommen, nach Oulu zu fahren. Er war es der Person, der sein Besuch galt, schuldig. Er hatte selbst keine Erklärung dafür, weshalb er mit der Reise so lange gewartet hatte. Obwohl das nicht stimmte, wenn er sich gegenüber ehrlich war. Dass er nicht eher gefahren war, hatte viel mit Verdrängung zu tun und mit Feigheit, noch mehr aber mit der Schuld, die er sich gab, obwohl er absolut nichts dafürkonnte, was damals in Oulu geschehen war. Und trotzdem war seine Ehe mit Pihla daran zerbrochen. Dabei war er mit ihr so glücklich gewesen, bis zu jenem verhängnisvollen Tag. Danach war nichts mehr so wie es war. Wie Pihla litt auch er unter der furchtbaren Tragödie, aber während sie Halt in der Ehe suchte, flüchtete er sich in Selbstmitleid. Während sie bereit war, gemeinsam mit ihm das Trauma zu bewältigen, schwieg er. Während sie sich an das letzte bisschen Hoffnung klammerte, speiste er sie mit leeren Versprechungen ab. Als sie erkennen musste, dass er nicht bereit war, etwas zu ändern, verließ sie ihn. Für immer. Vier Jahre hatte Mika gebraucht, um zu begreifen, dass Pihla, die inzwischen wieder verheiratet war, gar keine andere Wahl hatte, als sich von ihm zu trennen. Trotz dieser Einsicht hatte er sich noch immer nicht entschließen können, sich mit Pihla zu versöhnen. Doch zuerst musste er eine andere Sache hinter sich bringen – den geplanten Besuch, der, wie die Versöhnung mit Pihla, längst überfällig war, weswegen er sich auch zutiefst schämte. Oulu. Der Gedanke daran breitete sich wie ein schwarzes Seidentuch über ihn aus.

Am rechten Straßenrand tauchten einige Häuser auf. Mika drosselte die Geschwindigkeit und betätigte den Blinker. Sören, der das bemerkt hatte, schaute kurz auf und bemerkte die vielen schrottreifen Autos auf einem der Grundstücke, konzentrierte sich aber sogleich wieder auf das Abschleppseil. Mika bog in einen Schotterweg ein und machte vor einem Holzhaus halt.

Das zweistöckige Gebäude war rot gestrichen, hatte aber schon ewig keine frische Farbe mehr gesehen. Die Werkstatt war ein heruntergekommener Schuppen und direkt an das Haupthaus angebaut. Mika hielt so an, dass der Landrover in Höhe der Werkstatt zum Stehen kam. Sören stellte die Warnblinkanlage ab und stieg wie Mika aus.

Gloria blieb im Pontiac sitzen und ließ ihren Blick über das Gelände schweifen. Die ausgemusterten Wagen erinnerten sie an einen Autofriedhof. Es war ein trostloser Anblick, trotz der zahlreichen Birken, die überall wuchsen. Gloria verstand nicht, wie man ein Grundstück nur so verschandeln konnte. Sie hakte den Gedanken jedoch schnell wieder ab. Es war nicht ihr Problem und sie hatte auch nicht vor, es zu ihrem zu machen, aber störend war es schon.

Die Holztore der Werkstatt standen weit offen. Ein Mann mit langen blonden Haaren, die zu einem Pferdeschwanz zusammengebunden waren, machte sich an dem Motor eines Treckers älteren Modells zu schaffen. In der Werkstatt herrschte ein einziges Chaos. Sören fragte sich, wie ein Mensch darin etwas finden sollte, das kleiner als eine Felge war. Mika ging zu dem Mann und sprach mit ihm. Sören sah ihnen zu. Er war kein Pessimist, aber der Zustand der Werkstatt und des Grundstücks stimmten ihn doch nachdenklich. Er konnte sich beim besten Willen nicht vorstellen, dass man ihm hier würde helfen können. Er wollte gerade wieder anfangen sich über seine dilettantische Reisevorbereitung aufzuregen, kam aber nicht weit, denn Mika und der Pferdeschwanzträger näherten sich dem Landrover. Sören machte sich erst gar nicht die Mühe, etwas aus den Mienen der Männer abzulesen. Bei der minimalistischen Mimik, die sich ihm darbot, hätte er genauso gut versuchen können, die Gesichtszüge einer ägyptischen Mumie zu studieren.

Der Werkstattbesitzer war nicht unbedingt ein Mann höflicher Umgangsformen und verzichtete daher auf übertriebene Willkommensfloskeln, das heißt, wenn man die Sache genau betrachtete, verzichtete er gänzlich auf die Begrüßung. Ihm ging es vermutlich ums Wesentliche und das hing offenbar mit dem Kühler des Landrovers zusammen. Sören mochte Leute, die sich nicht lange mit Reden aufhielten, sondern gleich zur Sache kamen. Insofern war es für ihn in Ordnung, dass der Mann ihn ignorierte und wie selbstverständlich die Motorhaube öffnete, um den Kühler in Augenschein zu nehmen.

Gloria war der Kühler im Moment so ziemlich egal, sie musste dringend mal für kleine Mädchen. Wenn sie sich hinter eins der Schrottautos hockte, war sie gut geschützt. Eine Toilette kam für sie nicht in Frage. Sie ekelte sich vor fremden Toiletten, ganz besonders vor solchen in Kaufhäusern oder Autobahnraststätten. Nun war das hier keine Raststätte, sondern ein Privatgrundstück, aber so wie es auf dem Gelände aussah, wäre es idiotisch gewesen anzunehmen, dass der Eigentümer die Toilette mehr als einmal im Jahr durchwischte, wobei noch nicht einmal das sicher war. Vermutlich feierten gerade ein paar Milliarden von Bazillen auf dem Klo eine fröhliche Party. Wenn Gloria für kleine Mädchen musste, dann bevorzugte sie den Wald oder ein Gebüsch irgendwo in freier Natur und Natur war ja genügend vorhanden, die Schrottkisten nicht mitgezählt. Die passten ihr jetzt gut ins Konzept, denn die Birken allein hätten ihr nicht ausreichend Schutz geboten. Gloria stieg aus dem Pontiac, marschierte auf den Schrottwagen zu, der am weitesten weg stand, blickte zu den Männern, um sich zu vergewissern, dass ihr keiner dabei zuguckte, wie sie die Jeans und den Slip nach unten streifte und ging in die Hocke. Dass sie ausgerechnet ein paar schrottreifen Autos dankbar sein würde, die eine einsame Gegend in Finnland verschandelten, war schon komisch, trotzdem würde sie nicht hingehen und sich in Internet-Foren für Naturverschandelung um Verständnis werben.

Aatu, wie der Pferdeschwanzträger hieß, begutachtete den Kühler und stellte schnell fest, dass da nichts mehr zu machen war. Der Rover brauchte tatsächlich einen neuen Kühler. Mika übersetzte Sören, was Aatu ihm mitgeteilt hatte. Sören hatte mit solch einer Antwort gerechnet. Er überlegte, ob er dem Besitzer der Werkstatt trauen konnte und ob er nicht einfach nur darauf aus war, auf die Schnelle ein gutes Geschäft zu machen. Das Chaos in der Werkstatt, der Zustand des Hauses und das Grundstück, das leicht mit einem Schrottplatz zu verwechseln war, machten nicht gerade einen vertrauenerweckenden Eindruck auf ihn. Verdammt. Hätte er die blöde Kiste zu Hause doch nur gründlich inspiziert. Nun war er in Finnland und Menschen ausgeliefert, deren Seriosität nur schwer einzuschätzen war. Er hasste nichts so sehr auf dieser Welt als das widerliche Gefühl des Ausgeliefertseins. Wenn er wenigstens gewusst hätte, ob der Kerl etwas von seinem Job verstand, wäre ihm bedeutend wohler gewesen.

„Wie gut kennst du den Mann?", erkundigte sich Sören bei Mika. „Ist er ein guter Mechaniker?"

„Ich kenne ihn nicht", antwortete Mika, ohne eine Miene zu verziehen.

5

Sören wäre es eine große Hilfe gewesen, wenn Mika etwas Beruhigendes hinzugefügt hätte, zum Beispiel, dass er eine Menge Freunde hatte, die mit dieser einsam gelegenen Werkstatt hochzufrieden waren oder etwas in der Art. Mika jedoch schwieg. Sören überlegte, ob es Sinn machte nachzuhaken, ließ es dann aber sein. Mikas undurchdringliches Schweigen hatte so etwas Anklagendes, dass er befürchtete, jede weitere Frage nach der Seriosität der Werkstatt könnte so interpretiert werden, dass er Finnen nicht trauen würde. Sören wäre also dumm gewesen, es sich als Fremder in dieser Einsamkeit mit einem Einheimischen zu verscherzen.

„Ich brauche den Wagen aber", sagte Sören. „Ich muss nach Oulu."

„Kannst du auch", entgegnete Mika. „Wenn dein Auto wieder in Ordnung ist."

„Und wann wäre das?" Sören konnte sich nicht vorstellen, dass er darauf eine befriedigende Antwort erhalten würde.

Mika gab die Frage an Aatu weiter. Dieser zuckte mit den Schultern, was Mika dazu veranlasste, mit seinem Landsmann das Gespräch ein wenig zu vertiefen. Das nützte tatsächlich etwas.

„Ein paar Tage kann es dauern", sagte Mika. „Er muss den Kühler in Helsinki bestellen."

Wusste er doch, dass ihm die Antwort nicht gefallen würde. „Ein paar Tage?", wiederholte Sören aufgeschreckt.

Mika schaute ihn mit scheinbar gleichgültiger Miene an. Panik nützte in Finnland gar nichts, im Norden so wenig wie im Süden, wobei sie im Norden erst recht nichts nützte.

Sören hing an dem Rover, so sehr er ihn auch im Augenblick verfluchte, daher wäre er nie auf die Idee gekommen, den Wagen hier auf dem kleinen Autofriedhof für immer abzustellen. Wollte er mit dem Rover in die Heimat zurückkehren, würde er wohl oder übel noch einmal in den Wagen investieren müssen. Der Gedanke an das Geld schmerzte schlimmer als ein gequetschter Finger. Parallel zu diesem Schmerz fiel ihm das Rennen ein. Verdammt, warum musste aus einer Sache, die schon schlimm genug war, immer gleich so ein Rattenschwanz von Problemen werden? Ging es nicht ein einziges Mal ein bisschen weniger kompliziert? Wie er die Sache überblickte, hatte er gar keine andere Wahl, als sich auf sein Rad zu schwingen und nach Oulu zu fahren. Obwohl das bei genauerer Betrachtung komplette Idiotie gewesen wäre. Erstens hatte er keine Vorstellung davon, wie lange er unterwegs sein würde und selbst wenn er rechtzeitig in Oulu ankäme – was relativ unwahrscheinlich war –, wäre er reif für die Reha. Oder er schnappte sich das Rad und fuhr mit dem Zug. Letzteres war sportlich völlig unattraktiv, aber wenn er sich eine Chance auf einen der vorderen Plätze bewahren wollte, wählte er die Energie schonendere Variante. Irgendwo in dieser Gegend würde es ja wohl einen Ort mit einem Bahnhof geben.

„Einverstanden", sagte er.

Gloria streifte sich ihren Slip und ihre Jeans über. Die Männer standen noch immer beim Rover. Aatu telefonierte mit seinem Smartphone. Es sah ganz danach aus, als wären sie ein Stück weitergekommen. Gloria stieg in den Pontiac. Sie verstand nichts von Autos. Musste sie auch nicht, denn sie hatte noch nie eins besessen. Sie fand, dass man in einer Großstadt mit dichtem Verkehrsnetz und einer U-Bahn keins brauchte.

Gloria kam aus Berlin. In Berlin waren die Straßen schon verstopft genug. Wie in jeder Großstadt eben.

Nachdem Aatu sich von Sören die Autopapiere hatte geben lassen, führte er drei Telefonate, dann hatte er einen neuen Kühler für Sören. Er könnte schon in zwei Tagen per Autokurier geliefert werden. In spätestens drei Tagen wäre der Rover wieder fahrbereit. Sören nickte. Das waren bessere Nachrichten, als er erhofft hatte. Ärgerlich war das Ganze trotzdem. Sören ließ Aatu über Mika ausrichten, dass er den Wagen in spätestens vier Tagen abholen würde. Jetzt hatte er nur noch ein Problem – wo befand sich der nächste Bahnhof?

„In Jämsä", antwortete Mika auf seine Frage. „Ich kann dich aber auch bis nach Oulu mitnehmen, wenn du willst."

„Und mein Rennrad?" Sören begann das Abschleppseil vom Rover zu lösen.

„Das wird nicht gestohlen", antwortete Mika.

„Darum geht es nicht", entgegnete Sören. „Ich brauche es. Ich nehme am Radrennen Oulu-Rovaniemi-Oulu teil." Wie zur Bestätigung öffnete er den Kofferraum und holte sein Rennrad samt Reisetasche und Rucksack heraus.

Mika reichte ihm das andere Ende des Abschleppseils. „Bei mir im Kofferraum ist noch Platz."

„Ich komme schon klar, danke", wehrte Sören ab, dem wie üblich sein dummer Stolz im Wege stand. Der Finne hatte ihm genug geholfen. Er nahm das Abschleppseil und tat es in den Rover zurück.

Mika ging zu seinem Pontiac, öffnete den Kofferraum und schaute Sören ohne jegliche Regung an.

Sören begriff, dass dies unmissverständlich der letzte Versuch des Finnen war, an seinen Verstand zu appellieren. Oder an seine Vernunft, denn Verstand hatte er ja - er müsste ihn nur öfter benutzen, dann hätte es die Vernunft so manches Mal leichter gehabt. Dass er noch zögerte, lag einfach daran, dass er niemandem zur Last fallen wollte. Sören hasste das Gefühl, jemandem zur Last zu fallen.

„Okay", gab er schließlich nach. „Aber dafür beteilige ich mich an den Spritkosten." Das war das Mindeste. Und Ehrensache.

Mika schwieg. Auch an seiner Mimik war nicht zu erkennen, was er von dem Angebot hielt. Tatsächlich dachte er keine Sekunde darüber nach.

Sören brachte sein Gepäck im Kofferraum des Pontiacs unter, wo noch viel Platz war. Mit wenigen Handgriffen löste er von seinem Rennrad das Vorder- und Hinterrad und verstaute die Teile im Heck. Dabei achtete er darauf, dass die ölige Kette nichts verschmierte.

Mika hatte Sören kommentarlos zugeschaut. Ihm gefiel es, wie fachmännisch der Deutsche zu Werke ging.

Sören fiel ein, dass er sich dem Finnen noch gar nicht vorgestellt hatte. „Sören", sagte er und reichte Mika die Hand.

„Mika", antwortete dieser und schlug ein.

Es war eine überaus sachliche, aber aufrichtige Geste, in der jeweils viel Wertschätzung für den anderen steckte.

Sören überließ dem Besitzer der Werkstatt den Autoschlüssel und half ihm noch den Rover auf die Seite zu schieben. Mit einem *See you later* stieg er auf der Seite von Mika in den Pontiac ein und nahm hinter dem Fahrersitz Platz. Dass er hinten sitzen musste, schmeckte Sören gar nicht. Er hätte viel lieber vorne gesessen, aber da hockte bereits Gloria, diese Egoistin.

Mika wendete den Pontiac. Als sie langsam an der Werkstatt vorbeirollten, hatte sich Aatu schon wieder über den defekten Trecker gebeugt. Sören warf einen letzten Blick auf seinen Rover. Ein gutes Gefühl hatte er nicht.

Mika ließ einen LKW vorbei und lenkte den Pontiac zurück auf die Landstraße Richtung Jämsä.

Gloria hätte nichts dagegen gehabt, ein bisschen mehr informiert zu werden. „Was ist denn jetzt mit dem Rover?", erkundigte sie sich bei Mika.

Mika erklärte es ihr. Dass Sören sie bis Oulu begleiten würde, gefiel ihr nicht wirklich. Das hing hauptsächlich mit ihrem schlechten Gewissen zusammen. Sie hatte sich Sören gegenüber ziemlich dumm verhalten und irgendwie tat ihr das noch immer leid. Sie kämpfte mit sich, ob sie sich bei ihm entschuldigen sollte, entschied sich aber schließlich dagegen. Sie hatte es satt, sich immer bei anderen Leuten zu entschuldigen, ganz besonders bei ihrer Mutter und ihrer Schwester. Aber damit war es nun vorbei. Ein für alle Mal. Sonst würde sich nie etwas ändern. Natürlich war es nicht fair, ihren Groll auf Sören zu übertragen. Noch aber war ihr Schatten zu groß, als dass sie ohne Anstrengung hätte darüber springen können.

Sören lauschte dem Klang des Motors, während der Pontiac über den finnischen Asphalt rollte. Das kraftvolle Schnurren des amerikanischen Oldtimers faszinierte ihn. So musste ein Motor klingen und nicht so eintönig und ausdruckslos wie die Motoren von heute. Die Schönheit der Landschaft dagegen nahm er nur am Rande wahr, aber er war ja nicht nach Finnland gekommen, um sich an der Natur sattzusehen, sondern um seine Kräfte zu messen. Das soll nicht heißen, dass Sören ein Naturverächter war. Im Gegenteil. Er liebte die Natur. Das war auch der Grund, weswegen er von der Stadt aufs Land gezogen war. Weg von der Betonklotzkultur und den vielen von Eile getriebenen Menschen, hin zur Beschaulichkeit des Landlebens, obwohl es auch dort Menschen gab, die einem mit ihren verkorksten Ansichten und Macken gewaltig auf die Nerven gehen konnten. Hätte er das geahnt, als er der Stadt den Rücken kehrte, wäre er gleich in eine Höhle gezogen, damit er seinen Frieden hatte. Von ihm aus konnte sich die Weltbevölkerung auf einige wenige Exemplare dezimieren, aber wahrscheinlich würde es dann immer noch irgendwelche Idioten geben, die einem das Leben schwer machten.

Birken und Nadelbäume säumten nach wie vor die Straße zu beiden Seiten. Mika ließ Kuhmoinen hinter sich – mehr als eine Tankstelle und ein Café, das neu und recht gepflegt aussah, hatten sie von dem Ort nicht zu Gesicht bekommen. Der Himmel zeigte sich von seiner beeindruckenden Seite. Dicke, weiße Wolken hingen wie Requisiten aus Watte in der Atmosphäre, als wären sie dort für immer festgemacht. Einige der Häuser, an denen sie vorbeifuhren, hatten vermutlich im Frühjahr einen frischen Anstrich erhalten. Mal war die Gegend mehr, mal weniger besiedelt. Es gab auch hässliche Zweckbauten, mehrstöckige Mietshäuser, aber das war eindeutig die Ausnahme, bis schließlich überhaupt keine Häuser mehr kamen und lediglich die hölzernen Strommasten einen Hinweis lieferten, dass vermutlich irgendwo in der Nähe Menschen lebten.

6

Gloria hätte stundenlang aus dem Fenster schauen können, alles begierig in sich aufnehmend, was ihr die Umgebung an Eindrücken zu bieten hatte. Sören musste zum wiederholten Male an seinen Rover denken und an das Pech, das er hatte, seit er in Finnland war. Er war gespannt, was als Nächstes passieren würde. Lange musste er nicht warten, das heißt, so richtig kriegte er gar nicht mit, was geschah. Gloria schon. Die sah nämlich, wie auf einmal von rechts eine männliche Gestalt aus dem Wald stürzte und ohne Rücksicht auf ihr Leben die Landstraße betrat und das auch noch im Rückwärtsgang, als würde eine unsichtbare Hand an ihrem Gürtel zerren. Gloria erschreckte sich zu Tode. Sie wollte Mika warnen, doch weil ihr die Zeit dazu fehlte, blieb ihr der warnende Laut im Hals stecken. Zum Glück hatte Mika die Situation rechtzeitig erfasst und geistesgegenwärtig auf die Bremse getreten. Einen Aufprall konnte er dennoch nicht vermeiden. Zwar war der Mann nicht angefahren worden, aber dadurch, dass er das Gleichgewicht nicht halten konnte, hatte er sich mit den Händen auf der Motorhaube abgestützt. Der Mann hatte unwahrscheinliches Glück gehabt, was ihn wenig zu kümmern schien. Seine einzige Sorge galt seinem Camcorder, der bei dem Aufprall in den Straßenrand geflogen war. Der Mann bückte sich danach und untersuchte das Gerät flüchtig nach Schäden. Zu seiner grenzenlosen Freude schien der Camcorder noch einwandfrei zu funktionieren einschließlich der Wiedergabe der eben erst gemachten Aufnahmen.

Mika, der sonst kein Mensch lauter Töne war, riss die Wagentür auf, eilte um den Pontiac und stellte den Mann zur Rede. Auch Gloria und Sören stiegen aus. Sie verstanden kein Wort von dem, was Mika sagte, aber man brauchte nicht viel Fantasie, um zu erraten, was er dem Fremden mitzuteilen hatte. Gloria hörte dem ungewöhnlichen karelischen Klanggebilde, das sich aus dem schier unerschöpflichen Reservoir gleicher Vokale und Konsonanten ergab, fasziniert zu. Sie konnte sich durchaus vorstellen, sich in die Sprache zu verlieben, wenn sie lange genug in Finnland blieb. Von solchen Gefühlen war Sören weit entfernt. Wenn er sich verlieben würde, dann auf keinen Fall in eine fremde Sprache.

Den Fremden schien überhaupt nicht zu interessieren, was Mika von ihm wollte. Er war extra aus Dublin angereist, um dieses schöne Land kennenzulernen, zu Fuß oder per Anhalter. Er war jung, so um die siebenundzwanzig, in einem Alter, wo sich manche noch damit schwertaten, das Leben als etwas zu begreifen, das ein bisschen mehr ist als eine unendlich lange Party. Der Ire war nicht nur jung, er sah auch gut aus. Er hatte schwarzes Haar, das arg zerzaust war, als hätte er unterwegs seinen Kamm verloren. Auf seinem verwaschenen blauen T-Shirt prangte ein großes Logo: *Kilbeggan Irish Whiskey.*

„Jesus! Look!", unterbrach er Mika wie aufgedreht und zeigte ihm voller Begeisterung das Display seines Camcorders, während er die bewegten Bilder wild gestikulierend kommentierte und dabei so überhastet sprach, dass es unmöglich war, seinem vom Dubliner Dialekt geprägtem Englisch einen Sinn zu entnehmen. Der Sinn ergab sich aus den Aufnahmen, die er Mika zeigte und plötzlich wurde dem Finnen klar, was den Iren dazu veranlasst hatte, scheinbar unmotiviert vor sein Auto zu laufen. Der Grund war ein Elchbulle, den der Ire beim Fressen gefilmt hatte. Offensichtlich hatte sich das Tier dabei gestört gefühlt, denn plötzlich drehte der Elch seinen Kopf, der mit einem mächtigen Geweih ausstaffiert war, und stapfte ein paar Schritte auf den Iren zu. Statt das als Warnung zu verstehen, interpretierte dieser die Begegnung fälschlicherweise als unglaublich glückliche Fügung. Wann kriegte man schon mal so ein stattliches Tier vor die Linse? Er wäre dumm gewesen, die einmalige Gelegenheit ungenutzt zu lassen, also hatte er sich nicht vom Fleck gerührt und munter darauf los gefilmt. Dem Elch muss es wohl nicht gefallen haben, dass sein Einschüchterungsversuch so kläglich fehlgeschlagen war. Damit der Spinner kapierte, dass ein Elchbulle es nicht besonders schätzt, wenn man ihm bei seiner Mahlzeit ungefragt zuschaut und auch noch dabei filmt, hatte er sich erneut in Bewegung gesetzt. Mika sah, wie der Bulle auf den Iren zu rannte. Spätestens da musste dieser begriffen haben, dass er sich in keinem Wildpark befand, der von einem hohen Zaun umgeben war, denn auf einmal verwackelten die Aufnahmen und vom Wald war nur noch der vom Laub und Tannennadeln verdichtete Boden zu sehen, das Ganze eindrucksvoll untermalt mit der schnellen Atmung des Flüchtenden. Akustisch endeten die Aufnahmen damit, wie jemand mit seinem Wagen eine Vollbremsung machte.

Der Ire redete gestikulierend weiter, schnappte sich seinen Rucksack, der noch zwei Minuten zuvor an seiner Schulter gebaumelt hatte und ebenfalls in den Seitenrand geflogen war, und machte Anstalten, in den Wald zurückzukehren. Er wollte dem Prachtelch noch einmal begegnen, nur dieses Mal würde er sich nicht so amateurhaft anstellen. Alles deutete darauf hin, dass er jegliche Orientierung verloren hatte, geistig, seelisch und geografisch.

Mika hatte wenig Lust, hinter dem Kerl herzurennen, aber ihn einfach so ziehen zu lassen, behagte ihm genauso wenig. Das hing auch ein wenig mit dem sorgenvollen Blick zusammen, den er bei Gloria bemerkt hatte. Wie er die Sache einschätzte, würde es nicht bei dem sorgenvollen Blick bleiben. Mit dem Blick würden Gedanken verbunden sein, die sie garantiert nicht für sich behalten würde. Letztlich würde alles darauf hinauslaufen, dass sie nach ein paar Kilometern umkehren würden, um sich auf die Suche nach dem Elchfilmer zu machen. Dass ein Finne in der Lage war, so feinsinnig und vorausschauend zu denken, war schon eine kleine Überraschung. Aber seit der Trennung von Pihla hatte Mika einiges dazugelernt.

„Stopp!", rief er, bevor der spleenige Tierfilmer für immer im Wald verschwunden war.

Gloria zuckte vor Schreck zusammen.

Der Ire hielt tatsächlich inne, aber nur um Mika zu erklären, dass er eine neue Leidenschaft entdeckt hatte – mooses.

Mika hätte entgegnen können, dass er bei den finnischen Elchen mit dieser Leidenschaft auf wenig Gegenliebe stoßen würde, aber das hätte den Iren vermutlich nicht überzeugt. Der Kerl brauchte handfestere Argumente, damit er von seinem Vorhaben abließ. Mika erklärte ihm, dass sich im Wald ein ehemaliges militärisches Sperrgebiet befände. Jetzt lägen überall Granaten und andere Blindgänger herum. Damit der Ire auch wirklich verstand, was er sagte, hatte er sich kurzerhand der englischen Sprache bedient.

Der Ire stutzte. Wieso es dann nirgends Hinweisschilder gäbe, hakte er nach.

Das war sicherlich eine berechtigte Frage, zumal Mika sich die Freiheit genommen hatte, zu einer Lüge zu greifen. Also machte er da weiter, wo er aufgehört hatte. Hinweisschilder seien nicht erforderlich, entgegnete er. Als Finne würde man das einfach wissen. Das Gute an den Granaten sei, dass man hier keine Jäger bräuchte, weil sich die Elche von ganz allein dezimierten. Wie zur Demonstration tat er so, als würde er mit dem Fuß auf einen Sprengkörper treten, während er mit einem *Bum* und fuchtelnden Armen recht glaubhaft eine Detonation andeutete.

Der Ire konnte sich das Szenario gut vorstellen. Nachdenklich rieb er sich das stoppelige Kinn.

Ob er denn ein ganz bestimmtes Ziel gehabt hätte, wollte Mika wissen.

Lappland, antwortete der Ire.

Mika nickte. In Lappland gäbe es viele Rentiere, sagte er. Die seien nützlicher als Elche. Er könne ihn bis nach Oulu mitnehmen.

Das Gesicht des Iren hellte sich auf. Das sei ein Wort, sagte er und streckte Mika die Hand entgegen: „Brian."

Als er erfuhr, dass Gloria und Sören aus Deutschland stammten, strahlte er über das ganze Gesicht. „Ich war zwei Jahre in Deutschland", sagte er. Sein Deutsch klang gar nicht mal so schlecht, wie Sören feststellte.

„Wo denn?", erkundigte sich Gloria.

„In Frankfurt", antwortete Brian. „Als Schweißer im Subunternehmen meines Onkels."

Wahrscheinlich weder sozial- noch krankenversichert, dachte Sören. Aber ihm konnte es egal sein, auf welche Weise die Leute ihr Geld verdienten. Er stieg mit den anderen in den

Wagen, dann ging es weiter Richtung Norden.

Brian war von der Begegnung mit dem angriffslustigen Elch so aufgewühlt, dass er die Aufnahme wieder zurückspulte. Da weder Gloria noch Sören die Bilder kannten, hielt Brian zuerst ihr und danach seinem Sitznachbarn das Display hin, um sich anschließend die entscheidende Szene mindestens ein dutzend Mal selbst anzusehen. Dabei jauchzte er stets aufs Neue wie ein kleines Kind.

Sören verstand nicht, wieso Brian so einen Spektakel davon machte. Er tat so, als wäre er einem Rudel hungriger Wölfe begegnet oder einem schlecht gelaunten Bären. Dabei war es bloß ein hundsgewöhnlicher Elch, von denen es vermutlich Hunderttausende in den finnischen Wäldern gab.

Brian brauchte einige Kilometer, bis er sich einigermaßen beruhigt hatte. „Machst du mit Gloria hier Urlaub?", fragte er Sören.

Sören hob abwehrend die Hände. „Nein, nein", antwortete er schnell. So weit kam es noch, dass man sie für ein Pärchen hielt. Er klärte Brian in wenigen Worten über das Ziel seiner Reise auf, was er dort wollte und weshalb sein Rennrad jetzt im Kofferraum des Pontiacs steckte. Brian war beeindruckt. Er hatte viel für sportliche Leute übrig. Sein Herz schlug für den Halbmarathon, an dem er schon etliche Male teilgenommen hatte. Eigentlich hatte er in diesem Sommer zum ersten Mal die volle Distanz laufen wollen – in Dublin –, aber dann hatte er sich spontan für die Reise nach Finnland entschieden.

„Und du?", wandte er sich an Gloria.

Gloria war nach wie vor nicht gewillt, den wahren Grund ihrer Reise zu nennen. Nicht, weil man sie für verrückt halten könnte. Damit hätte sie zur Not leben können. Sie hatte nur so eine panische Angst vor weiteren Fragen. Fragen, auf die sie nicht wirklich eine Antwort wusste, weil sie selbst daran zweifelte, ob es richtig war, nach Oulu zu reisen. Trotz des regen Austausches mit *huuhteluaine* besaß sie weder ein Foto von ihm, noch seine Adresse, nicht einmal seine Handynummer. Umgekehrt verhielt es sich genauso. Auch Gloria hatte ihre Anonymität bewahrt. Dafür hatte sie nie gelogen, wenn sie mit ihm chattete und über Dinge schrieb, die sie bewegten, die sie traurig machten, über die sie sich ärgerte oder über die sie sich einfach nur freute. So ehrlich und mitteilsam war sie nicht einmal gegenüber ihren Freunden und Kollegen. Sie ging davon aus, dass *huuhteluaine* zu ihr ebenso ehrlich war. Wenn das so war, wäre es doch dumm gewesen, solch einen Menschen nicht kennenzulernen. Diese Widersprüchlichkeit, die ihr nicht von der Seite wich wie ein lästiger Straßenköter, machte es ihr unmöglich, sich den anderen anzuvertrauen und daher sagte sie dem Iren, was sie schon zu Sören und Mika gesagt hatte – dass auch sie nach Oulu wolle und von da gleich weiter nach Kuusamo. So ganz wohl fühlte sie sich nicht dabei. Sie hatte Angst, sie könnten dahinterkommen, dass sie log, je öfter sie das sagte. Es klang jedenfalls von Mal zu Mal unglaubwürdiger.

„Wieso dieser Umweg über Oulu?", wollte Mika auf einmal wissen. „Hat das einen besonderen Grund?"

Glorias Herz geriet für einen Augenblick in eine leichte Schieflage. „Nein", antwortete sie, darum bemüht, sich ja nichts anmerken zu lassen. „Muss es denn immer einen besonderen Grund geben, um von A nach B zu fahren?"

Mika zuckte mit den Schultern. Um von A nach B zu fahren, musste es tatsächlich keinen besonderen Grund geben. Er sah aber auch keinen Nachteil darin, einen zu haben.

Gloria, die Schwierigkeiten hatte, Mikas Schulterzucken richtig zu deuten und sich dadurch in die Enge getrieben fühlte, lenkte die Aufmerksamkeit auf den Iren. Was ihn nach Lappland führe, erkundigte sie sich.

„Mir sind die Straßen von Dublin zu eng geworden", antwortete dieser ausweichend. Er hatte vor, seine Reise zu filmen und einige der Bilder ins Netz zu stellen.

Mika hatte bereits erwähnt, dass er nach Oulu wollte, aber nicht, weshalb. Brian hätte es gern etwas genauer gehabt.

„Ich bin Softwareentwickler und habe geschäftlich dort zu tun", antwortete Mika kühl und schaltete demonstrativ das Radio ein.

Alle hatten verstanden, dass er keine weiteren Fragen wünschte. Sie hielten sich daran. Sören hätte aber auch ohne dieses eindeutige Signal keine Fragen gehabt. Er war kein besonders neugieriger Mensch, jedenfalls nicht was fremde Biografien betraf und das ganz persönliche Drumherum, das zwangsläufig damit verbunden war. Passend zur Stimmung erklang aus dem Radio ein finnischer Tango. Die melancholische Musik schlug sofort aufs Gemüt. Mika gefiel es. Wie so viele Finnen war er mit dem Tango praktisch groß geworden. Instinktiv hielt er das Steuer etwas fester. Es hatte in seinem Leben schon viele Momente gegeben, wo er todunglücklich war und wenn sie dann im Radio einen Tango spielten und er Auto fuhr, konnte es durchaus passieren, dass er plötzlich das brennende Verlangen spürte, mit dem Wagen gegen einen Baum zu fahren. Einfach so. In seiner Vorstellung musste es ein wunderschöner Tod sein, bei den Klängen eines finnischen Tangos zu sterben. An diesem Tag jedoch war ihm der Gedanke an den Tod eher unangenehm. Zum einen, weil es im Beisein anderer kein wirklicher Genuss war, sich mit dem eigenen Tod zu befassen, zum anderen, weil da noch der Tod einer ganz anderen Person im Raum stand. Sich damit auseinanderzusetzen fiel ihm überaus schwer, ganz besonders mit diesen drei Fremden im Auto.

Sören konnte mit der Musik absolut nichts anfangen. Er hatte davon gehört, dass die Finnen ein schwermütiges Volk sein sollen. Bei der Grabesmusik, so sagte er sich, war das auch kein Wunder. Lange würde er dieses Gejammer nicht ertragen. Er konnte nur hoffen, dass der Sender noch etwas anderes zu bieten hatte außer diesem Tango, bei dem man spätestens nach zwei Minuten große Lust verspürte, sich eine Kugel durch den Kopf zu jagen. Es war ihm unbegreiflich, wie man bei derart trübsinnigen Klängen entspannt bleiben konnte.

Brian schwenkte den Camcorder von Sören zu Mika und von da auf das original Sechziger-Jahre-Radio, das er etwas übertrieben lange filmte. Anschließend richtete er die Kamera kurz auf Glorias Hinterkopf und nachdem er die Fensterscheibe heruntergedreht hatte, nahm er die vorbeifliegende Landschaft auf. Brian fand, dass der Tango eine geniale musikalische Untermalung für seinen Dokumentarfilm war.

Gloria war, was Musik betraf, äußerst tolerant. Sie hätte nie jemanden wegen seines Geschmacks belächelt oder ihn gemieden, nur weil er für eine Band schwärmte, die nach Meinung anderer so miserabel war, dass sie sich lieber vor einen Zug geworfen hätten, als auch nur ein einziges Lied zu Ende zu hören. Mit dem Tango, den sie gerade im Radio spielten – es war bereits der zweite am Stück – hatte sie jedoch ihre Schwierigkeiten. Was auch immer der finnische Sänger in seinem Lied begehrte oder was auch immer ihn so traurig stimmte, der Tango machte sie schwermütig. Gloria wollte aber nicht schwermütig sein. Dann lieber wütend, wenn fröhlich sein schon nicht möglich war. Sie spielte mit dem Gedanken, auf ihr iPhone zurückzugreifen, sagte sich dann aber, dass es Mika gegenüber unhöflich wäre, wenn sie ihm auf diese Weise zu verstehen gab, dass Tango nicht gerade die Musik war, die sie brauchte, um bei Laune zu bleiben. Womöglich hätte es ihn sogar gekränkt. Trotzdem wollte sie nicht so tun, als wäre alles in bester Ordnung. Mika sollte ruhig merken, dass sie an ihrem seelischen Gleichgewicht ein großes Interesse hatte und dass dieses Gleichgewicht nun in Gefahr geriet. Also warf sie ihm einen Blick zu, der genau das zum Ausdruck bringen sollte. Dass Mika auf die Straße guckte, weil er ja fahren musste, störte sie nicht.

Mika hatte ihren Blick sehr wohl bemerkt und zurückgeschaut, aber da hatte sie sich bereits abgewandt. Er konnte sich aber auch so denken, weshalb sie zu ihm hergesehen hatte. Doch er würde den Teufel tun und einen anderen Sender suchen.

7

Sören war der Verzweiflung nahe. Wenn das so weiterging, würde er sich in der nächsten Kurve aus dem Wagen werfen. Es folgte ein kurzer Kommentar des finnischen Moderators. Der Krach, der daraufhin aus den Boxen drang, hatte dann mit Tango so viel zu tun wie die Klänge einer Harfe mit dem Lärm eines Presslufthammers. Man hätte meinen können, das Stück wäre in einem Bierzelt voller sturzbetrunkener Finnen aufgenommen worden. Der Sänger schrie sich förmlich die Lunge aus dem Hals, als ging es einzig und allein darum, die Instrumente seiner Band zu übertönen. Die Stimmung im Wagen änderte sich von einem Herzschlag auf den anderen. Sören und Brian mussten lachen.

Gloria blickte verwundert zu Mika. „Was ist das?", fragte sie erstaunt und begeistert zugleich. Der Sänger hatte enorm viel Pfeffer in der Stimme.

„Eläkeläiset", antwortete Mika mit einem kaum wahrnehmbaren Schmunzeln.

„Eläkewie?"

„Eläkeläiset", wiederholte Mika, was Gloria nicht wirklich weiterhalf. „Humppa!", fügte er erklärend hinzu.

Endlich hatte sie begriffen. Im Gegensatz zum Tango klang Humppa nach purer Lebensfreude. Vielleicht ging es auch in diesem Lied um eine Frau, die von jemandem begehrt wurde, ihrem Verehrer aber die kalte Schulter zeigte, nur dass es sich nicht so anhörte, als würde der Geschmähte gerade an gebrochenem Herzen sterben. Vielleicht war er sogar froh darüber, dass seine Angebetete nichts von ihm wissen wollte, weil sie, wie er zufällig erfahren hatte, nachts mit den Zähnen knirscht oder grässlich schnarcht. Vielleicht freute sich der Sänger aber auch nur über das famose Spiegelei, das ihm seine Mutter jeden Morgen mit viel Liebe zum Frühstück brät, bevor er das Haus verlässt, um mit dem Überlandbus zur Arbeit in die Stadt zu fahren, wo er als Kanalarbeiter seine Brötchen verdient. All das wäre durchaus denkbar gewesen und selbst wenn es nicht so war, wäre es allemal eine Überlegung wert gewesen, darüber einen Song zu schreiben. Wovon das finnische Lied auch immer handeln mochte, es klang so ulkig und ansteckend, dass man einfach mitmachen musste, was Gloria, Sören und Brian dann auch taten. Gemeinsam brachten sie den Pontiac zum Rocken.

Mika ließ das Trio gewähren. Auch wenn er schon ein wenig stolz darauf war, dass eine finnische Band drei Reisende aus der EU derart in Stimmung versetzte, zeigte er nicht die kleinste Regung. Als Finne war das allerdings mit keinerlei Mühe verbunden, er musste sich also nicht zwingen keine Regung zu zeigen, es passierte einfach von selbst. Außerdem hatte er den Kopf voll mit anderen Dingen. Nach etwa drei Minuten war der Bierzeltkrach zu Ende. Brian, der den größten Spaß gehabt hatte, war darüber am meisten enttäuscht. Sören war es im Prinzip egal, wunderte sich aber darüber, dass Finnen so ausflippen konnten wie diese Band mit dem unaussprechlichen Namen. Das war alles andere als nordische Gelassenheit. Mit Gelassenheit hatte auch der nächste Titel nichts zu tun. Auch nicht mit Humppa.

„Das ist Erja!", rief Gloria entzückt und ohne Mika zu fragen, drehte sie das Radio einfach lauter.

Mika sagte nichts, hätte sich so etwas aber niemals erlaubt, wäre er in einem fremden Land gewesen und von einem freundlichen Fahrer auf einem Parkplatz aufgegabelt worden.

Erja spielte ein technisch perfektes Stück auf ihrer Slidegitarre, einen typischen Blues. Den Text sang sie auf Englisch. Gloria stellte zum wiederholten Male fest, was für eine fantastische Stimme die Finnin hatte.

Mika sagte noch immer nichts. Er sah, wie Gloria regelrecht mit dem Blues seiner Landsfrau verschmolz und wollte nicht stören. Niemand seiner Begleiter hatte bemerkt, dass sie jetzt auf der E 63 fuhren, was nicht einfach zu erkennen war, da sie sich noch immer auf derselben Straße befanden – die Landstraße war lediglich zur Europastraße geworden, ohne sich qualitativ verändert zu haben. Der Belag war derselbe und auch die Breite war gleich geblieben. Als Erjas Song zu Ende war, drehte Gloria das Radio wieder leiser.

„Sorry", sagte sie mit einem entschuldigenden Lächeln. „Ich glaube, ich hätte dich vorher fragen sollen."

Mika starrte auf die Landstraße und schwieg.

Brian richtete den Camcorder auf die einzigartige finnische Landschaft. Er hatte genügend Speicherkarten dabei, um jedes Haus, jeden Elch und jeden der hunderttausend Seen in diesem wunderbaren Land zu filmen. An einem solchen See fuhr Mika gerade vorbei, als Brian auf einem Parkplatz einen Trecker entdeckte. Der Trecker war vor eine kleine Holzhütte gespannt.

„Großer Gott, was ist das?", erkundigte er sich aufgeregt, die Kamera noch immer auf den Trecker gerichtet.

Mika erklärte ihm, dass es sich bei der Hütte um eine fahrbare Sauna handelte.

„Eine Sauna?" Brian war schon wieder Feuer und Flamme. Die ungewöhnliche Schwitzhütte durfte er sich auf keinen Fall entgehen lassen. „Stopp! Stopp!", rief er.

Mika schaute in den Rückspiegel. „Ich kann hier nicht halten", sagte er ruhig.

„Dann kehr um", entgegnete Brian.

„Warum?", erkundigte sich Mika.

„Das fragst du noch?", rief Brian. „Eine Sauna am Straßenrand, die nur auf uns wartet, und du fährst einfach vorbei."

Mika war nicht sicher, ob das, was Brian hatte ausdrücken wollen, mit dem, was er gesagt hatte, identisch war. „Du willst in diese Sauna?", vergewisserte er sich.

Und ob Brian wollte. Er bettelte so lange, bis er Sören und Gloria und zum Schluss auch Mika auf seiner Seite hatte. Nach einem halben Kilometer kam auf der Gegenseite eine Haltebucht, die Mika zum Wenden benutzte. Der Ire mochte vielleicht ein bisschen überdreht sein, aber sein Interesse an der Ausgefallenheit finnischer Kultur machte ihn fast schon wieder sympathisch.

„Yes!", rief Brian vor Begeisterung, als die fahrende Sauna erneut in sein Blickfeld geriet.

Mika fuhr auf den Parkplatz, wo er den Wagen gut zwei Meter hinter der rollenden Schwitzhütte abstellte. Turre, der Eigner der ungewöhnlichen Sauna, hatte es sich unter dem gelben Sonnenschirm eines finnischen Eisherstellers in einer Klappliege gemütlich gemacht und spielte ein Spiel auf seinem Smartphone. Er war groß und schlank, hatte dünnes, blondes Haar und seine Augen waren so blau wie der See hinter ihm. Er dürfte um die dreißig gewesen sein, als sein Spiel durch einen Anruf unterbrochen wurde. Turre nahm das Gespräch entgegen. Er hörte sich geduldig an, was die Person am anderen Ende von ihm wollte und wenn er antwortete, kam er meist mit einem einzigen Wort aus. Nachdem das Gespräch beendet war, speicherte er in seinem Terminkalender die Daten des Kunden, der Turre für den übernächsten Tag an einen bestimmten Ort und zu einem bestimmten See bestellt hatte. Das Geschäft lief besser, als er gedacht hatte. Er war zufrieden, auch wenn man ihm das nicht unbedingt anmerkte.

Mika besprach sich kurz mit Turre und nannte allen den Betrag, den das spontane Vergnügen kosten sollte. Brian freute sich wie ein Kind über sein erstes Handy. Turre legte ein paar Holzscheite in den Ofen. Schon bald stieg Rauch aus dem kleinen Aluminium-Schornstein.

Gloria saß noch immer im Wagen. Sie hatte zwar dem Zwischenstopp zugestimmt, sich jedoch noch nicht definitiv entschieden, ob sie wirklich mit in die Sauna sollte. Sie hatte nichts gegen Spontaneität, war aber selbst dann noch unentschlossen, als die anderen begannen, sich auszuziehen.

Brian wollte von ihr wissen, weshalb sie sich nicht fertig machte.

„Keine Lust", antwortete Gloria etwas schärfer, als sie beabsichtigt hatte.

„Komm schon, das macht bestimmt Spaß", sagte Brian.

Gloria zögerte. Sie wusste selbst nicht ganz genau, weshalb. Vielleicht lag es daran, dass sie die einzige Frau war oder daran, dass es ihr in der kleinen Sauna zu eng werden könnte. Ein Gedanke beschäftigte sich mit möglichen Bakterien. Ein anderer wiegelte ab – bei der Hitze schienen Bakterien eher unwahrscheinlich zu sein.

Plötzlich hatte Brian eine originelle Idee. Zumindest glaubte er, dass sie originell wäre. Er schnappte sich den Camcorder und richtete die Kamera auf Gloria. Während der Ire sie filmte, sprach er einen albernen, beinahe kindlichen Text dazu.

Sören konnte nicht anders, er musste lachen.

„Lass das", wies Gloria Brian zurecht und hielt ihre Hand vor die Linse. Sie konnte es nicht leiden, wenn sie jemand ungefragt filmte, schon gar nicht, wenn man sich dabei über sie lustig machte.

Brian filmte munter weiter.

„Ich mag das nicht!", sagte Gloria in einem schärferen Ton.

Sören war schon beim ersten Mal, als er gelacht hatte, davon ausgegangen, dass seine Reaktion bei Gloria vermutlich nicht gut ankommen würde. Aber Brians Auftritt war so lustig, dass es ihm schwerfiel sich zusammenzureißen und plötzlich war es um ihn geschehen – er musste so lachen, dass ihm das Wasser in die Augen stieg, wodurch sich Brian wiederum angespornt fühlte, mit seinen Albernheiten fortzufahren.

Schwer zu sagen, wie Gloria reagiert hätte, wenn das noch eine Weile so weitergegangen wäre. Nun war sie nicht der Typ, der anderen die Augen auskratzte oder in solchen Momenten anfing zu heulen. Gut möglich, dass sie die beiden mit Verachtung gestraft oder ihnen ein paar passende Kraftausdrücke an den Kopf geworfen hätte. Dazu kam es aber nicht, weil Mika, der sich daran gestört hatte, wie sich Brian und Sören aufführten, dazwischenfunkte.

„Du hast doch gehört, was sie gesagt hat", wandte er sich an Brian. „Hab ein bisschen mehr Respekt vor ihr." Trotz der Zurechtweisung strahlte er eine große Ruhe aus.

Brian stellte sein albernes Getue augenblicklich ein. Sören hörte auf zu lachen. Schweigend zogen sie sich weiter aus.

Auch wenn sich der Finne nicht direkt an Sören gewandt hatte, so fühlte sich dieser doch von ihm wie ein dummer Junge behandelt. Das ärgerte ihn. Sören wäre aber nie auf die Idee gekommen, mit Mika einen Streit anzufangen. Sich zu streiten war nicht sein Ding. Auseinandersetzungen fanden allenfalls in seinem Kopf statt. Dann hagelte es üble Beschimpfungen und manchmal, wenn er auf jemanden so richtig wütend war, kamen die unterschiedlichsten Mordfantasien hinzu. Den Widersacher mit der Axt in Stücke zu zerhacken, war dann eher noch ein humaner Tod. Jedenfalls hatte sich der Finne mit seiner Zurechtweisung bei Sören nicht gerade beliebt gemacht.

Gloria wusste nicht so recht, wie sie Mikas Parteinahme einzuordnen hatte. Einerseits fand sie es rührend, dass er sich für sie eingesetzt hatte, andererseits hatte sie ihn nicht darum gebeten. Sie konnte sehr gut auf sich selbst aufpassen. Trotzdem war es eine nette Geste von ihm. Ein schwaches Schmunzeln huschte über ihr Gesicht. Belustigt blickte sie in den Außenspiegel und sah, wie sich ihre Reisebegleiter bis auf die Unterhose auszogen. Der Einzige, der so etwas wie modischen Geschmack zu besitzen schien, war Mika. Seine schwarzen Boxershorts hatten durchaus Stil, während die Unterhosen von Brian und Sören vermutlich vom Discounter stammten. Mit Kennerblick stellte sie fest, dass alle drei gut gebaut waren, wobei Sören der Muskulöseste von ihnen war. Man musste kein Experte sein, um zu ahnen, was für eine ungeheure Kraft in seinem athletischen Körper steckte. Ein Totenkopf-Tattoo zierte seinen rechten Oberarm. Auch Brian war von sportlicher Statur, jedoch um einen Kopf kleiner als Sören. Mika, der der

Größte von ihnen war, fiel eher durch seine schneeweiße Haut auf. Dass er ein paar Gramm mehr auf den Rippen hatte als die anderen, gefiel ihr.

Brian stieg als erster in die Schwitzhütte.

„Alles okay?", erkundigte sich Mika bei Gloria.

Gloria nickte und lächelte ihn an. Es passierte nicht alle Tage, dass ein Mann – und dazu noch ein Finne – mit eleganten Boxershorts vor ihr stand und sich bei ihr erkundigte, ob alles okay sei. Sie schaute Mika schmunzelnd hinterher, der Sören in die fahrbare Sauna folgte.

Gloria versuchte ein wenig zu entspannen und schloss die Augen. Sie hatte die Augen vielleicht eine halbe Minute zu, als Mika zurückkehrte und ihr durch das offene Beifahrerfenster ein Saunatuch vorsichtig auf den Schoß legte.

Gloria öffnete die Augen.

„Falls du doch noch Lust bekommen solltest", sagte Mika.

„Danke", sagte Gloria.

Wortlos kehrte Mika in die Schwitzhütte zurück.

Gloria schloss wieder die Augen und dachte über Mika nach. Eigentlich war der schweigsame Softwareentwickler ein attraktiver Mann. Vielleicht ein bisschen zu schweigsam, aber die Finnen waren ja nicht gerade für ihre Redseligkeit bekannt. In einer Fernsehreportage über Finnland, die sie zufällig kurz vor ihrer Abreise gesehen hatte, hieß es unter anderem, dass die männlichen Bewohner nur dann miteinander kommunizierten, wenn sie einander etwas Wichtiges mitzuteilen hätten und dass sie kein Problem damit hätten ihr Bier oder ihren Kaffee bei geselligem Schweigen zu genießen. Gloria konnte sich das gar nicht so richtig vorstellen. Wie sollte das funktionieren – mit Freunden oder Bekannten gemeinsam an einem Tisch zu sitzen und minutenlang nicht miteinander zu reden? Sie würde sich jedenfalls äußerst unwohl fühlen, wenn sie von lauter netten Leuten umgeben wäre und man würde sich die ganze Zeit nur anschweigen. Ein bisschen fröstelte ihr bei dem Gedanken. Wie hielten es eigentlich die finnischen Frauen mit ihren schweigsamen Männern aus? Gloria wäre mit einem schweigsamen Partner nur schwer klargekommen. Wenn sie schon mit einem Mann zusammen war, wollte sie auch mit ihm über alles reden. Ganz besonders über ihre Gefühle. Über das, was sie freute. Was sie begeisterte. Was sie rührte. Was sie ängstigte. Was sie traurig machte und natürlich auch, was sie wütend machte. Offen sein, wie sie und *huutulaine* es waren, wenn sie miteinander chatteten. Könnte sie mit einem Finnen zusammenleben? Zum Beispiel mit einem Mann wie *huutulaine*? Oder mit einem Kerl wie Mika? Beide schienen ihr extrem verschiedene Wesen zu sein. Gloria musste grinsen. Seltsames Gedankenspiel, das sie da hatte. Fast schon kindisch. Sie versuchte angestrengt, an gar nichts zu denken, jedoch ohne den gewünschten Erfolg. Mika ging ihr nicht aus dem Kopf. Irgendwie wurde sie den Verdacht nicht los, dass mehr hinter seiner Verschlossenheit steckte als eine typische finnische Eigenschaft. Sie hätte nicht sagen können, woran sie das festmachte, doch es schien fast so, als würde ihn etwas bedrücken. Sie bezweifelte allerdings, dass es ihr jemals gelingen würde, auch nur die kleinste Kleinigkeit über die Hintergründe zu erfahren und so beabsichtigte sie erst gar nicht, in diese Richtung aktiv zu werden.

8

Mika schöpfte bereits zum dritten Mal mit einer hölzernen Kelle Wasser aus dem Aufgusskübel, der ebenfalls aus Holz war, und goss es über die erhitzten Lavasteine (das Wasser stammte vermutlich aus dem See, der sich hinter dem Parkplatz befand). Das Zischen der Steine hörte sich ein bisschen an wie eine schlecht gelaunte Wildkatze, die einem unliebsamen Konkurrenten Respekt einflößen will. Wasserdampf stieg auf und verteilte sich in der kleinen Sauna, in der gut sechs, sieben Personen Platz hatten.

„Jetzt weiß ich ungefähr, wie sich ein Brathähnchen fühlen muss", lachte Brian. Er saß zum ersten Mal in einer Sauna. Der Schweiß lief nur so an ihm herunter.

Im Gegensatz zu Brian schwitzte Sören nicht ganz so stark.

Was Schwitzen betraf, war er sowieso ein Ausnahmetyp. Er könnte einen 100kg schweren Rucksack fünfzigmal einen Steilhang rauf und runter tragen und auf seiner Haut würden sich maximal zwei, drei winzige Schweißperlen bilden. Ob das nun für die Regulierung des körpereigenen Wärmehaushalts vorteilhaft war, sei dahingestellt. Tatsache war, dass er gern in die Sauna ging. Er war zwar kein regelmäßiger Saunagänger, aber zwei -, dreimal im Jahr überkam es ihn und dann fuhr er mit einem Kollegen, mit dem er sich am besten verstand, nach der Arbeit in die Sauna, schwitzte mit ihm den halben Abend und wenn sie mit allem durch waren und sich angezogen hatten, setzten sie sich an die Bar und gönnten sich ein kühles, alkoholfreies Bier. In solchen Momenten sehnte sich Sören nicht einmal nach einer schönen Frau. Obwohl man mit solchen Behauptungen vorsichtig sein sollte. Für eine attraktive Endzwanzigerin hätte Sören mit Sicherheit seinen Kollegen und das kühle Bier stehen lassen. Aber Zufallsbekanntschaften mit attraktiven Endzwanzigerinnen hatte er bisher nur wenige gehabt. Eigentlich gar keine, wenn er ehrlich war.

Für Mika gehörte ein Saunabesuch zu seinem Leben wie schlafen und Zähne putzen. Wie für jeden Finnen quasi. Würde man Mika fragen, an welchem Ort er sich am wohlsten fühlte, würde er ohne zu zögern *in der Sauna* antworten. Vermutlich würden das 95% aller Finnen behaupten, unabhängig davon, ob sich die Sauna hinter dem Eigenheim, irgendwo im Wald, neben einem Eisloch oder in einem fahrbaren Unikum wie diesem hier befand. Für einen Finnen spielte das so gut wie keine Rolle. Hauptsache, man schwitzte. Dabei wurde nicht nur der Körper gereinigt. Auch Seele und Geist wussten davon zu profitieren. Beide erholten sich dabei auf wunderbare Weise. Alles hatte wieder seine Ordnung. Die Seele war mit dem Geist und der Geist mit der Seele im Einklang. Mika fühlte sich dann jedes Mal wie neugeboren. Bis die Wirkung nach zwei, drei Stunden verflogen war und der alte Kummer zurückkehrte.

Mika nahm die Aufgusskelle, füllte sie wieder mit Wasser und hielt sie auffordernd in Richtung Sören. Der zögerte zunächst, weil er mit der Geste nichts anzufangen wusste, dann begriff er, dass der Finne bloß nett zu ihm sein wollte und ihm für einen Augenblick den Part des Saunameisters überließ, auch wenn man sagen muss, dass die Finnen recht locker damit umgingen, wer in einer Sauna den Aufguss übernahm. Sören fühlte sich durchaus geehrt. Mit einem Grinsen im Gesicht erhob er sich von seinem Platz, ergriff die Kelle und goss das Wasser über die Lavasteine, dass es kräftig zischte und erneut Wasserdampf nach oben stieg, um sich – nachdem er von der Decke sanft zurückgefedert worden war – ohne sonderliche Eile als dünne Nebelschwaden in dem stickigen Raum zu verteilen.

Sören kehrte zufrieden an seinen Platz zurück. Das hieß jedoch nicht, dass er Mika den Anschiss von eben schon verziehen hätte. Dazu war Sören ein viel zu nachtragender Mensch. Wer einmal auf seiner schwarzen Liste stand, wurde nicht einfach so gestrichen. Normalerweise ließ Sören unendlich viel Zeit verstreichen, Zeit, die der Gescholtene nutzen konnte, sich durch angemessenes Verhalten – am besten er lief Sören ein paar Monate nicht über den Weg – aus den Top Ten der unbeliebtesten Leute zu verabschieden, indem er sich Platz für Platz nach unten arbeitete, wo sich diejenigen Leute tummelten, von denen Sören sich durchaus vorstellen konnte, wieder das ein oder andere Wort zu wechseln. Aber da mussten die Kandidaten bei ihm schon einen verdammt guten Tag erwischen.

Die Nebelschwaden hatten sich kaum verflüchtigt, da bemerkte auch Sören die Auswirkungen der Hitze. Er schwitzte am ganzen Körper. Fasziniert beobachtete er, wie sich immer mehr Wasser auf seinen Armen bildete, als die Holztür aufging und Gloria – in das Saunatuch gehüllt, das Mika ihr gegeben hatte –, in die stickige Hütte huschte. Die heiße Luft raubte ihr fast den Atem. Damit nicht allzu viel Hitze ins Freie drang, machte sie die Tür schnell hinter sich zu und setzte sich auf die untere der beiden Stufen. Sie schwitzte sofort aus allen Poren. Für einen Augenblick hatte sie mit ihrem Kreislauf zu kämpfen. Vielleicht war es doch keine so gute Idee, ihren Körper einen Temperaturunterschied von mehreren zig Grad zuzumuten, ohne ihm ausreichend Zeit zu geben, sich darauf einzustellen.

Mika machte die Augen zu und versuchte alles von sich abzuschütteln, was für ein erfolgreiches Saunabad hinderlich war. Es gelang ihm nicht. Er hätte vermutlich vierundzwanzig Stunden am Stück in der Sauna verbringen können, es hätte nicht geklappt. Er war zu abgelenkt und das hatte nichts mit Gloria und den anderen zu tun, sondern mit seiner Reise nach Oulu.

Die einzige Person, der es gelang, ein wenig abzuschalten, war Gloria. Sie sollte öfter in die Sauna gehen, sagte sie sich.

Als Mika erneut zur Kelle griff, sprang Brian von der Bank auf. „Darf ich auch mal?", blickte er den Finnen mit großen bittenden Augen an.

Mika überließ ihm kommentarlos die Kelle. Brian freute sich wie ein Schneekönig und heizte die Gruppe mit kindlichem Vergnügen weiter ein. Mika verblüffte es zum wiederholten Male, wie einfach es war, dem Iren eine Freude zu bereiten. Er nahm einen von den Büscheln aus frischen Birkenzweigen, die neben dem Eingang lagen, und begann damit auf seinen schweißnassen Körper einzuschlagen, als wären die Zweige eine Peitsche. Brian machte es ihm sofort nach, dabei ging er ein wenig zu ungestüm zu Werke – beinahe hätte er Sören mit den Zweigen am Auge getroffen. Sören rückte sicherheitshalber beiseite.

Ein angenehmer Duft nach Birke erfüllte den Raum. Mika taten die Hiebe gut, er schlug kräftiger mit den Zweigen zu. Es ging ihm längst nicht mehr um den wohltuenden Effekt – am liebsten hätte er noch fester zugeschlagen. Er fand, er hatte es verdient, dass es ihm das Fleisch zerfetzte. Er hätte schon viel früher nach Oulu fahren müssen. Die Schläge wurden immer stärker, so stark, dass die Blätter abfielen und sich die nackten

Zweige schmerzend in seinen Rücken, die Oberschenkel und in die Arme fraßen.

Sören grinste in sich hinein. Egal, was Mika auf einmal hatte, normal war das nicht. Brian guckte fasziniert zu und dachte, dass man das so machen müsse und ließ die Peitsche auf seinen Körper kräftig niedersausen. Sörens Grinsen wurde breiter. Um nicht doch noch getroffen zu werden, rückte er weiter von dem Iren ab.

Gloria schaute überrascht auf und entdeckte die Striemen auf Mikas Armen. „Du blutest ja", sagte sie.

Mika hörte sie nicht und bestrafte sich mit weiteren Hieben.

Jetzt merkte auch Brian, dass etwas nicht in Ordnung war. Er ließ die Peitsche ruhen. Verstört blickte er auf Mika.

Der schien der Gegenwart vollkommen entrückt zu sein. Jeder Hieb schien wie eine Erlösung für ihn zu sein.

„Mika!", rief Gloria entsetzt.

Ihr Ruf erreichte ihn nicht. Mit weiteren Hieben setzte er seinem von zahlreichen Striemen gezeichneten Körper zu.

Gloria reichte es. „Mika!", rief sie erneut, eilte zu ihm und hielt ihn am Arm fest.

Mika sah sie verwundert an.

„Alles in Ordnung?", erkundigte sie sich.

Mika stand wortlos auf und verließ die Sauna.

Gloria wollte sofort hinter ihm her, entschied sich dann aber dafür, ihn in Ruhe zu lassen. Irritiert wanderte ihr Blick von Brian zu Sören, der sein blödes Grinsen einfach nicht lassen konnte. Für ihn hatte die Geschichte eindeutig etwas Positives. Der kühle Nordmann schien verwundbar zu sein. Gut zu wissen. Menschen, die Schwächen hatten, brauchte Sören nicht zu fürchten.

Brian meinte, dass ein kleines Bad jetzt genau das Richtige wäre. Er eilte aus der Hütte, rannte auf den Pfad zu, der zwischen ein paar Birken lag, als wolle er sich verstecken und stürzte sich jauchzend in den kalten See, in den bereits Mika kurz abgetaucht war, um sich abzukühlen.

Sören und Gloria waren Brian dicht gefolgt und warfen sich kopfüber in das klare Wasser. Brian schwamm mit Sören ein kleines Stück hinaus. Etwa zweihundertfünfzig Meter vom Ufer entfernt ragte ein glatter, felsiger Buckel aus dem See.

„Wer Erster beim Felsen ist!", rief Brian. Mit schnellen Kraulzügen pflügte er durch das Wasser und zog davon.

Für Sören war Wasser nicht unbedingt das Element, in dem er sich am wohlsten fühlte, aber da Brian ihn herausgefordert hatte, blieb ihm nichts anderes übrig, als hinter dem Iren herzuschwimmen und alles zu versuchen ihn einzuholen. Während Brian bloß seinen Spaß haben wollte, stand für Sören mehr auf dem Spiel. Wie immer, wenn es um Sieg oder Niederlage ging. Er hasste es zu verlieren. Jede Niederlage war für ihn ein Gesichtsverlust, ein Makel, von dem er glaubte, er wäre wie ein Brandzeichen auf seiner Stirn zu sehen, eine sichtbare Anomalie, für die er sich bis auf die Knochen schämte. Es ging um seine Ehre und die galt es um jeden Preis zu verteidigen, an Land wie im Wasser. Sören hatte zwar eine lausige Kraultechnik, dafür hatte er Kraft und Ausdauer. Wäre doch gelacht, wenn der kleine Vorsprung, den Brian hatte, nicht aufzuholen war.

Gloria schaute den beiden sorgenvoll hinterher. Sie bezweifelte, dass es eine gute Idee war, den Körper nach einer längeren Phase der Entspannung so plötzlich wieder zu strapazieren. Sie stapfte ans Ufer, nahm das Badetuch, das sie in den

Sand geworfen hatte, bevor sie in den See gehechtet war und trocknete sich ab, wobei sie immer wieder einen Blick auf die rivalisierenden Schwimmer warf. Sie überlegte, ob sie ihre nasse Unterwäsche im Schutze des Badetuchs ausziehen sollte, behielt sie aber vorerst an.

Mika hatte auf einem Stein Platz genommen und schaute ebenfalls hinaus auf den See, wo Sören und Brian fast gleichauf waren. Es sah ganz nach einem Herzschlagfinale aus.

Gloria ließ die Rivalen nicht aus den Augen. Aus der Entfernung war schwer zu erkennen, wer vorne lag. Ein paar Kraulzüge und dann hatten sie den felsigen Buckel erreicht. Mit einem Jubelschrei beanspruchte Brian den Sieg für sich. Sören war damit offensichtlich nicht einverstanden, er protestierte gestenreich. Gemeinsam kletterten sie auf den gewölbten Fels und ließen sich auf ihm nieder, wo sie darüber zu debattieren schienen, wer das Rennen gewonnen hatte.

Wie die kleinen Kinder, dachte Gloria und hängte sich das feuchte Badetuch über die Schultern. Sie hätte sich gern auf einen der freien Steine neben Mika gesetzt, war sich aber nicht sicher, ob ihm das recht sein würde. Vielleicht wollte er ja allein sein. Sie ging trotzdem hin und hockte sich neben den schweigsamen Finnen, dessen Körper von etlichen dünnen roten Striemen gezeichnet war. Mit einem flüchtigen Blick registrierte sie, dass Mika nicht mehr blutete. Sie hätte gern etwas Aufmunterndes gesagt, verkniff sich aber jeglichen Kommentar, aus Angst, sie könnte dadurch das Gegenteil bewirken. Er würde den Mund schon aufmachen, wenn ihm danach war. Sie blickte hinüber auf den buckeligen Felsen, auf dem sich Sören und Brian von den Strapazen erholten. Nachdem zwei, drei Minuten vergangen waren, fand sie, dass sie lange genug geschwiegen hatte. Sie musste ja nicht gleich mit der Tür ins Haus fallen, wenn sie mit ihm redete. Auf Umwegen kam man manchmal auch ans Ziel.

„Das war ein Trick von dir, stimmt´s?", sagte sie. Sie lächelte unsicher. „Ich meine die Sache mit dem Sperrgebiet. Du wolltest nur, dass Brian in den Wagen steigt."

Mika starrte auf den Boden. „Er hätte sich verirren können", entgegnete er.

„Ist das schon mal vorgekommen?"

Gloria sah, wie sich Sören und Brian von ihren Plätzen erhoben und wie auf ein Kommando mit einem Kopfsprung in den See eintauchten, um mit schnellen, kräftigen Kraulzügen ans Ufer zurückzukehren. So wie sie sich ins Zeug legten, konnte man den Eindruck gewinnen, als wollten sie ein für alle Mal klären, wer von ihnen der bessere Schwimmer war.

„Ich vermute, es wäre das erste Mal gewesen", antwortete Mika, den Blick auf den See gerichtet, wo sich Sören und Brian wieder einen erbitterten Wettkampf lieferten. Dieses Mal schien Sören eindeutig der Schnellere zu sein. Schon nach einem Viertel der Strecke hatte er einen respektablen Vorsprung herausgeholt.

„Tut es weh?", fragte Gloria auf einmal. Sie war selbst überrascht über die Frage. Aus dem Umweg, für den sie sich ursprünglich entschieden hatte, war plötzlich eine Abkürzung geworden.

Mika versuchte erst gar nicht so zu tun, als wüsste er nicht, was sie meinte. Ihm war durchaus bewusst, dass Gloria irritiert sein musste. Er hatte in der Hütte für einen Augenblick die Kontrolle verloren. Und wenn schon, daran war nichts mehr zu ändern. Kein Grund, daraus eine große Geschichte zu machen.

„Als Kind war ich viel im Wald", antwortete er und starrte weiter auf den See hinaus. „Ich bin nie ohne Striemen zurückgekommen. Daher weiß ich, dass man nicht daran stirbt."

Gloria sah ein, dass es besser gewesen wäre, den Mund zu halten und konzentrierte sich darauf, was draußen auf dem See geschah. Sören hatte sich inzwischen noch deutlicher von Brian abgesetzt. Der Ire hatte seine Möglichkeiten wohl überschätzt, jedenfalls war von seiner famosen Kraultechnik nicht mehr viel zu sehen. Brian planschte im Wasser wie ein übermotiviertes Kind im Nichtschwimmerbecken.

Sich für keinen Blödsinn zu schade, dachte Gloria zunächst, doch dann begriff sie, dass Brian in Schwierigkeiten steckte.

9

So wie Brian auf das Wasser einschlug, hätte man meinen können, er kämpfe mit einem Riesenkalmar, auch wenn das gar nicht möglich sein konnte, denn einen Riesenkalmar in einem finnischen See anzutreffen, war so unwahrscheinlich wie ein sibirischer Tiger im Teutoburger Wald.

Gloria warf das Badetuch in den Sand und rannte zum Wasser. „Sören!", rief sie und fuchtelte mit den Armen in der Luft. Wenn sie es schaffte, ihn auf sich aufmerksam zu machen, konnte sie ihn dazu bringen umzukehren. „Sören!"

Sören kriegte zwar mit, dass Gloria am Ufer stand und mit den Armen fuchtelte, interpretierte die Geste aber falsch. Er dachte, sie würde ihn anfeuern, damit er das Rennen gewann. Oder war etwa Brian damit gemeint? Angestachelt von dem Gedanken, es könnte Brian sein, den sie anfeuerte, kämpfte er umso erbitterter. Der Ire würde nie und nimmer gewinnen. Und wenn Sörens Herz in tausend Teile barst.

Gloria wurde schnell klar, dass sie nicht mit Sörens Hilfe rechnen konnte. Jetzt zählte jede Sekunde. Sie stürzte sich in das kalte Wasser und kraulte mit sauberen, aber kräftigen Zügen auf Brian zu, dabei zwang sie sich, einen kühlen Kopf zu bewahren. Sie durfte auf keinen Fall die Nerven verlieren und hektisch werden. Hoffentlich kam sie nicht zu spät. Elegant wie ein Delfin glitt sie durch das Wasser.

Auf Eleganz legte Sören keinen großen Wert. Für ihn zählte nur der Sieg. Verwundert registrierte er, dass Gloria auf ihn zu schwamm. Was hatte das nun schon wieder zu bedeuten?

Noch mehr aber wunderte er sich, dass sie einfach an ihm vorbeizog, ohne ihn zu beachten. Als dann auch noch Mika, der

Gloria nach kurzem Zögern hinterhergeschwommen war, seinen Weg kreuzte, begriff er gar nichts mehr. Er hielt verdutzt inne und schaute den beiden hinterher. Und dann sah er, dass Brian offensichtlich Probleme hatte, sich über Wasser zu halten.

Brian hatte nicht vor, bereits so früh zu sterben. Er hatte sich doch noch so viel vorgenommen. Verzweifelt kämpfte er gegen ein Ende an, das er so nicht auf seiner Rechnung hatte. Mit dem Tod bereits auf Du und Du mobilisierte er die letzten Kraftreserven, während sich Gloria ihm mit ruhigen, kraftvollen Zügen näherte. Plötzlich verschwand sein Kopf unter Wasser, aber irgendwie schaffte er es noch einmal, an die Oberfläche zu gelangen. Gloria achtete darauf, dass sie sich hinter Brian aufhielt und ausreichend Abstand zu ihm hatte. Sie wollte verhindern, dass er sich in seiner Not an ihr festkrallte und sie dadurch selber in arge Bedrängnis kam. Von der Sonne und dem glitzernden Wasser geblendet, schaute sie mit zusammengekniffenen Augen zu, wie er sich verzweifelt bemühte, oben zu bleiben – es war ein aussichtsloser Kampf. Für Gloria war es von Vorteil, dass Brians Kräfte weiter schwanden. Sie ließ ihn noch eine Weile zappeln.

Mika dachte, Gloria würde nichts unternehmen, weil sie mit der Situation überfordert war und wollte Brian unbedingt zu Hilfe eilen.

„Stopp!", rief Gloria, die rechtzeitig bemerkt hatte, dass Mika im Begriff war, genau das Falsche zu tun. Sie versperrte ihm den Weg.

„Er ertrinkt!", rief Mika ärgerlich und wollte um sie herum schwimmen.

„Lass ihn!", entgegnete Gloria barsch. „Er zieht dich sonst mit in die Tiefe!" Der Blick, den sie ihm zuwarf, war von solch grimmiger Entschlossenheit, dass Mika einlenkte. Sie hatte recht. Trotzdem gefiel es ihm nicht, dass er tatenlos mit ansehen sollte, wie Brian um sein Leben kämpfte.

„Ich übernehme das!", sagte Gloria, als Mika Anstalten machte, ihre Anweisung doch noch zu umgehen. „Du greifst nur ein, wenn ich es dir sage!"

Ihre Beharrlichkeit verwirrte Mika. Er schaute sie an, als wollte er sie fragen, weshalb er ausgerechnet auf eine Frau hören sollte, die er noch keinen halben Tag kannte.

Gloria entschlüsselte seinen fragenden Blick. „Ich bin Rettungsschwimmerin!"

Das erklärte natürlich alles. Mika nahm sich vor, nichts zu tun, das ihre Arbeit erschwerte. Sie schien genau zu wissen, was zu tun war und das beruhigte ihn.

Während sie ohne besonderen Kraftaufwand auf der Stelle schwammen, beobachteten sie Brian, wie dieser vergeblich versuchte, sich über Wasser zu halten. In diesem Augenblick stieß Sören hinzu. Mika hinderte ihn daran, dass er Brian zu nahekam.

„Gloria kümmert sich um ihn", sagte er in einem Ton, der keine Widerrede duldete. „Sie ist Rettungsschwimmerin."

Sören starrte ihn ungläubig an. Rettungsschwimmerin? Das sollte wohl ein Witz ein? Doch das Gesicht, das Mika machte, sagte ihm, dass es wohl besser war, seine Äußerung nicht in Zweifel zu ziehen.

„Was ist mit ihm?", erkundigte sich Sören und blickte voller Bestürzung auf Brian.

Der Ire wurde immer schwächer.

„Keine Ahnung", antwortete der Finne.

„Er geht unter!", rief Sören, als Brian erneut im See verschwand.

Dieses Mal schaffte es Brian nicht mehr aus eigenen Kräften nach oben. Zeit für Gloria einzugreifen. Vielleicht hätte sie noch einen Moment warten sollen, aber den Nerv hatte sie nicht. Sie atmete tief ein, bis sich ihre Lunge mit ausreichend Sauerstoff gefüllt hatte, tauchte unter Wasser, fasste Brian von hinten unter die Achseln und zog den Iren an die Oberfläche, wo er sofort nach Luft schnappte.

Gloria hatte Angst, er könnte wieder eine Panikattacke bekommen und um sich schlagen. „Du bist in Sicherheit", beruhigte sie ihn. „Ich bringe dich an Land."

Brian keuchte und hustete. Er war so erschöpft, dass er gar nicht in der Lage war, etwas zu tun, das ihn und Gloria gefährden könnte. Er sah den blauen Himmel über sich und das war allemal besser, als von dort oben auf die Erde zu schauen.

Gloria schwamm in Rückenlage auf das Ufer zu, den erschöpften Brian im Schlepptau. Mika und Sören schwammen neben ihr her und ließen sie keine Sekunde aus den Augen.

„Wenn dich einer ablösen soll, sag Bescheid", meinte Sören, der Sorge hatte, ihre Kräfte könnten jeden Moment versagen.

Zum Glück war Brian kein Schwergewicht, sodass Gloria mit dem Iren relativ mühelos vorankam. Es war fast wie in einem Rettungskurs, nur mit dem kleinen Unterschied, dass dies keine Übung, sondern der Ernstfall war.

„Ich glaube, ich bin wieder fit", japste Brian.

„Du bleibst da, wo du bist", beharrte Gloria. Jetzt war nicht der Augenblick für Experimente.

76

Nur wenige Meter vom Ufer entfernt kam Gloria mit sandigem Boden in Berührung. Sie versuchte sich aufzurichten und Brian an Land zu schleppen, verlor jedoch den Halt. Mika und Sören eilten ihr sofort zu Hilfe. Während sich Sören um Brian kümmerte, half Mika Gloria auf die Beine.

„Alles okay?"

Gloria nickte. Die Rettungsaktion hatte sie mehr Kraft gekostet, als sie gedacht hatte, aber sie war okay. Brian war erst mal wichtiger.

Sören hatte Brians Arm um die Schulter gelegt, dessen Handgelenk umfasst und schleppte den Iren ans Ufer. Brians Beine sackten zwar immer wieder ein, doch Sören hatte den Beinahe-Ertrunkenen fest im Griff. Selbst wenn Brian doppelt so schwer gewesen wäre, hätte Sören keine Probleme mit ihm gehabt. Mit seiner Hilfe sank Brian nur wenige Schritte von dem Stein entfernt, auf dem Mika gesessen hatte, langsam zu Boden.

„Halleluja, das war knapp!", schnaufte er erschöpft und ließ sich auf den Rücken fallen, Arme und Beine von sich gestreckt.

Gloria war sofort bei ihm. „Was ist passiert?".

„Ich hatte einen Krampf, verdammt!", antwortete Brian mit matter Stimme.

Gloria hatte sich so etwas schon gedacht. „Bist du in Ordnung?"

„Ich lebe. Was will ich mehr? Danke. Du hast mir das Leben gerettet."

„Schon gut", entgegnete Gloria, als hätte sie ihm lediglich zehn Cent geliehen. Sie wollte auf keinen Fall, dass daraus eine größere Sache wurde. Sie war Rettungsschwimmerin, da gehörte so etwas einfach dazu. Allerdings war sie noch nie in so einer brenzligen Situation gewesen und schon gar nicht mit lauter Amateuren um sich herum, so beruhigend es auch gewesen sein mochte, in der Not nicht völlig allein zu sein.

Turre, der erst sehr spät registriert hatte, was auf dem See geschehen war, wollte von Mika wissen, ob sie einen Krankenwagen bräuchten.

Mika schüttelte den Kopf. „Iren sind zäh", antwortete er.

„Zäher als Finnen?", entgegnete Turre.

Die beiden schauten einander an. Ihre Mimik blieb unergründlich. Und gerade in dieser Unergründlichkeit waren sich die beiden einig wie es nur Finnen sein können. Ganz klar, wer zäher war. Dazu bedurfte es keiner Worte.

„Dann lege ich mal die Würstchen auf", sagte Turre und stapfte gemächlich zu seinem Grill zurück.

Während Turre die Würstchen mit der Akribie eines Grillfachmannes briet, kramten diejenigen, die gleich davon kosten würden, in ihrem Gepäck nach trockener Unterwäsche und zogen sich um.

Gloria fand, dass das gekringelte Würstchen, Lenkkimakkara genannt, eine finnische Spezialität, recht eigenartig schmeckte. Ein bisschen wie …, wie …, sie kam nicht darauf. Jedenfalls war ihr das Würstchen zu wenig gewürzt. Mit dem süßen Senf, der dazu serviert wurde, konnte sie ihre Geschmackszellen jedoch überlisten.

Brian, der sich von den Strapazen langsam erholte, hätte zwanzig von den Würstchen verdrücken können. Hungrig wie er war, stellte sich ihm die Frage gar nicht, ob es ihm schmeckte.

Sören sagte sich, dass man auch mal finnische Kringelwürstchen probiert haben musste. Schon nach dem ersten

Bissen wusste er, welche Sorte er getrost vernachlässigen konnte, sollte er aus irgendeinem Grund gezwungen sein, während seines Aufenthalts in Finnland Bratwürstchen zu kaufen.

Gloria kam ein Verdacht. Mehl? Doch. In der Wurst war eindeutig Mehl. Was machte Mehl in einer Bratwurst?

Mika war mit den Lenkkimakkara aufgewachsen und hatte folglich nichts daran auszusetzen. Ihm schmeckte es wie immer. Mehr als ein Würstchen aß er trotzdem nicht. Er hatte keinen Appetit. Und auch das Dosenbier, das ihm Turre anbot, verschmähte er. Er musste schließlich noch Auto fahren.

Seine Weggefährten dagegen sagten zu einem kühlen Bier nicht nein. Gloria trank selten Bier und hatte daher kaum Vergleichsmöglichkeiten, was die Qualität betraf. Bier löschte den Durst, mehr brauchte sie nicht zu wissen.

Brian hätte natürlich ein Guinness dem finnischen Gebräu allemal vorgezogen, aber da ihm Gloria das Leben gerettet hatte, war er milde gestimmt und nicht daran interessiert, die Kunst finnischer Braumeister infrage zu stellen.

Sören besah sich die Dose etwas genauer und las, dass das Bier 5,2% Alkohol enthielt, also ungefähr so viel wie ein deutsches Produkt, wenn nicht sogar ein bisschen mehr als so mancher Gerstensaft, den er von zu Hause gewöhnt war. Dafür, dass es 5,2% Alkohol enthielt, schmeckte das Bier ziemlich fad. Vielleicht lag es ja an dem finnischen Hopfen oder woran auch immer. Gedankenverloren drehte er die Dose in der Hand. Was Gloria draußen auf dem See geleistet hatte, war ohne Zweifel phänomenal und dennoch gab es da etwas, was nicht in seinen Kopf ging, weil es irgendwie so gar nicht zusammenpassen wollte.

„Bist du wirklich Rettungsschwimmerin?", fragt er sie. „Ich

dachte, du treibst Schulden ein."

„Tu ich auch. Kann es sein, dass du Probleme damit hast?"

Sören zuckte leicht zusammen. „Quatsch!" Normalerweise hätte er sich nach dieser provozierenden Frage in sein Schneckenhaus zurückgezogen und Gloria alle möglichen Krankheiten an den Hals gewünscht. Die entging einer solchen Verwünschung nur deshalb, weil sie noch eine Erklärung hinterherschickte – dass sie beides war, Rettungsschwimmerin und Schuldeneintreiberin (wie Sören sich vermutlich ausgedrückt hätte). Das eine ehrenamtlich, als Mitglied der Wasserwacht und das andere in Vollzeit, damit sie ihre Miete samt Nebenkosten zahlen konnte.

Sören nickte und starrte in die Glut des Holzkohlegrills. Seine Welt war wieder in Ordnung. Er sah die Egoistin und Inkasso-Tusse jetzt mit anderen Augen. Jemanden, der für ein Unternehmen Schulden eintrieb, hätte er nur schwer respektieren können. Bei einer Rettungsschwimmerin war das etwas anderes. Eine Rettungsschwimmerin tat etwas Sinnvolles, hatte Mut und stellte sich der Gefahr. So jemand verdiente Respekt. Zeit, seine Voreingenommenheit eine Weile vor die Tür zu schicken, wo sie sich mit den Ewiggestrigen verbrüdern konnte.

10

Mika hielt sich an einer Flasche Cola fest. Dass die Rettungsschwimmerin auch eine Schuldeneintreiberin war, überraschte ihn, änderte aber gar nichts. Schulden einzutreiben, war ein Beruf wie jeder andere. Wenn nicht sogar nervenaufreibender. Jedenfalls nervenaufreibender als der einer Wurstfachverkäuferin.

„Dein Erster, den du aus dem Wasser gefischt hast?", fragte er Gloria.

Genau die Frage hätte Sören auch gern gestellt, aber er hatte sich nicht getraut. Es war einfach nicht sein Ding, Fragen zu stellen oder sonst wie ein Gespräch anzufangen. Lieber biss er sich die Zunge ab. Da war er finnischer als so mancher Finne.

„Nein, aber die, die wir gerettet haben, hatten Schwimmwesten an", lachte Gloria. Ein Geschwisterpaar, erzählte sie – der Junge mochte vielleicht vierzehn Jahre alt gewesen sein, die Schwester zwölf –, hatte sich bei starkem Wind mit einem Segelboot weit draußen auf dem Wannsee aufgehalten, als das Boot plötzlich kenterte und kieloben auf dem Wasser trieb. Die beiden hätten großes Glück gehabt. Sie konnten sich am Rumpf festklammern, was wegen der hohen Wellen gar nicht so leicht gewesen war. Schon zwei Minuten später hätten ein Kollege und sie die beiden ins Rettungsboot gezogen. Nichts Spektakuläres also.

„Du erzählst das, als wäre es für dich nichts Besonderes gewesen", sagte Mika.

Gloria zuckte mit den Schultern. „Es ist mein Job. Und ich tue es gern."

Keiner zweifelte an ihren Worten. Schon gar nicht Brian, der durch das Bier etwas müde wurde und sich darüber wunderte. Gewöhnlich konnte er ein Guinness nach dem anderen trinken, ohne dass es ihm etwas ausmachte.

„Kommt so etwas oft vor?", wollte Mika wissen.

„Du meinst, ob wir viele Einsätze haben?"

Mika nickte.

„Letztes Jahr waren es über hundert", antwortete Gloria. „Aber ich war natürlich nicht jedes Mal dabei."

Brian hatte Mühe, die Augen offen zu halten. Was war nur mit dem finnischen Bier los? Verwundert schaute er auf das Etikett. Seit wann machten billige 5,2 Prozent Alkohol ihm so zu schaffen?

„Seid ihr auch schon mal zu spät gekommen?", erkundigte sich Sören, der völlig vergessen hatte, dass es gar nicht seine Art war, ein Gespräch mit einem eigenen Beitrag zu beleben und wenn es nur eine harmlose Frage war.

So harmlos schien die Frage dann doch nicht gewesen zu sein. „Falls du wissen willst, ob wir jemanden nur noch tot geborgen haben, muss ich dich enttäuschen", sorgte Gloria mit ihrer Antwort für eine unnötige Schärfe. Sie merkte es selbst und ruderte zurück. „Mich ärgert nur, dass die Leute so verdammt unvernünftig sind."

Sören konnte das gut nachvollziehen. Er kannte das von den Baustellen an der Autobahn, wenn die Leute ohne Rücksicht auf Verluste mit einhundertzwanzig an einem vorbeirasten, obwohl nur achtzig erlaubt waren.

Niemand sagte mehr etwas. Als würde jeder seinen eigenen Gedanken nachhängen. Gloria schickte den letzten Happen mit einem Schluck Bier eine Etage tiefer. Sie war zufrieden. Zufrieden mit sich und der Welt (ihre Familie hatte sie komplett aus ihrem Gedächtnis gestrichen). Sie hatte Brian das Leben gerettet, was sich wunderbar anfühlte. Allen war jetzt klar, dass sie mehr auf dem Kasten hatte, als für ein Inkasso-Unternehmen Schulden einzutreiben.

Brian war froh, als sie wieder in den Pontiac stiegen. Da quasi alle daran beteiligt waren, dass er noch unter den Lebenden weilte (natürlich hatte Gloria den Löwenanteil daran), hatte er die Rechnung übernommen und für unterwegs Turre noch ein paar Dosen Bier abgekauft. Spendabel wie er war, wollte er schon im Auto mit seinen neuen Freunden anstoßen, doch Gloria und Sören lehnten ab. Gloria hatte bereits einen kleinen Glimmer – sie trank selten Alkohol –, und Sören war es noch ein bisschen zu früh, um sich zu betrinken (obwohl es bereits Spätnachmittag war und der Abend schon einen Fuß in der Tür hatte). Darüber hinaus hatte er noch ein Rennen von mehr als 250 Kilometern vor sich und da zählte der unkontrollierte Genuss von Dosenbier nicht unbedingt zu einer optimalen Vorbereitung. Er hatte genug damit zu kämpfen, sich auf die neue Situation einzustellen. Eigentlich hatte er sich darauf eingestellt, allein zu reisen, so wie es ihm am liebsten war. Und dann so was. Sich plötzlich auf drei fremde Menschen einzulassen, war eine größere Herausforderung für ihn als das bevorstehende Rennen. Und für Mika, der am Steuer saß, kam Alkohol sowieso nicht infrage. Brian schien über die plötzliche Abstinenz seiner Mitstreiter betrübt zu sein und sagte etwas von Spielverderber, auf ein zweites Bier wollte er trotzdem nicht verzichten. Bevor er jedoch die kühle Dose öffnen konnte, fielen ihm vor lauter Müdigkeit die Augen zu.

Gloria schmiegte sich in den Polstersitz des Oldtimers und schaute aus dem Fenster hinaus. Die Landschaft schien überall gleich schön zu sein. Natur pur. Sie wusste, dass Finnland das Land der Seen war, aber sie war schon ein wenig überrascht, wie viele davon die Strecke säumten. Dazwischen immer wieder Wälder, in denen sich hauptsächlich Birken und Nadelbäume heimisch fühlten. Moosbedeckte Felsbrocken, die gelegentlich ins Sichtfeld gerieten und wie gezähmte Raubkatzen am Straßenrand vor sich hindösten, verrieten dem Betrachter, dass schon ein aufwändigeres technisches Knowhow vonnöten gewesen war, als ein paar kräftige Männer mit simplen Schaufeln, um diese Straße zu bauen. Gloria fragte sich, ob die Menschen, die mit dieser Idylle praktisch eine Gemeinschaft bildeten, automatisch glücklich waren, schickte die Antwort aber gleich hinterher: Vermutlich nicht. Was nützt den Menschen die schönste Natur, wenn sie arbeitslos sind, wenn sie Schulden haben oder Krebs, wenn sie an Tinnitus oder chronischem Nierenversagen leiden, wenn sie sich mit ihrer kaputten Familie herumschlagen müssen, mit einer Mutter, die dringend eine Therapie benötigt, mit einer Schwester, die sich nicht dagegen wehrt, dass ihre Mutter sie manipuliert und mit einem Bruder, der lieber in den Alpen lebt, weil er die Nähe seiner Mutter nicht mehr erträgt (so sah es zumindest Gloria und von dieser Meinung würde sie auch nicht abrücken)? Den Teil mit der kaputten Familie strich Gloria gleich wieder. Die Gedanken passten einfach nicht zu dieser zauberhaften Landschaft, wo alles so wunderbar miteinander harmonierte – die dichten Wälder mit den ruhigen Seen, die farbenfrohen Häuser mit den Hunderttausende von Jahren alten Böden, auf die man die Gebäude mit Stolz errichtet hatte, die fantasievoll geformten Wolken mit dem schier endlosen Himmel, das freundliche Licht mit dem malerischen Horizont, der graue Asphalt mit den Kilometer verschlingenden Reifen des Oldtimers.

Normalerweise schlief ein irischer, Guinness erprobter Mann niemals ein, bevor ihn die Dunkelheit nicht dazu einlud. Dass Brian dies dennoch passierte, lag nicht allein am Dosenbier, dessen Alkohol schon zwei Minuten nach dem ersten Schluck in seinem Gehirn angekommen war. In erster Linie war es eine Folge der Todesangst, in der er sich befunden hatte und die ihm mehr abverlangte als jeder Halbmarathon. Das Bier hatte ihm lediglich den Rest gegeben.

Brian schlief und träumte. Was er träumte, hatte dazu geführt, dass es ein unruhiger Schlaf geworden war. Dabei hatte der Traum ganz harmlos angefangen. Aber viele Träume fingen harmlos an und plötzlich nahmen sie eine ungeahnte Wende mit einem neuen Verlauf, der so anstrengend und nervtötend sein konnte, dass es keinen Spaß mehr machte weiter zu träumen. Statt ein Ende zu nehmen, zogen sich diese Träume ewig in die Länge. Genauso einen Traum hatte Brian. Er träumte, wie er mit gleichmäßigen, kräftigen Zügen durch einen See schwamm, der große Ähnlichkeit mit dem Gewässer hatte, das beinahe zu seinem Grab geworden war. Er schwamm auf einen Felsbrocken zu, der aus dem Wasser ragte. Zuerst sah er die Gestalt nur schemenhaft, aber dann erkannte er sie – Susan. Seine Freundin stand regungslos auf dem Felsen. Sie war barfuß und trug ein schwarzes Seidenkleid, der Bauch war unansehnlich dick, geradezu aufgedunsen. Brian erschrak bei diesem Anblick und bekam es mit der Angst zu tun, zumal Susans Bauch immer dicker wurde. Er musste Susan unbedingt erreichen, bevor sich ihr Zustand verschlimmerte und sie womöglich unter großen Schmerzen starb. Brian schwamm so schnell er konnte, doch ein Motorboot kreuzte rücksichtslos seine Bahn. Wellen schlugen ihm entgegen, wurden unerwartet höher und höher und trieben Brian erbarmungslos vom Felsen weg. Entschlossen kämpfte er gegen die Wellen an und obwohl deren Wirkung allmählich nachließ, näherte er sich nur langsam dem Felsbrocken, auf dem Susan noch immer regungslos verharrte, als wäre sie mit ihm verwurzelt. Und immer wenn er glaubte, er wäre gleich bei ihr, vergrößerte sich die Entfernung wieder zwischen ihm und Susan auf rätselhafte Weise, sodass die Prozedur wieder von vorn begann. Manchmal wurde er von seltsamen Fischschwärmen am Weiterkommen gehindert oder er verhedderte sich in einem Meer von Algen, wo vorher keine waren. Je länger er gegen die Hindernisse ankämpfte, umso unbehaglicher wurde ihm – als würde ein betrunkener Straßenkehrer in seinem Innersten fegen. Brian gab trotzdem nicht auf, nicht weil er so eine Kämpfernatur war, sondern weil das Drehbuch seines Traums es von ihm verlangte, ob ihm das nun passte oder nicht. Der Traum zog sich hin, ohne dass Brians Kräfte erlahmten. Für Brian fühlte es sich an, als würde es ewig so weitergehen. Als er sich Susan, deren Bauch zum Bersten dick geworden war, erneut bis auf wenige Meter genähert hatte, packte ihn etwas am Bein und zog ihn in die Tiefe. Brian wehrte sich aus Leibeskräften gegen die tödliche Umklammerung, dann sah er, wer ihn gepackt hatte: Ein Krake, dessen Kopf an etwas Menschliches erinnerte – an den Kopf eines schreienden Säuglings. Nur mit Mühe gelang es Brian, sich aus den Fängen des Kraken zu befreien und an die Oberfläche zu schwimmen. Mit letzten Kräften erreichte er den Felsen, erschöpft kletterte er hinauf. Als er sich nach Susan umschaute, war diese mit einem Mal verschwunden. Plötzlich wurde Brian von einer riesigen Welle erfasst, die ihn vom Felsen spülte. Und dann tauchte etwas vor ihm auf – es war der Krake mit dem Säuglingskopf. Brian versuchte wegzuschwimmen, kam aber nicht von der Stelle. Er hatte panische Angst, die hässliche Kreatur könnte ihn wieder packen und unter Wasser ziehen.

11

Sören befasste sich in Gedanken mit dem Radrennen Oulu-Rovaniemi-Oulu. Technisch war die Strecke keine besondere Herausforderung, es gab keine Berge und abschüssige Serpentinen, die einem Respekt einflößten. Er hatte die Route stundenlang mithilfe von Google Maps studiert. Nicht mal auf einen Hügel war er dabei gestoßen. Die Strecke ging größtenteils nur stur geradeaus, bis auf ein paar Kurven, die man wegen ihrer Harmlosigkeit vernachlässigen konnte. Sören glaubte nicht daran, dass er auch nur die geringste Chance hatte, das Rennen zu gewinnen. Es waren zwar keine Profis dabei, aber auch unter den Amateuren gab es etliche, die die Tour nicht als Kaffeefahrt betrachteten, sondern genug Ehrgeiz und die entsprechende Physis besaßen, das Gros der Teilnehmer locker abzuhängen. Um das beurteilen zu können, musste Sören keinen von ihnen kennen. In jedem Rennen, an dem er bisher teilgenommen hatte, hatte es solche ehrgeizigen Typen gegeben, was für ihn völlig in Ordnung war. Sören orientierte sich sowieso nur an den Besten, weil er selber gern das Format gehabt hätte. Deswegen war es für ihn so wichtig, am Schluss unter den ersten Zehn zu sein. Alles andere wäre eine herbe Enttäuschung, ein Armutszeugnis, absolute Unfähigkeit. Er hatte hart trainiert, hatte, wenn er zur Arbeit musste, den Landrover zu Hause stehenlassen und war dann mit dem Rennrad zur Autobahnmeisterei gefahren, eine Strecke von 47 Kilometern, die er nach Feierabend natürlich wieder zurückfahren musste. Hin- und Rückfahrt waren für ihn kein Problem. Er machte das nicht nur, um zu trainieren, sondern generell um fit zu bleiben. Quasi als Ausgleich. Für seine Kollegen mochte die

Arbeit vielleicht ein Knochenjob sein, Sören füllte die Tätigkeit bei der Autobahnmeisterei keinesfalls aus. Geistig nicht und körperlich schon gar nicht. Andere würden vermutlich wie tot über dem Lenker hängen, müssten sie morgens nur die Hälfte der Strecke mit dem Rad zurücklegen. Für Sören dagegen war es der zufriedenstellende Beginn eines weniger zufriedenstellenden Arbeitstages. In der Meisterei angekommen, duschte er gewöhnlich und das meist ausgiebig, um sich dann mit frischem Schwung an die Arbeit zu machen, wobei der Begriff Schwung irreführend ist, da es sich so anhört, als wäre er gern bei der Autobahnmeisterei gewesen. Dem war aber nicht so. Und weil dem nicht so war, spielte er mit dem Gedanken, bei seinem Arbeitgeber aufzuhören und an dem Lehrgang für Servicetechniker an Windkraftanlagen teilzunehmen. Er wollte unbedingt etwas tun, worauf er stolz sein konnte und das seinem Naturell entsprach, der Sehnsucht nach etwas Ungewöhnlichem, nach etwas nicht Alltäglichem, nach einem Arbeitsplatz, der dem Himmel so nahe war, dass man ihn fast berühren konnte. Wenn nur der Lehrgang nicht gewesen wäre. Wie oft hatte er sich vorgenommen, sich auf das Wagnis einzulassen und dann hatte er wieder gekniffen. Dabei war er eigentlich der Typ, der kaum ein Wagnis scheute. Er war schon mit einem Fallschirm in zehntausend Meter Höhe aus einem Flugzeug gesprungen, hatte im Grand Canyon an einer Rafting-Tour teilgenommen und in einem Heißluftballon die Alpen überquert. Wäre jemand in einem brennenden Auto eingeklemmt, wäre Sören der Erste, der ihm zu Hilfe eilte, um ihn aus dem Fahrzeug zu zerren, selbst wenn er dabei sein eigenes Leben riskierte. Nicht, dass er sich nach dem Tod gesehnt hätte, aber in bestimmten Situationen war er bereit, ihm standhaft in die Augen zu schauen.

Vor Prüfungen dagegen hatte er tausendmal mehr Respekt. Sich für den Lehrgang anzumelden, war daher für Sören die schwierigste Entscheidung der letzten Jahre. Auch deswegen war er nach Finnland gereist. Fern der Heimat hoffte er, den Kopf freizubekommen, um so endlich zu einem konkreten Ergebnis zu gelangen.

Mika warf kurz einen kritischen Blick in den Rückspiegel. Er wollte schauen, was der Ire machte, weil es so still auf dem Rücksitz war. Er registrierte, dass Brian schlief. Sicher nicht das Schlechteste für ihn, dachte er. Als sich der Pontiac einer Tankstelle näherte, schaute Mika instinktiv auf die Benzinanzeige. Der Oldtimer brauchte bald flüssigen Nachschub. Mika war sich nicht ganz schlüssig, ob er die Gelegenheit nutzen sollte, schon hier den Tank aufzufüllen oder ob sie noch ein Stück weiterfahren sollten. Soweit er sich erinnerte, gab es dreißig, vierzig Kilometer weiter die nächste Tankstelle. Bis dahin würde der Sprit reichen und umso länger würde Brian schlafen können. Mika rechnete damit, dass der Ire aufwachte, wenn er jetzt an der Tankstelle anhielt. Das musste nicht zwangsläufig so sein, aber wenn er und Pihla mit Leevi, ihrem gemeinsamen Sohn, einen Ausflug machten und der Junge unterwegs einschlief, weil er müde war, dann konnten Pihla oder Mika, je nachdem wer am Steuer saß, so lange fahren, wie sie wollten – der Junge schlief tief und fest. Doch sobald sie anhielten oder richtiger gesagt, sobald sie den Motor ausstellten, öffnete der Junge wie selbstverständlich die Augen, als hätte er einen eingebauten Melder, der extra dazu gedacht war, ihn in solchen Momenten zu wecken. Es hätte ja sein können, dass er etwas verpasste, wenn er weiterschlief, ein schönes Eis zum Beispiel oder einen leckeren Snack. Leevi. Mika atmete schwer durch und stieß ungewollt einen leisen Seufzer aus. Von Kummer übermannt, begann sein Herz zu schrumpfen, dass es drei Schläge später nicht mehr von einer Rosine zu unterscheiden war. Er vermisste den Jungen über alles.

So leise schien der Seufzer dann doch nicht gewesen zu sein, denn Gloria blickte ihn von der Seite an. Sie wollte sich vergewissern, ob alles mit ihm in Ordnung war oder ob sie irgendetwas an ihm bemerkte, das sie beunruhigen müsste. Sie stellte lediglich fest, dass Mika auf die Fahrbahn sah. Vielleicht hatte der Seufzer ja nichts zu bedeuten, obwohl sie nicht so recht an einen bedeutungslosen Seufzer glauben mochte. Schon gar nicht bei einem Finnen. Hinter jedem Seufzer steckte etwas Bedeutungsvolles, eine Geschichte, gleich welcher Art. Gloria hätte gern gewusst, welche Geschichte sich hinter Mikas Seufzer verbarg, sie traute sich aber nicht nachzuhaken. Wie sie ihn einschätzte, hätte er sie ihr ohnehin nicht erzählt. Welcher finnische Mann würde sich schon einem Menschen anvertrauen, den er erst seit ein paar Stunden kannte?

Mika blieb unschlüssig. Sollte er tanken oder sollte er weiterfahren? Er behielt den Fuß auf dem Gaspedal.

Trotz seines hohen Alters erwies sich der Pontiac als äußerst zuverlässig. Dass Mika ihn nicht bloß als Fahrzeug betrachtete, das er nur deswegen angeschafft hatte, damit es ihn von A nach B brachte, sondern ihn vielmehr als einen treuen Gefährten ansah, rechnete der Oldtimer ihm groß an. Es machte ihn sogar richtig stolz. Willig legte er einen Kilometer nach dem anderen hinter sich.

Mikas Herz hatte sich etwas erholt und wieder an Volumen zugenommen, doch selbst wenn Mika in Oulu erledigt hatte, was zu erledigen war, würde sein Herz noch lange brauchen, bis sich dessen Zustand so gebessert hatte, dass er nicht mehr durch die Gegend laufen musste, als wäre die Welt für alle Ewigkeit von Finsternis umgeben.

Gloria hatte die Elchkuh zuerst entdeckt. Das imposante Tier hielt sich am rechten Straßenrand auf und kaute auf einer Tanne herum. Gloria ging davon aus, dass auch Mika die Elchkuh wahrgenommen hatte. Weil er aber die Geschwindigkeit nicht drosselte, wollte sie ihm mit einem mahnenden Blick zu verstehen geben, dass sie nichts dagegen einzuwenden hätte, wenn er etwas Gas wegnahm. Sie musste aber feststellen, dass der Finne sich für einen schwarzen Geländewagen zu interessieren schien, den jemand auf einem Waldweg, der sich auf Mikas Seite befand, abgestellt hatte. Angesichts der Gefahr, die Gloria mit der äsenden Elchkuh verband, krümmte sich ihr Magen. Sie stieß einen schrillen Warnschrei aus. Mika wechselte die Blickrichtung, sah das vierbeinige Hindernis, trat auf die Bremse und verhinderte so das Schlimmste.

Die Elchkuh, die sich durch die quietschenden Reifen gestört fühlte, schaute mürrisch auf und zog sich in den Wald zurück. Das geschah so demonstrativ langsam, dass sich ein Drittklässler in dieser Zeit fünfmal die Schuhe hätte schnüren können.

12

Brian, der zum wiederholten Male im Schlaf von dem Kraken – dieser widerlichen Kreatur mit dem Kopf eines Säuglings – bedrängt wurde, und der das langsam furchtbar satthatte, war durch den abrupten Bremsvorgang aufgewacht, musste sich aber erst einmal orientieren. Er realisierte erstaunlich schnell, dass er sich nicht im Wagen seines irischen Freundes Steve befand, mit dem er manchmal durch Dublin fuhr oder ein Stück der Küste entlang, sondern nördlich von Helsinki und zwar auf dem Rücksitz eines Oldtimers, dessen finnischer Besitzer ihn unterwegs aufgegabelt hatte und der nicht allein war, sondern in der Gesellschaft von zwei Deutschen, die ganz nett zu sein schienen, wobei die Person, die vor ihm saß, ihm das Leben gerettet hatte, wie ihm plötzlich einfiel.

„Warum halten wir?", erkundigte er sich und rieb sich die Augen.

„Da vorne war deine Freundin", antwortete Gloria.

Sören gefiel der Scherz. Er lachte.

Brian begriff nicht. „Meine Freundin?" Er musste zwangsläufig an Susan denken, die er in Irland zurückgelassen hatte und die er erst einen Tag vor seinem Abflug mithilfe einer Textnachricht von seinem Trip nach Finnland unterrichtet hatte. Sie hatte sich zwar sofort bei ihm gemeldet, er war aber zu feige gewesen, ans Handy zu gehen und auch auf ihre vielen Anfragen per WhatsApp hatte er nicht reagiert.

„Eine Elchkuh", sagte Gloria.

Brian war mit einem Schlag putzmunter. Hektisch legte er die Dose Bier, die er während des Schlafs festgehalten hatte, aus der Hand, schnappte sich den Camcorder, stieg hastig aus und hielt Ausschau nach der Elchkuh. „Ich sehe nichts."

„Ist schon wieder weg", sagte Gloria.

„Vielleicht kommt sie ja wieder", meinte Brian und hielt den Camcorder filmbereit in die Höhe.

Da kannst du lange warten, dachte Sören und grinste in sich hinein.

Brian blieb erwartungsvoll neben dem Pontiac stehen. Weil Gegenverkehr herrschte, musste hinter ihnen ein Überlandbus warten, bis dieser endlich vorbeikonnte.

Mika wurde die Situation allmählich zu brenzlig. Nicht, dass noch jemand in den Pontiac krachte. „Steig ein", sagte er.

„Gleich. Nur einen Moment", entgegnete Brian. Der Moment dehnte sich und verlor so seine ursprüngliche Bedeutung.

Mika wollte Brian zu verstehen geben, dass er unter einem Moment etwas anderes verstand und trat im Leerlauf auf das Gaspedal. Der Motor dröhnte tief und ungeduldig. Brian ignorierte den Wink.

„Es ist nur ein Elch", rief Mika.

„Nur?", wiederholte Brian. „Du sagst nur zu so einem prachtvollen Geschöpf?"

Mika fand, dass der Ire allmählich übertrieb. „Du wirst unterwegs noch viele Gelegenheiten haben, welche zu filmen", sagte er und trat erneut aufs Gaspedal. Dieses Mal dröhnte der Motor deutlich ungeduldiger.

Brian stieg widerwillig ein. Mika vergewisserte sich, dass von hinten kein Fahrzeug kam und fuhr los. Brian richtete den Camcorder vorsichtshalber auf den Wald – falls sich die Elchkuh doch noch blicken ließ. Da nichts passierte, filmte der Dubliner die Landschaft, die sich ihm nicht minder prachtvoll darbot.

Niemand hatte auf die Zeit geachtet und so hatte sich der Abend unbemerkt herangeschlichen. Als sie an einer kleinen Siedlung vorbeikamen, die sich etwas verschlafen der Staatsstraße entgegenräkelte, machte Brian eine bedeutende Entdeckung.

„Fahr rechts rein!", rief er aufgeregt. Er deutete auf eine Straße, die in die Siedlung führte.

Mika blickte fragend in den Rückspiegel.

„Fahr rein! Bitte!"

Mika tat ihm den Gefallen und lenkte den Pontiac in die Siedlung. Brian lotste ihn zu einem Parkplatz, der sich in Sichtweite der Staatsstraße befand, die sie gerade verlassen hatten und wo neben mehreren Pkw auch zwei Lkw standen. Kaum dass Mika angehalten hatte, sprang Brian aus dem Wagen und verschwand in einem schmucklosen Gebäude, über dessen Eingang ein ovales Schild angebracht war. *Baari* stand darauf.

Mika stellte den Motor ab. Er war gespannt, was nun geschehen würde.

Sören grinste vor sich hin. Wenn sich das bewahrheitete, was er gerade dachte, dann war der Ire noch ahnungsloser als ein Fötus.

Gloria starrte skeptisch auf den Eingang. Baari. Was hatte der Ire wohl jetzt schon wieder vor?

Im Radio, das Mika hatte laufen lassen, brachten sie Oldies. Mika tippte zur Melodie eines Beatles-Songs mit den Fingern auf dem Lenkrad herum. Als die Beatles den Song aufgenommen hatten, war noch keiner der Insassen des Pontiacs geboren. Keiner kannte das Lied. Gloria fand, dass es nett anzuhören war, mehr aber nicht. Sie war zu spät geboren, um ein Fan der Beatles zu sein. Mika schaute scheinbar gleichgültig auf den Eingang des Gebäudes, in dem Brian verschwunden war. Dass er mit den Fingern auf dem Lenkrad herumtippte, war ihm gar nicht bewusst. Hätte er es bemerkt, hätte er die Fingerübungen wahrscheinlich unterbunden. Man hätte sie leicht missverstehen können, zum Beispiel als Ausdruck eines heiteren Gemüts. Von einem heiteren Gemüt war Mika jedoch weit entfernt. An seiner Mimik änderte sich auch dann nichts, als Brian aus dem Gebäude kam.

Der Ire stapfte auf den Pontiac zu wie jemand, der im Geiste mit etwas beschäftigt war, das ihn zu überfordern schien. Er stieg in den Wagen, blickte auf das Haus, das er vor drei, vier Minuten mit so viel Hoffnung betreten hatte und schwieg. Es war ein Schweigen höchster Irritation.

Mika blickte in den Rückspiegel. „Alles okay?", erkundigte er sich.

Nichts war okay. „Ich wollte eine Flasche Whiskey kaufen", stammelte Brian. „Die haben mich angeguckt, als käme ich von einem anderen Stern."

Also doch, dachte Sören und lachte. Er hätte es nicht für möglich gehalten.

„Da hast du sicher etwas missverstanden", meinte Mika. Auch er wunderte sich über Brians Unwissenheit. Eigentlich müsste es sich bis nach Irland herumgesprochen haben, dass man in Finnland – wie überall in Skandinavien, lediglich die Dänen machten eine Ausnahme – nicht einfach irgendwohin gehen konnte, im Glauben, man bräuchte nur fix eine kleine Transaktion vornehmen, damit sich die Besitzverhältnisse einer Flasche Whiskey änderten.

„Aber das ist doch eine Baari", entgegnete Brian. „Und in einer Baari dachte ich, gibt es Alkohol zu kaufen."

„Eine Baari ist eine Kneipe mit einfacher Küche", klärte ihn Mika ohne jegliche Gefühlsregung auf. „Den einzigen Alkohol, den du dort bekommst, ist Bier und das ist auch nicht besonders stark. Heute ist übrigens Hernekeitto-Tag."

Gloria schaute ihn an, als würde sie es begrüßen, wenn er die Erklärung gleich mitlieferte.

„Donnerstags gibt es überall in Finnland traditionell Erbsensuppe", fuhr Mika fort.

„Erbsensuppe?", wiederholte Brian ungläubig.

„Zu Ehren von Thor."

„Thor?" Das Gespräch hatte eine Wende genommen, deren Logik Brian nicht ganz folgen konnte.

„Thor oder auch Donar genannt. Der Gott des Donners. Donner, Donnerstag. Du verstehst? Ich glaube, die Schweden haben diese Tradition eingeführt."

Mika hatte keine Ahnung, ob die Erklärung stimmte. Er hatte sie vor ein paar Jahren auf einer Party aufgeschnappt, fand aber, dass sie zum Weitererzählen allemal geeignet war. Allerdings starben die Baaris als typischer Ort der Verköstigung von Erbsensuppe allmählich aus. Eine Baari wie diese hier traf man höchstens noch in ländlichen Gebieten an. Heute prägten Pizzen, Kebabs, Tex-Mex und asiatische Restaurants das Straßenbild der Städte. Als Softwareentwickler und IT-Spezialist und der damit verbundenen Weltoffenheit war Mika ohnehin alles andere als ein eifriger Verfechter finnischer Traditionen. Daher verschwendete er auch nicht allzu viel Zeit damit, das Verschwinden der Baaris zu bedauern, obwohl er früher gern ab und zu eine gute Erbsensuppe gegessen hatte.

„Und wo kann man dann Alkohol kaufen?", fragte Brian voller Ungeduld.

„Alko", lachte Sören.

„Pass auf, was du sagst!", entgegnete Brian wütend, weil er dachte, Sören hätte ihn als Alkoholiker bezeichnet. Er hätte große Lust gehabt, den Deutschen mal eben so k.o. zu schlagen. Die Hand hatte er jedenfalls schon zur Faust geballt.

Sören lachte und hob schützend die Hände vors Gesicht, als hätte er vor dem Iren Angst.

„Alko ist so etwas wie ein Supermarkt für alkoholische Getränke", sagte Mika.

Brian entspannte sich. „Kriegt man dort auch irischen Whiskey?"

„Was denkst du denn? Irischer Whiskey ist doch der beste der Welt." Mika drehte sich nach ihm um und schaute Brian mit einer Miene an, die so ausdruckslos war wie ein unbeschriebenes Blatt Papier. Es war unmöglich herauszufinden, ob er es ernst meinte, einen Scherz machte oder dem Iren bloß schmeicheln wollte. Auch sein Tonfall war nicht geeignet, etwas zur Klärung beizutragen. Obwohl Sören geschworen hätte, dass der Finne sich über den Iren lustig machte.

Brian strahlte vor Stolz über das ganze Gesicht, als wäre er ein irischer Whiskeybrauer. „Wenn du einen Laden siehst, musst du unbedingt anhalten", sagte er.

Mika zeigte keinerlei Reaktion, startete den Motor und fuhr vom Parkplatz.

Brian fand, dass Mikas Schweigen doch sehr vage war. Er hätte es gern ein bisschen genauer gehabt. „Okay?"

Entgegenkommend wie Mika war, nickte er mit dem Kopf. Man musste aber schon genau hingucken, um es zu bemerken.

Doch Brian hatte aufgepasst. Zufrieden rieb er sich die Hände und schaute fortan aus dem Fenster, ob es unterwegs nicht irgendwo eine Alko-Filiale gab. Egal, wo sie gerade fuhren, an einem Wald, an einem See oder an einem Feld vorbei, seine Aufmerksamkeit blieb gleich intensiv, als könnte sich hinter jedem Baum, in jedem Schilf oder zwischen reifen Ähren eine Whiskey-Verkaufsstelle verbergen.

Seit die Kraftstoffanzeige dem Reservebereich gefährlich nahe gerückt war, behielt Mika das Armaturenbrett fest im Blick. Nervös wurde er trotzdem nicht. Mika hatte Schlimmeres erlebt als eine Kraftstoffanzeige, die sich nicht aufhalten ließ, das Ende einer Reise zu prophezeien, wenn nicht bald etwas dagegen unternommen wurde. Dennoch passte Mika die Tankstelle, die plötzlich am Horizont auftauchte, gut ins Konzept. Fünfzig Meter vor der Ausfahrt setzte er den Blinker.

Brian interessierte sich mehr für den Supermarkt, der sich gleich hinter der Tankstelle befand. „Ist das so ein Laden, wo man Whiskey kaufen kann?", erkundigte er sich aufgeregt.

Brians kindisches Verhalten ging Gloria allmählich gegen den Strich. Wie konnte man wegen einer Flasche Whiskey nur so ein Theater machen? Ihr Lieblingsgetränk war es jedenfalls nicht.

Mika machte neben einer Tanksäule halt und stieg aus.

Auch Brian und Sören verließen den Wagen.

„Sag, ist das so ein Alko-Laden?", fragte Brian den Finnen, den Blick auf die Front des Supermarkts gerichtet.

Mika schaute kurz hin und schüttelte den Kopf.

„Du nimmst mich auf den Arm!", rief Brian.

„Schau doch nach", antwortete Mika geistesabwesend.

13

Brian zögerte. Er war nur deshalb so hinter dem Whiskey her, weil er sich seinen Begleitern gegenüber spendabel zeigen wollte. Und natürlich dachte er auch ein bisschen an sich selbst. Was war daran verkehrt? Brian starrte auf den Eingang des Supermarkts. Sollte er oder sollte er nicht? Er hatte sich schon mit der Baari blamiert. Nachdenklich rieb er sich das Kinn.

Mika holte seine Kreditkarte aus dem Geldbeutel.

„Das übernehme ich", sagte da Sören. Er hatte Mika ja zu Beginn der Fahrt angeboten, einen Teil der Spritkosten zu übernehmen. Jetzt war eine gute Gelegenheit ihm zu beweisen, dass er den Mund nicht zu voll genommen hatte. Doch die Zapfsäule wollte seine Karte nicht annehmen. Er versuchte es ein zweites Mal, das Ergebnis blieb dasselbe. Mika erging es mit seiner Kreditkarte nicht viel besser. Er bewahrte dennoch die Ruhe und versuchte den Pontiac zur nächsten Säule zu schieben.

Brian bekam von alldem nichts mit. Sein Interesse galt nach wie vor dem Supermarkt. Der Anblick war zu verlockend, um ihn auch nur für eine Sekunde aus den Augen zu lassen.

Dummerweise schaltete auch die zweite Säule auf stur. Mika hatte keine Ahnung, woran es liegen könnte. „Ich sage dem Tankwart Bescheid", meinte er.

Mika ging auf den Eingang zu, doch der automatische Türöffner rührte sich nicht. Beinahe wäre er gegen die Scheibe gelaufen. Mika wartete darauf, dass sich endlich die Tür öffnete, dann fiel ihm die Notiz auf, die am Eingang hing: *Wegen Trauerfall heute geschlossen. Tanken nur mit Kreditkarte.*

Selbst jetzt deutete nichts daraufhin, dass Mika die Nerven verlieren könnte. Es war ja nicht so, dass sie sich ohne einen Tropfen Wasser mitten in der Wüste befanden. Die Tankstelle hatte geschlossen, das Bezahlen mit Kreditkarte klappte nicht, aber er konnte nirgends ein Anzeichen erkennen, dass die Welt am Untergehen war.

Bei Gloria sah das schon ein bisschen anders aus. Die Entwicklung der letzten Minuten hatte nicht gerade zu ihrer Entspannung beigetragen. Wenn sie nicht alles täuschte, schien hier einiges aus dem Ruder zu laufen und sie hätte weiß Gott nichts dagegen gehabt, wenn wenigstens einer so getan hätte, als wäre er Herr der Lage.

Mika würde schon mal nicht derjenige sein. Dass die Tank-stelle geschlossen war und seine Kreditkarte nicht funktionierte, war nicht vorhersehbar. Insofern traf ihn keine Schuld. Es war aber auch nicht die Schuld von Sören. Auch er konnte nichts dafür, dass der Automat offensichtlich keine Lust verspürte, sich an einem Trauertag mit Kreditkarten herumzuschlagen.

„Was ist?", erkundigte sich Brian bei Sören. Er hatte es tat-sächlich geschafft, sich vom Anblick des Supermarkts zu lösen.

„Der Automat nimmt keine Kreditkarten an", antwortete Sö-ren. Wäre er jetzt allein gewesen, hätte er vermutlich durchge-dreht und den Drecksautomaten samt Dreckszapfsäule in die Luft gesprengt, zumindest hätte er den Drecksautomaten so mit Fausthieben malträtiert, dass er es sich beim nächsten Trauer-tag zweimal überlegen würde, sich zu verweigern.

„Und was bedeutet das nun?", erkundigte sich Brian.

Diese Frage stellte sich auch Gloria, der etwas mulmig wur-de, da sie die Antwort insgeheim zu kennen schien.

„Dass wir nicht tanken können", antwortete Mika, der zur Zapfsäule zurückgekehrt war.

„Dann fahren wir zur nächsten Tankstelle", meinte Brian. Er verstand nicht, wo das Problem liegen sollte.

„Der Sprit reicht nicht", entgegnete Mika.

Jetzt schien auch Brian zu begreifen, wo das Problem lag. Wenn sie nicht weiterkonnten, würden sie auf keinen Alko-Laden stoßen und wenn sie auf keinen Alko-Laden stießen, würde er auf den Whiskey verzichten müssen. Was für eine schockierende Vorstellung.

Gloria mochte über die Folgen nicht wirklich nachdenken. Eine Frage hatte sie trotzdem. „Soll das heißen, dass wir hier so lange bleiben müssen, bis die Tankstelle wieder öffnet?" Sie schaute Mika frostig an, als könne sie auf diese Weise verhindern, dass er eine Antwort gab, die sie auf keinen Fall hören wollte.

Mika hielt ihrem Blick stand, sagte aber nichts. Wozu auch? Sie hatte die Frage praktisch selbst beantwortet.

Die Botschaft kam bei Gloria auch ohne Worte an. „Toll", sagte sie. Erst verreckte der Landrover, weil sein Besitzer nicht imstande gewesen war, ihn vernünftig zu warten, damit er eine lächerliche Reise nach Finnland überstand und dann stieg sie zu jemandem in den Wagen, der so lange fuhr, bis der Tank leer war und der vermutlich die einzige Tankstelle in ganz Finnland ansteuerte, die wegen Trauerfall geschlossen hatte und wo man nicht mal mit Kreditkarte zahlen konnte, bloß weil sich diese blöden Automaten querlegten. Wäre sie doch nur mit dem Zug gefahren, dann wäre sie jetzt schon in Oulu. Obwohl … Das Treffen mit *huuhteluaine* würde sowieso erst in zwei Tagen stattfinden. Also, wozu die Eile? Vielleicht war das Ganze ja ein Zeichen, erst gar nicht in Oulu aufzukreuzen. Sie war sowieso immer mehr davon überzeugt, dass es eine Schnapsidee war, sich mit jemandem zu treffen, den sie lediglich aus dem Internet kannte und dann auch noch gut tausend Kilometer von der Heimat weg. Was machte sie nur, wenn *huuhteluaine* hässlich wie die Nacht aussah? Oder sich als Nachwächter über Wasser hielt oder als Toilettenmann im größten Kaufhaus von Oulu? Gott, worauf hatte sie sich da nur eingelassen? Das nächste Mal sollte sie ihren Verstand einschalten, bevor sie eine Reise mit dem Flieger antrat.

Sören nahm die neuerliche Verzögerung relativ gelassen hin. Bis zum Rennen waren es noch drei Tage. Trotzdem. Er würde sich erst wieder richtig entspannt fühlen, wenn er das Trio los war.

Mika hatte keineswegs vor, an der Tankstelle zu übernachten. Er hatte eine viel bessere Idee. Er erinnerte sich daran, dass die Eltern von Janne, einem guten Arbeitskollegen von ihm, hier ganz in der Nähe eine Hütte hatten. Mika nahm sein Smartphone und führte ein kurzes, unaufgeregtes Gespräch mit Janne. Die Übernachtungsmöglichkeit war geklärt. Mika steckte das Smartphone weg und ohne den anderen zu sagen, was er vorhatte, machte er sich auf den Weg zum Supermarkt.

„Wo willst du hin?", rief Brian ihm hinterher.

Mika blieb ihm die Antwort schuldig. Die Richtung, die er einschlug, ließ eigentlich nur eine Interpretationsmöglichkeit zu.

„Ich komme mit", rief Brian aus Angst, ihm könnte etwas entgehen und rannte los.

Sören warf Gloria einen flüchtigen Blick zu und setzte sich wieder in den Wagen. Vom Rücksitz aus konnte er sehen, wie Mika und Brian in den Supermarkt verschwanden. Da er nicht zum Sprechen aufgelegt war, schwieg er. Ohne Radio war es unangenehm still in dem Oldtimer. Sören hätte jetzt gern eine Zigarette geraucht. Mit einem Glimmstängel in der Hand hätte er sich bedeutend wohler gefühlt. In solchen Momenten haderte er damit, dass er vor einem halben Jahr mit dem Rauchen aufgehört hatte. Es war bereits sein dritter Anlauf, aber so lange wie dieses Mal hatte er noch nicht durchgehalten. Und dennoch hasste er den täglichen Kampf gegen die Rückfälligkeit. Am schwierigsten war es, den Kampf zu bestehen, wenn er sich über jemanden ärgerte oder wenn seine Kollegen ihm etwas vorrauchten oder wenn er von Leuten umgeben war, mit denen er nichts oder nur wenig anfangen konnte. In solchen Situationen verfluchte er sich und dann fragte er sich ernsthaft, wie er nur so dämlich gewesen sein konnte, mit dem Rauchen aufzuhören. Aber er wusste, dass er sich umso mehr verachten würde, sobald er den Nikotingelüsten nachgab.

Auch Gloria war nicht sonderlich an Smalltalk interessiert. Sie steckte sich die Stöpsel des iPhones ins Ohr und drehte die Musik auf eine für ihr Trommelfell akzeptable Lautstärke. Sie dachte an das bevorstehende Treffen in Oulu und atmete tief durch.

Sören deutete dies fälschlicherweise als ein Zeichen ihres Unmuts. Er fühlte sich sofort schuldig. Nicht nur, dass ihm das Missgeschick mit dem Kühler passiert war, wahrscheinlich gab sie ihm auch die Schuld daran, dass die Fahrt zum zweiten Mal unterbrochen werden musste. Die Vorstellung, dass sie solche Gedanken haben könnte, fraß ihn fast innerlich auf. Sören schloss für einige Minuten die Augen.

Während er vor sich hindöste, reparierte sich sein Innenleben praktisch von selbst, auch wenn es nicht ganz gelang,

104

jeden Winkel so barrierefrei zu gestalten, wie er es gerngehabt hätte. Aber die Richtung war schon mal nicht schlecht und wenn nicht wieder jemand seine Finger in die Wunde legte, ließ sich der ein oder andere Schaden noch beseitigen.

Mitten in diesen selbstregulierenden Prozess wurde die Tür aufgerissen. Mika und Brian waren zurückgekehrt. Sören öffnete die Augen und sah, wie Brian drei vollgepackte Tragetaschen aus Papier auf dem Rücksitz verstaute und in den Wagen stieg. Er machte ein Gesicht, als schien er mit dem, was er erreicht hatte, zufrieden zu sein.

Sören blickte auf die prall gefüllten Tragetaschen und grinste. „Erfolg gehabt?", fragte er.

„Trinken wir eben Bier", antwortete Brian, der sich offensichtlich mit einem Abend ohne Whiskey abgefunden hatte. „Mika bringt uns zu einer Hütte, wo wir übernachten können."

Trotz der Musik im Ohr hatte Gloria jedes Wort verstanden. Sie entfernte den linken Stöpsel und schaute Mika, der auf dem Fahrersitz Platz genommen hatte, in die Augen. Die Skepsis, die sie dabei in den Blick legte, war nicht zu übersehen.

„Wie weit ist es bis zu dieser Hütte?", wollte sie wissen. Nicht nur der Blick, auch ihr Ton verriet, dass sie nicht gewillt war, dem Vorhaben einfach so zuzustimmen, nur weil sich die Herren der Schöpfung schon einig waren.

„Nicht weit", antwortete Mika und startete den Motor.

Die Antwort machte Gloria noch misstrauischer. „Was bedeutet nicht weit bei euch in Finnland? Wenn wir zur Hütte fahren, müssen wir auch wieder zurück und wenn wir dann auf dem Rückweg merken, dass dieses *nicht weit* doch ein bisschen weiter ist als *nicht weit*, kann es leicht passieren, dass wir plötzlich auf halber Strecke mit leerem Tank liegenbleiben.

Darauf würde ich gern verzichten."

Da war sie wieder, die Egoistin, dachte Sören verärgert.

Mika hatte nicht erwartet, dass ihm Gloria vor Freude um den Hals fallen würde, wenn sie von der Übernachtungsmöglichkeit in der Hütte erfuhr. Ihr Misstrauen war völlig in Ordnung. „Zwei Kilometer hin, zwei Kilometer zurück", antwortete er ruhig und fuhr langsam los.

„Das sind vier Kilometer", meinte Gloria. „Im Umkreis von vier Kilometern wird es doch noch eine andere Tankstelle geben."

„Vertrau mir", entgegnete Mika.

Vertrau mir. Ha! Der Kerl hatte wohl vergessen, wem sie den ungewollten Zwischenstopp zu verdanken hatten. Gloria fiel jedoch auf die Schnelle nichts ein, was sie hätte erwidern können. Vielleicht war es ja doch keine so schlechte Idee, in einer Hütte zu übernachten. Immer noch besser, als bei der Tankstelle in dem Pontiac zu schlafen. Sie drehte den Kopf und schaute scheinbar gleichgültig zum Beifahrerfenster hinaus. Sie war gespannt, was als Nächstes kommen würde.

Nach achthundert Metern verließ Mika wieder die Staatsstraße und bog rechts in einen Waldweg ein. Wer gerne durch Schlaglöcher fährt, wäre enttäuscht gewesen, in so einem guten Zustand war der Weg. Irgendwann lichtete sich auf der Beifahrerseite der Wald. Gloria überraschte es nicht, dass sie schon wieder einen See erblickte. In einem Land mit über Zigtausenden davon hört man als Reisender spätestens nach einem halben Tag auf, sich über die Vielzahl zu wundern.

Gloria musste sich eingestehen, dass Mika recht behalten hatte. Bis zur Hütte war es tatsächlich nicht weit. Eigentlich hätte man die Strecke auch zu Fuß bewältigen können. Die

106

Hütte gefiel ihr auf Anhieb und auch der Anstrich in Schweden-Rot sagte ihr zu. Es war eine Hütte wie man sie sich an einem See in Finnland so vorstellte – klein, gemütlich und idyllisch gelegen.

Mika parkte den Wagen unmittelbar neben dem Holzhaus.

„Yes", murmelte Brian und stellte die Tragetaschen auf die Veranda, deren Geländer ausnahmsweise nicht rot, sondern gelb gestrichen war.

Sören runzelte die Stirn. Etwas Besonderes war die Hütte in seinen Augen nicht. Wenn er sich eine bauen würde, dann aus ganzen Baumstämmen. Wie bei einer Trapperhütte. Dies hier war nichts anderes als eine Bretterbude, extrem anfällig für Wind und Wetter, da nützte auch ein regelmäßiger Anstrich nichts. Die einsame Lage und den See empfand er jedoch als großes Plus.

Brian hatte den dringenden Wunsch, seine Freude auf ganz spezielle Weise kundzutun. Er rannte zum Steg, an dem ein Ruderboot festgemacht war und stieß einen irischen Jubelschrei aus, dass die Engel im Himmel über Finnland verstört auf ihn herabschauten. Genauso hatte sich Brian die Freiheit vorgestellt. Das Leben konnte so herrlich sein. Am liebsten hätte er seine Zelte für immer in diesem Land mit den vielen Seen und Elchen aufgeschlagen.

Der Junge hat sie nicht alle, dachte Sören. Gloria dagegen war fast schon ein bisschen neidisch auf den Iren. Sie hätte auch gern die Fähigkeit gehabt, sich einfach hinzustellen und ohne Hemmungen loszuschreien, wenn ihr danach war. Wenn sie schreien würde, dann mehr aus Frust. Grund zum Jubeln hatte sie ja nicht, zumindest wäre ihr keiner eingefallen.

Mika öffnete von innen die Tür zur Veranda (der Schlüssel

hatte hinter dem Haus, wo es einen zweiten Eingang gab, unter einem Stein gelegen). Er hatte den Schrei gehört und schaute zum Steg.

„Ich glaube, er freut sich nur“, glaubte Gloria, ihn beruhigen zu müssen.

Mika sagte nichts dazu. Der Ire konnte sich freuen wie und wo er wollte. Dennoch war es für ihn ein Rätsel, wie ein Mensch nur so viel Energie für ein Gefühl vergeuden konnte.

„Gibt es hier auch ein Bad?“, wollte Gloria von Mika wissen. Sie hätte sich gern ein bisschen frisch gemacht.

Mika nickte. Wo, sagte er nicht.

14

Wer wo schlief, war schnell geklärt. Gloria bekam das Zimmer mit dem Doppelbett für sich allein, die Männer teilten sich das andere Zimmer, in dem es drei Betten gab – ein Hochbett und ein Einzelbett. Da Brian unbedingt im Hochbett schlafen wollte – nämlich oben – und Mika bereits das Einzelbett in Beschlag genommen hatte, musste sich Sören zwangsläufig mit dem Nachtlager unter Brian begnügen, was für ihn jedoch völlig in Ordnung war. Oben zu schlafen, erinnerte ihn zu sehr an seine Kindheit, die nicht unbedingt so war, dass man sich gerne daran erinnern würde (ohne Eltern aufzuwachsen, ist ja nicht gerade das, was man sich als Kind so wünscht). Mika gönnte er das Einzelbett. Er war der Fahrer und sorgte dafür, dass er nach Oulu kam und der Landrover mit einem neuen Kühler versorgt wurde (wobei er nach wie vor Zweifel hatte, ob der Mechaniker auch wirklich zuverlässig war).

Das Bad war so klein, dass sich Gloria kaum darin bewegen konnte. Sie machte sich etwas frisch und als sie zurückkam, waren die Männer bereits mit den Vorbereitungen für das Abendbrot beschäftigt. Brian deckte auf der Veranda den Tisch, Sören schnitt finnisches Schwarzbrot in Scheiben, die ihm in schöner Regelmäßigkeit verunglückten, (er hatte den Finnen gleich gewarnt, dass er für derartige Feinarbeiten nicht der Richtige war), während Mika am Gasherd stand und Rührei in einer Pfanne mit zerlassener Butter zubereitete. Dazu gab es Käse, Wurst, geräucherten Lachs, der sich im Ofen befand, weil er warm am besten schmeckte und Heringssalat, den Mika selbst gemacht hatte, unter anderem mit Schalotten, Rote Beete und Schmant (als er in der Fischabteilung den Matjes sah, hatte er plötzlich Lust auf Heringssalat bekommen – er hatte schon ewig keinen mehr gegessen).

Der Einzige, der während des Abendbrots den Mund aufmachte, war Brian. Es war gar nicht mal so, dass er meinte, er müsste die Runde unterhalten. Er war einfach nur gut drauf. Er war noch am Leben, aß mit netten Leuten an einem finnischen See auf der Veranda einer gemütlichen *mökki* zu Abend, während die Sonne sich anschickte, ihre Geschäftigkeit auf die andere Hälfte des Erdballs zu verlagern. Damit auch möglichst viele Menschen mitbekamen, dass sie sich für eine Weile verabschiedete, färbte sie den Horizont auf malerische Weise, dass man sich fragte, wie sie das immer wieder hinkriegte – fast jeden Abend ließ sie sich in Kooperation mit den Wolken (sofern welche da waren) ein anderes Farbenspiel einfallen.

Wenn nur nicht die vielen Mücken gewesen wären. Sie sirrten aufdringlich um einen herum und wunderten sich darüber, dass die Menschen sich so anstellten, nur weil die Weibchen ihnen ein bisschen Blut abzapfen wollten. Wenn den Menschen das nicht passte, sollten sie Wälder und Seen meiden und zu Hause bleiben. Da sie das nicht taten, durften sie sich nicht wundern, wenn man sie daran erinnerte, dass der Wald voller Leben war und die Natur ihre eigenen Gesetze hatte. Und so schmerzhaft waren die Stiche ja nun auch wieder nicht.

„Cheers!", sagte Brian und hielt seine Bierflasche so über den Tisch, dass die anderen mit ihm anstoßen konnten. „Auf Gloria, meine Lebensretterin. Auf Mika, der uns an diesen wunderschönen Ort gebracht hat. Und auf Sören, den Rennfahrer."

„Cheers!" Die Bierflaschen klirrten.

Brian hatte vier Sixpacks im Supermarkt gekauft. Das Bier konnte den Whiskey zwar nicht ersetzen, aber ganz so trocken wollte er den Abend nicht verbringen.

Gloria war angesichts der Heerschar der Mücken nicht wirklich zum Feiern zumute. Sie verspürte wenig Lust völlig zerstochen *huuhteluaine* gegenüberzutreten.

„Was kostet so eine Hütte eigentlich?", wollte Brian von Mika wissen.

Mika, der die Preise kannte, zuckte mit den Schultern. Er redete nicht gern über Geld. Schon gar nicht mit Fremden über das von anderen Leuten. Er hatte also gar keinen Grund, darüber zu sprechen.

Brian gab nicht nach. „Ungefähr", bettelte er.

Mika wollte kein Spielverderber sein und nannte ihm eine Summe, die gewöhnlich für solche Hütten samt Grundstück bezahlt wurden.

Brian nickte andächtig. Für seinen Geldbeutel war so ein Häuschen eindeutig zu viel. „Hast du auch eine Hütte an einem See?", fragte er Mika.

Mika schüttelte den Kopf. Die Eltern von Pihla besaßen eine am Meer. Bei Kello. Nördlich von Oulu. Sie hatten so manches Wochenende dort verbracht, hin und wieder auch gemeinsam mit Pihlas Eltern. Es war eine verdammt schöne Zeit gewesen. Mika hätte sich damals nie träumen lassen, dass einmal alles vorbei sein würde. Und dennoch kam das Ende, brutal und abrupt und riss ihn in die Tiefe. Beinahe wäre er daran zugrunde gegangen. Weil er in dieser schweren Zeit nur an sein eigenes Leid dachte und das von Pihla übersah, zerbrach schließlich ihre Ehe. Mika spürte, wie es in seiner Brust bedrohlich eng wurde. Er wollte sich jetzt nicht mit der Vergangenheit beschäf-

111

tigen, obwohl es ja gerade die Vergangenheit war, die ihn nach Oulu führte. Er stand auf und fing an, den Tisch abzuräumen. Gloria half ihm dabei. Sie wurde den Verdacht nicht los, dass Brian mit seiner scheinbar harmlosen Frage ungewollt einen wunden Punkt getroffen hatte. Als Mika das Geschirr abwusch, schnappte sich Gloria das Geschirrhandtuch.

„Brauchst du nicht", meinte Mika.

„Tu ich gern", entgegnete Gloria.

„Das Geschirr trocknet von selbst", sagte Mika.

Gloria verstand den Wink. Er wollte allein sein. Vielleicht auch besser so. Sie kehrte auf die Veranda zurück und da Sören und Brian plötzlich verschwunden waren, leistete sie den Mücken Gesellschaft, während Mika drinnen mit dem Geschirr klapperte. Satt und mit einiger Skepsis lehnte sie sich in den Stuhl zurück und schaute auf den See hinaus, der mit der Dämmerung eins zu werden schien. Sie fragte sich, ob sie ein anderer Mensch sein würde, wenn sie in die Heimat zurückkehrte oder immer noch dieselbe war. Und was hätte sie davon, wenn sie ein anderer Mensch wäre? Müssten sich nicht vielmehr die anderen ändern, derentwegen sie Berlin verlassen hatte? Ganz besonders ihre Mutter?

Brian hatte Sören überredet, ihm das Rennrad vorzuführen. Sören hatte sich nicht allzu viel davon versprochen, dann aber nachgegeben, die Teile aus dem Kofferraum des Pontiacs genommen und sie mit geübten Griffen zusammengefügt. Sören fuhr ein paar Mal hin und her und prüfte, ob es an der Gangschaltung noch etwas zu optimieren gab, war aber mit dem Ergebnis zufrieden.

„Lässt du mich auch mal fahren?", fragte ihn Brian.

Sören lachte. Er wollte schon sagen, dass so ein Rennrad nichts für Anfänger sei, drückte aber ein Auge zu. „Finger von der Gangschaltung", warnte er den Iren, als er diesem das Rad überließ.

Brian fuhr einmal ums Haus, dabei kam er auch an der Veranda vorbei, auf der Gloria saß und darüber nachdachte, was alles in ihrem Leben falsch lief und dass vieles einfacher sein könnte, wenn in ihrer Familie nicht alle so furchtbar kompliziert beziehungsweise so feige wären, wobei Letzteres hauptsächlich auf ihre Geschwister zutraf.

„Winner!", rief Brian und reckte die Arme in die Höhe, als hätte er die Tour de France gewonnen.

„Du bist gedopt", rief Gloria. „Du hast Bier getrunken."

Brian wollte bremsen, vergaß jedoch, dass ein Rennrad keine Rücktrittbremse hat. Nur mit Mühe und glücklichem Geschick konnte er einen Zusammenstoß mit der Kiefer vermeiden, die plötzlich vor ihm auftauchte, was man dem Baum aber nicht anlasten konnte, schließlich hatte er schon immer dagestanden.

Brian hatte zwar einen Zusammenstoß verhindert, weil er aber durch das Manöver Probleme mit dem Gleichgewicht bekam, stützte er sich geistesgegenwärtig mit dem Fuß auf dem Boden ab und vermied auf diese Weise einen folgenschweren Sturz. Folgenschwer, weil nicht abzusehen gewesen wäre, wie Sören auf das Malheur reagiert hätte.

Der eilte auch schon herbei und legte seine Hand auf den Lenker. Das fehlte ihm noch, dass der Ire sein schönes Rad ruinierte.

„Noch eine Runde", bettelte der Ire.

„Morgen", lachte Sören.

„Okay, ich nehme dich beim Wort", entgegnete Brian und stieg vom Rad.

Sören überlegte sich, ob er das Carbon-Rad wieder zerlegen sollte, entschied sich jedoch dagegen. Vielleicht verspürte er ja Lust, am nächsten Morgen, wenn die anderen noch schliefen, ein paar Kilometer auf der Landstraße zurückzulegen. Er schob das Rad hinter das Haus und lehnte es an das Kaminholz, das an der Rückwand gut zwei Meter in die Höhe gestapelt war. Als er sein Rennrad abschließen wollte, fiel ihm ein, dass er das Schloss im Rover zurückgelassen hatte. Im Prinzip durchaus etwas Menschliches. Wegen des defekten Kühlers hatte er spontan umdisponieren müssen und das Schloss vergessen. So etwas konnte jedem passieren. Sören sah das allerdings etwas anders. Man ließ ein Schloss nicht einfach so liegen. Das gehörte sich nicht. Sein Fahrradschloss liegenzulassen war ein Zeichen von Unfähigkeit, von Unprofessionalität und wenn Sören etwas hasste, dann war es, wie ein Depp dazustehen, obwohl es weit und breit keinen Menschen gab, der ihn ernsthaft für einen solchen gehalten hätte. Er merkte nie, dass es seine verquere Sicht der Dinge war, sein übertriebener Anspruch auf Perfektion, der selbst das kleinste Missgeschick so schlimm erscheinen ließ, als wäre er der größte Versager auf der Welt. Sören geriet so in Wut, dass er gegen das Kaminholz trat. Möglicherweise wäre die Angelegenheit damit erledigt gewesen, war sie aber nicht. Zum einen, weil bei Sören die Wut auch nach einem unbeherrschten Tritt nicht einfach so verflog, zum anderen, weil jemand das Kaminholz zu unfachmännisch gestapelt hatte, dass die Mauer aus Brennholz von der Mitte aufwärts krachend einstürzte.

114

Hätte Sören geahnt, was er mit seiner Unbeherrschtheit anrichtet, hätte er sich zusammengerissen, so aber eilten drei Menschen aus unterschiedlichen Richtungen hinters Haus. Sie sahen, wie Sören damit begonnen hatte, die heruntergefallen Holzscheite wieder aufzuschichten.

„Ich habe bloß das Rad dagegen gelehnt", behauptete er.

Brian hätte nichts gegen ein kleines Feuerchen gehabt, zumal es vor der Hütte eine Lagerfeuerstelle gab. Gegen ein Lagerfeuer war nichts einzuwenden, sagte sich auch Mika. Er nickte und machte sich wieder an den Abwasch. Gloria und Brian halfen Sören, das Holz zu stapeln, wobei Sören darauf achtete, dass es einigermaßen vernünftig geschah. Die Holzmauer sollte nicht gleich wieder einstürzen, sobald sie ihr den Rücken kehrten. Das Rennrad hatte er vorsichtshalber an der Wand neben dem Seiteneingang abgestellt.

Im Flur des Seiteneingangs entdeckte Sören eine Axt. Die brauchte er, um einen der Holzscheite so zu stückeln, dass man aus den Teilen, die klein und dünn sein mussten, leicht ein Feuer entfachen konnte. Das Holzscheit bearbeitete er am Rand der Feuerstelle, die von einem Steinkreis umgeben war. Die Holzstückchen fielen in die kalte mehrere Zentimeter dicke Asche, die sich im Laufe der Zeit gebildet hatte.

Gloria fiel auf, wie geschickt er dabei zu Werke ging. „Ist wohl nicht dein erstes Lagerfeuer", sagte sie.

„Bin quasi damit groß geworden", antwortete er. So wie er es sagte, klang es ein wenig verbittert.

„Warst du bei den Pfadfindern?", fragte Brian mit der Bierflasche in der Hand.

„Nein", antwortete Sören. „In einem katholischen Kinderheim."

Die Antwort überraschte Gloria. Sie wollte mehr erfahren. „Wie kam das?"

Sören ignorierte die Frage. Die Vorbereitungen für das Feuer benötigten seine ganze Aufmerksamkeit. Jedenfalls tat er so. In Wirklichkeit drückte er sich vor der Antwort. Er redete nicht gern über die Vergangenheit. Er hatte noch nie über seine Vergangenheit geredet. Und noch nie hatte er jemanden erzählt, dass er in einem katholischen Kinderheim gewesen war. Er konnte sich selbst nicht erklären, was ihn ausgerechnet jetzt zu dieser Bemerkung veranlasst hatte, er wusste nur, dass es ein Fehler war.

„Ich hole Zeitungspapier", sagte Brian.

„Nicht nötig", entgegnete Sören. Zeitungspapier war etwas für Amateure. Er wollte ihnen zeigen, dass der Wald alles hatte, was man zum Anzünden brauchte. Er ging zu einer Birke und deckte sich mit abgeblätterter weißer Rinde ein, kehrte damit zur Feuerstelle zurück und legte den Zunder in die Mitte des kalten Aschebodens. Um den Zunder baute er aus den kleinen gespaltenen Holzstückchen eine Pyramide.

Brian hatte bis jetzt nur zugeschaut. „Darf ich?", fragte er Sören, als dieser sein Sturmfeuerzeug, das er immer bei sich hatte, aus seiner Hosentasche kramte. Das Feuerzeug hatte er sich vor Jahren in einem Outdoor-Laden gekauft.

Sören wollte dem Iren den Spaß nicht verderben und warf ihm das Feuerzeug zu. Dieser fing es geschickt auf, klappte den Deckel zurück und zündete die gewellte Rinde an. Die Rinde fing sofort Feuer. Brian starrte gebannt in die Flammen, die auf die Holzstückchen übergingen und empfand einen gewissen Stolz, dass es ihm gelungen war, das Feuer gleich beim ersten Versuch zum Brennen zu bringen. Neidisch betrachtete er das Sturmfeuerzeug in seiner Hand.

„Schönes Stück", sagte er. „Brauchst du das noch?"

Sören lachte und streckte die Hand aus.

Brian grinste. Er drehte das Feuerzeug ein letztes Mal zwischen den Fingern und warf es zurück. Vorsichtig legte er einige Holzscheite um das Feuer. Die Flammen fraßen sich gierig weiter. Bald brannte das Feuer so, wie ein Lagerfeuer brennen sollte.

15

Sören holte sein Bier von der Veranda und setzte sich zu Brian und Gloria auf den spärlich mit Gras bewachsenen Boden. Schweigend starrten sie auf die lodernden Flammen. An manchen Stellen stieg Rauch auf, ein Zeichen, dass das Holz nicht lange genug gelagert war. Der Wind, der aus westlicher Richtung kam, trieb den Rauch hinaus auf den See, wo er nicht allzu viel anrichten konnte.

„Das muss aber ein besonderes Kinderheim gewesen sein, wenn man dort lernt, ein Lagerfeuer zu machen", meinte Brian.

„Wir waren oft im Ferienlager", entgegnete Sören und starrte gedankenverloren in die Flammen. „Mindestens zweimal im Jahr. In den Sommerferien und in den Herbstferien." An das Leben im Ferienlager erinnerte er sich gern zurück. Im Ferienlager konnte er beweisen, was er auf dem Kasten hatte, was ihm im Heim und in der Schule nicht so gut gelang.

„Was war passiert, dass sie dich in ein Kinderheim gesteckt haben?", wiederholte Gloria ihre Frage von eben.

Ja, was war passiert? Die Frage war relativ einfach zu beantworten. Nur verstehen konnte er die Sache bis heute nicht. „Meine Eltern haben sich umgebracht", antwortete er. Allein schon den Begriff Eltern in den Mund zu nehmen, verursachte bei ihm eine leichte Übelkeit. Nicht mal einen Brief hatten sie ihm hinterlassen für den Fall, dass er eines Tages alt genug sein würde, ihr Motiv zu begreifen und wenn er bloß das Gefühl gehabt hätte, sie hätten ihn in ihre Überlegungen mit einbezogen.

Mika, der den Abwasch beendet hatte, setzte sich mit seinem Bier gerade in dem Augenblick zu den anderen ans Feuer, als Sören den Selbstmord seiner Eltern erwähnte. Die Aussage bestürzte ihn keineswegs. Diese schrecklichen Dinge passierten nun mal, das wusste er am besten. Menschen, die man liebte, starben – Freunde, die Ehefrau, der Ehemann, Vater, Mutter, die Großmutter, der Großvater, Tanten, Onkel, die eigene Tochter, der eigene Sohn. Der Tod, dieser verdammte Mistkerl, machte vor keinem Halt.

„Shit!", sagte Brian mit einer Aufrichtigkeit, an der es nichts zu zweifeln gab.

Gloria hätte sich ohrfeigen können, weil sie so ahnungslos und dumm gewesen war, zu glauben, man könnte zu einem ernsten Thema scheinbar belanglose Fragen stellen und davon ausgehen, dass man ganz ungezwungen darüber redete.

„Tut mir leid", sagte sie kleinlaut.

„Schon okay", entgegnete Sören. „Ist ewig her."

Gloria sagte sich, dass sie jetzt unmöglich damit aufhören könne, weitere Fragen zu stellen. Es wäre genauso gewesen, als würde sie einer gebrechlichen Person über die Straße helfen und diese auf halber Strecke sich selbst überlassen. „Wie alt warst du da?"

„Drei", antwortete Sören. So wie er es sagte, schien es ihn fast schon zu belustigen. Er setzte die Flasche an den Mund und nahm einen kräftigen Schluck Bier zu sich.

Mein Gott, dachte Gloria, wie konnten Eltern das einem Dreijährigen antun?

Dasselbe dachten auch Brian und Mika. Brian zog unwillkürlich Parallelen zu seinem eigenen Leben. An seiner Kindheit hatte er nichts auszusetzen, dafür lief es gegenwärtig bei ihm nicht ganz so rund. Sonst hätte er nicht ein One-Way-Ticket nach Finnland gebucht. Susan. Verdammt. Sie hätte ihn ruhig

119

früher darüber informieren können, dass sie schwanger war. Sicher, es hätte nichts geändert. Trotzdem. Pläne für eine gemeinsame Zukunft hatte er nie gehabt. Sie hatten nie darüber geredet. Und dann so etwas. Das Leben würde nie mehr so sein, wie er es einmal geliebt hatte. Was hätte er anderes tun sollen, als die Flucht zu ergreifen und in Ruhe nachzudenken?

„Wie schrecklich", sagte Gloria. „Weißt du, warum sie das getan haben?"

War Sören beim Abendbrot noch relativ ausgeglichen gewesen, sah es jetzt in seinem Innersten umso unaufgeräumter aus. Am liebsten wäre er in die Haut eines anderen geschlüpft. Noch einfacher wäre es gewesen, sie hätten ihn in Ruhe sein Bier trinken lassen. Er hasste es, wenn man ihm gegenüber so viel Aufmerksamkeit schenkte. Aufmerksamkeiten dieser Art waren etwas für Versager. Genau wie Mitleid. Er brauchte weder das eine noch das andere. Nur weil er aus reiner Gedankenlosigkeit mit dem Thema angefangen hatte, bedeutete das nicht, dass man jetzt den ganzen Abend darauf herumreiten musste. Mit versteinerter Miene starrte er in die Flammen, die mal diese, mal jene Farbe annahmen, je nachdem welche Temperatur das Feuer an den verschiedenen Stellen hatte.

„Meine Mutter war depressiv und mein Vater ein Schwächling", antwortete Sören. „Sie hatten ein kleines Lebensmittelgeschäft. Als nur ein paar Häuser weiter ein Supermarkt eröffnet wurde, verloren sie ihre Stammkundschaft und die Bank verweigerte ihnen einen neuen Kredit. An jenem Abend hatten sie mich bei meinen Großeltern abgegeben, sind dann nach Hause gefahren und haben sich in der Garage mit Auspuffgasen umgebracht." Statt verbittert zu sein, wenn er an seine Eltern dachte, hatte er von Jahr zu Jahr eine größere Verachtung für sie empfunden. Eltern. Es gab wohl auf der ganzen Welt keinen größeren Schwindel als diese scheinheilige Verbindung zweier Menschen.

Trotz der Wärme, die das Lagerfeuer ausstrahlte, fröstelte es Gloria. Sie konnte sich gut vorstellen, wie es in ihm aussah. „Wieso hat man dich nicht einfach bei deinen Großeltern gelassen und dich stattdessen in ein Heim gesteckt?", wollte sie von Sören wissen.

„Weil sie mit mir nicht klarkamen und ich nicht mit ihnen", antwortete Sören ausweichend und trank einen weiteren Schluck aus der Flasche.

Schon im Kindergarten hatte er den Erzieherinnen nichts als Probleme bereitet. Er galt als schwieriges Kind, nur weil er im Morgenkreis oder beim Mittagessen nie richtig still sitzen konnte oder weil er schnell wütend wurde, wenn ein Junge ausgerechnet mit dem Feuerwehrauto spielte, mit dem Sören selbst gern gespielt hätte, der Junge sich aber weigerte, es freiwillig herauszurücken, sodass Sören praktisch gezwungen war, es ihm wegzunehmen oder ihn an den Haaren zu ziehen, wenn er mit seinen Bemühungen, in den Besitz des Spielzeugs zu gelangen, keinen Erfolg hatte, statt seinen Kontrahenten höflich zu fragen, ob er das Feuerwehrauto auch mal haben könne. Immer dann, wenn es sinnvoll gewesen wäre, seinen Spielkameraden gegenüber freundlich zu sein, weil man mit Freundlichkeit, wie ihm die Erzieherinnen eingeschärft hatten, viel mehr erreicht, hatte sich Sören für eine andere Gangart entschieden, für eine, die auf wenig Gegenliebe stieß. Dabei war es nie sein Ziel gewesen, jemanden zu ärgern. Er wollte ja freundlich sein. Manchmal schaffte er es sogar. Aber meist stellte es sich als eine Lüge heraus, dass man mit Freundlich-

keit mehr erreicht. Die Jungen und Mädchen rückten die Spiel-
zeuge trotzdem nicht heraus. Jedenfalls nicht freiwillig. Er fand
es daher nur gerecht, in solchen Fällen ein wenig nachzuhel-
fen. Wenn nur danach nicht immer dieses Theater gewesen
wäre. Dieses Geplärre. Bloß wegen eines doofen Holzklotzes
oder wegen eines Stofftieres oder eines Malstifts, den er unbedingt brauchte, damit sein Bild vom Grabstein seiner Eltern
endlich fertig wurde, damit er es Marianne, seiner Erzieherin,
schenken konnte. Egal, was er machte, immer verloren die
Erwachsenen gleich die Nerven. Selbst wenn ihn mal keine
Schuld traf, stürzten sie sich sofort auf ihn, packten ihn an den
Schultern und schimpften mit ihm, das Gesicht zu einer wütenden Fratze entstellt, dass Sören oft Mühe hatte, sein Gegenüber wiederzuerkennen und er rätseln musste, ob das nun
Marianne war oder wer ihn da rüttelte und schüttelte, obwohl
ihm schon längst der Kopf schwirrte und er vergessen hatte,
was man eigentlich von ihm wollte. In solchen Momenten wäre
es ihm eine Hilfe gewesen, hätte Marianne (oder wer auch
immer) sich darauf besonnen, was die Erwachsenen ihm ständig predigten – dass man mit Freundlichkeit mehr erreicht. Aber
nein, immer mussten sie auf ihm herumhacken und so war es
kein Wunder, dass er sich irgendwann losriss und wenn ihm
das nicht gelang, Marianne (oder wem auch immer) ans
Schienbein trat, sodass er endlich frei kam, schnell noch einen
Stuhl umwarf und Türe zuknallend den Raum verließ, was bei
einem wütenden Kind gelegentlich passieren kann, um einem
Erwachsenen oder den Spielkameraden zu verdeutlichen, wie
es um die eigene Gemütsverfassung stand. Doch statt ihn nach
solch einer Protestaktion eine Weile in Ruhe zu lassen, wurde
er schon wieder gepackt, an ihm herumgezerrt und auf ihn

eingeredet. Vor allem wurden von ihm Dinge verlangt, die zu erfüllen er absolut nicht bereit war, nämlich sich für sein Verhalten zu entschuldigen, was schon allein deswegen eine Zumutung war, weil er ebenso hätte verlangen können, dass man sich bei ihm entschuldigt – wegen allzu rabiater Aufdringlichkeit und einem Fingerspitzengefühl, das man bei Mitgliedern einer Straßengang vermutete, aber nicht bei Angestellten eines städtischen Kindergartens. Zweifellos war Sören ein schwieriges Kind gewesen, er würde das auch nie bestreiten. Ob es allerdings gerechtfertigt war, das Jugendamt einzuschalten, wagte er zu bezweifeln. Tatsache war jedenfalls, dass sich der Kindergarten fast jeden Tag bei seiner Oma über sein Verhalten beschwerte, wenn sie ihn von dort abholte. Sören blieb natürlich nicht verborgen, wie verzweifelt und hilflos sie dann war. Er hätte sie ja gerne unterstützt, damit sie sich wegen ihm nicht mehr so grämen und schämen musste und wenn sie mit ihm sprach, zeigte er sich auch einsichtig. Doch weil es so erstaunlich viele Dinge um ihn herum gab, die ihn schnell ablenkten – Geräusche, Ereignisse, Gegenstände, Gerüche, andere Menschen, ganz besonders die eigene Fantasie –, schlugen alle Versuche fehl, seine Versprechen einzuhalten, was nicht nur seine Oma, sondern auch ihn zutiefst enttäuschte. Das traf übrigens auch auf seinen Opa zu. Der hielt sich allerdings nie mit langen Reden auf und steckte Sören schon mal für ein paar Stunden in den dunklen Keller, wo seiner Meinung nach Kinder, die partout nicht spuren wollten, hingehörten. Auch das brachte Sören in seiner Entwicklung kein Stück weiter. Sein Opa hätte vielmehr einen Apparat erfinden sollen, der Sören dabei half, aus der Vielzahl der Reize, die tagtäglich auf ihn einwirkten, die wichtigen von den unwichtigen zu unterscheiden (obwohl Sören damals jeden Reiz als überaus wichtig empfunden hatte) und von den wichtigen wiederum jene herauszufiltern, die er benötigte, um eine richtige Entscheidung zu treffen, sodass alle stolz auf ihn sein konnten. Zwar gab es bereits Medikamente, die genau das bewirkten – sein Opa hätte nichts dagegen gehabt, wenn man Sören ein solches Medikament verschrieben hätte -, doch Sörens Oma war strikt dagegen, dass ihr Enkel regelmäßig irgendwelche ominösen Tabletten schlucken sollte. So blieb nur die Hoffnung auf den noch zu erfindenden Apparat. Da sich sein Opa jedoch nicht ernsthaft mit einer solchen Erfindung befasste, änderte sich auch nichts an Sörens problematischem Verhalten und eines Tages tauchte bei seinen Großeltern auf Initiative des Kindergartens eine Frau vom Jugendamt auf. Während des Gesprächs stellte sich schnell heraus, dass die Großeltern mit ihrem Latein am Ende waren. Sie könnten machen, was sie wollten, der Junge würde nicht auf sie hören. Drei Wochen später wurde Sören von derselben Sozialarbeiterin in das katholische Kinderheim gebracht.

All das behielt Sören für sich. Zum einen, weil er sich nicht vorstellen konnte, dass solche Details jemanden interessieren würde (interessieren im Sinne von wirklich interessieren und nicht im Rahmen eines neugierigen und oberflächlichen Frage-Antwort-Spielchens), zum anderen, weil es für ihn langweilig war, über das, was längst hinter ihm lag, zu reden. Allerdings vergaß er dabei, dass gerade das, was hinter ihm lag, genau das aus ihm gemacht hatte, was er gegenwärtig nach innen und außen repräsentierte. Möglicherweise wollte er verhindern, dass jemand aus seinen Erzählungen eine Parallele zur Gegenwart zog. Aber das geschah bei ihm eher unbewusst. Sören würde sich niemals eingestehen, dass zwischen seiner Vergangenheit und der Art und Weise, wie er als Erwachsener dachte, handelte und fühlte ein Zusammenhang bestand. Wer so etwas in Erwägung zog, hatte in seinen Augen vom Leben definitiv keine Ahnung.

Brian erhob sich, holte zwei neue Sixpacks und reichte Mika und Sören, die beide ausgetrunken hatten, jeweils eine neue Flasche. Gloria lehnte dankend ab, ihre Flasche war noch halbvoll. Das restliche Bier stellte Brian in den See, um es zu kühlen.

Das Lagerfeuer hielt die lästigen Mücken auf Abstand. Dann und wann zischte es in den Flammen.

„Hattest du mal daran gedacht, aus dem Kinderheim abzuhauen?", erkundigte sich Brian.

Sören überlegte. „Vielleicht", antwortete er zögerlich. „Bestimmt. Wahrscheinlich, wenn mir irgendetwas gestunken hat. Ich weiß es nicht mehr. Irgendwann will man immer mal abhauen. Das ist doch normal."

Brian nickte schwach. Er glaubte zu wissen, was Sören meinte. Es gab immer gute Gründe, von irgendwo abzuhauen. Und wenn man sich bloß über etwas im Klaren werden musste. Oder einfach nur, um seine Ruhe zu haben.

Gloria musste unwillkürlich an die erschreckend hohe Anzahl von Missbrauchsfällen in katholischen und anderen pädagogischen Einrichtungen denken und an den Psychoterror, der früher vielerorts in Kinderheimen an der Tagesordnung gewesen war. Es hätte sie nicht gewundert, wenn Sören Ähnliches erlebt hätte. Sie traute sich aber nicht, ihn danach zu fragen. Das war ihr dann doch eine Spur zu heikel. Sie sagte sich, dass sie gar nicht dazu legitimiert sei, ihm eine solche Frage zu stellen.

Hätte Gloria ihn gefragt, hätte Sören den Verdacht entschieden von sich gewiesen. Mit Recht. Weder hatte man ihn missbraucht, noch hatte man ihm sonst wie Gewalt angetan. Insofern hatte er großes Glück gehabt. Allerdings hätte Sören einen Missbrauch auch niemals zugelassen. Er hätte sich zu wehren gewusst. Da war er sich absolut sicher. Jedes Mal, wenn er von solchen Missbrauchsfällen hörte, konnte er nur den Kopf schütteln und dann fragte er sich, wieso die Opfer ihren Peinigern nicht einfach die Faust ins Gesicht gerammt hatten, um ihnen deutlich zu machen, was sie von deren Annäherungsversuchen hielten. Er konnte auch nicht verstehen, wieso die Opfer so lange geschwiegen hatten und wieso sie nicht auf einer Wiedergutmachung bestanden. Dass die Opfer Kinder waren, die eine unvorstellbare Angst hatten und gar nicht in der Lage gewesen wären, Widerstand zu leisten, die traumatisiert waren und noch Jahrzehnte später eine große Scham empfanden, sich an die Öffentlichkeit zu wenden, all das ließ Sören nicht gelten. Für ihn war das Psychokram. Geschwätz. Keine überzeugende Erklärung dafür, warum nicht eher etwas gegen diese Dreckskerle unternommen worden war. Gewusst hatte immer jemand etwas. Auch diejenigen, die in den Einrichtungen das Sagen hatten. Gerade die. Wäre ihm das passiert, was Tausenden passiert war, unabhängig davon, dass es ihm niemals passiert wäre, aber nur mal angenommen, es wäre ihm dennoch passiert und er würde seinem Peiniger zufällig wiederbegegnen, dann Gnade ihm Gott. Sören würde den Kerl ohne Zaudern über den Haufen knallen. Ein anderes Schicksal als den Tod hatten solche Schweine in seinen Augen nicht verdient.

Wenn er ehrlich war, konnte er sich nicht wirklich über seine Zeit in dem katholischen Kinderheim beklagen. Das Einzige, was ihn damals gestört hatte, war die hohe Fluktuation der Erzieher. Kaum hatte man zu jemandem Vertrauen aufgebaut, war derjenige auch schon wieder weg und eine neue Person mischte sich in sein Leben ein. Vermutlich hatte sich nie jemand Gedanken darüber gemacht, was ein Kind wohl empfinden muss, dessen Eltern sich umgebracht hatten, das von seinen Großeltern aufgegeben worden war und das in einem Heim lebte, wo die Erzieher, zu denen er mühsam Vertrauen gewonnen hatte, sich nach einem Jahr wieder verabschiedeten, weil auf sie woanders eine besser bezahlte Stelle wartete oder weil sie gemerkt hatten, dass es doch nicht so prickelnd war, als Erzieher in einem Heim zu arbeiten. Dass jemand, der ständig einen Verlust hinnehmen musste, es irgendwann aufgab, sich anderen Menschen anzuvertrauen, hätte eigentlich jedem Sozialarbeiter und jedem Pädagogen einleuchten müssen. Andererseits konnte man die Leute nicht anketten, damit sie blieben. Also schützte sich Sören, indem er die Zahl der Personen, denen er vertraute, immer stärker einschränkte. Folgerichtig war der einzige Mensch, dem er noch vertraute, er selbst. Und so hatte er im Laufe seines Lebens vor allem Großeltern, Erzieher und Sozialpädagogen aus seiner Liste vertrauenswürdiger und verlässlicher Personen gestrichen und nach und nach auch die meisten Lehrer, da sie größtenteils streng, ungerecht und aufbrausend waren und nicht selten die Neigung hatten, ihre Schüler zu demütigen, zum Beispiel dann, wenn sie eine falsche Antwort gaben, wie das häufig bei Sören der Fall gewesen war.

„Hast du noch Kontakt zu deinen Großeltern?", fragte ihn Gloria.

„Wozu sollte das gut sein?", antwortete Sören und starrte ins Feuer, als würde darin gerade ein Stück seiner Vergangenheit in Flammen aufgehen.

Gloria stellte keine weiteren Fragen mehr. Die Stimmung war angespannt genug. Sie wollte jedenfalls nicht diejenige sein, die ungewollt eine Lawine auslöste und die Stimmung gänzlich unter sich begrub.

16

Mika schwieg. Was hätte er auch sagen sollen? Das Leben hatte seine Schattenseiten. Er hatte es erfahren, Sören hatte es erfahren und Millionen anderer Menschen auch. Natürlich war es bitter, wenn man seine Eltern auf diese Weise verlor. Er selbst hätte nur Gutes über seine Eltern berichten können. Sie waren immer für ihn da gewesen, wenn er sie brauchte. Wenn er krank war, hatten sie ihn gesund gepflegt, wenn es Schwierigkeiten in der Schule gab, hatten sie mit den Lehrern gesprochen, wenn er Sorgen hatte, war es ihnen nicht verborgen geblieben und dann boten sie ihm ihre Hilfe an. War er zu stolz, Hilfe anzunehmen, hatten sie ihn in Ruhe gelassen. Selbstverständlich hatte es auch manchmal Ärger gegeben – wenn herausgekommen war, dass er mit dem Nachbarsjungen heimlich den selbstgemachten Schnaps von dessen Großvater getrunken hatte. Aber er war dafür nie von seinen Eltern unverhältnismäßig hart bestraft worden. Jetzt, wo er noch einmal über das Verhältnis zu seinen Eltern nachdachte, wurde ihm erst so richtig bewusst, wie sehr ihre Beziehung von gegenseitigem Respekt geprägt gewesen war. Er hatte sie respektiert und sie, doch das konnte man so sagen, hatten ihn respektiert. Seine Eltern wussten es stets zu würdigen, wenn er sich bemüht hatte, eine Sache gut zu machen und selbst wenn er trotz aller Mühe gescheitert war, kritisierten sie ihn nicht, sondern machten ihm neuen Mut. Es gab nicht viele Leute wie Mika, die von sich behaupten konnten, dass sie von ihren Eltern mit Respekt behandelt worden waren. Das galt für Mika auch heute noch. Seine Eltern hatten ihn immer so akzeptiert, wie er war. Das bedeutete nicht, dass er als Jugendlicher tun und lassen durfte, was er wollte, aber sie hatten niemals versucht, Einfluss auf seine Interessen zu nehmen. Als er später Pihla kennenlernte und sie erfuhren, dass sie drei Jahre älter war als Mika, hatten sie sie dennoch sofort in ihr Herz geschlossen und als Leevi, ihr Sohn, auf die Welt gekommen war, hatten sie sich nie in die Erziehung eingemischt. Die drei waren bei seinen Eltern immer willkommen gewesen. So gesehen hatte er mit seinen Eltern großes Glück gehabt.

Auch Brian wäre nicht auf die Idee gekommen, sich über seine Eltern zu beklagen. Sein Vater hatte sich nach der Arbeit gern im Pub aufgehalten, während sich seine Mutter um Brian und seine ältere Schwester kümmerte und nebenher noch putzen ging. Dass sein Vater einen Großteil seiner Freizeit im Pub verbrachte, stieß Brians Mutter in schöner Regelmäßigkeit übel auf und wenn er dann mit eingeschränkter Balance im Dunklen nach Hause kam, konnte er sich auf etwas gefasst machen. In ihrem Zorn benutzte sie Wörter, die jedem Kirchenchormitglied die Schamesröte ins Gesicht getrieben hätte und wenn sie mit ihrem Vortrag fertig war, knallte sie die Türen, dass man es noch drei Blocks weiter hören konnte und sich die Leute ängstlich fragten, ob dies womöglich das Vorzeichen eines Erdbebens war. Brian hatte seine Mutter immer als starke Frau erlebt, die nie weinte, so verzweifelt sie auch gewesen sein mochte. Und falls sie doch einmal geweint haben sollte – was nicht ganz auszuschließen war –, hat er es nicht mitbekommen. Brian liebte seinen Vater und er liebte seine Mutter. Seinen Vater liebte er, weil dieser nicht perfekt war und auch nicht den Anspruch hatte, perfekt zu sein und weil er von Brian keine Dinge verlangte, die auch sein Vater nicht erfüllt hätte, als dieser so jung war wie sein Sohn. Brian liebte seinen Vater, weil sich dieser aus allem heraushielt und ihm das Leben nicht unnötig schwermachte (das hatten seine Lehrer dafür umso mehr getan). Dagegen hatte seine Schwester vom Vater ein ganz anderes Bild. Sie verachtete ihren Vater, gerade weil er ihnen das Leben nicht schwermachte, weil er schwach war, weil er ihr keine Ohrfeige verpasste, wenn sie ihn beleidigte oder ihm schnippische Antworten gab, weil er sich um nichts kümmerte, weil das, was Brian für Toleranz hielt, in ihren Augen nichts als Gleichgültigkeit war. Sie hätte gern einen Vater gehabt, der ihr Grenzen aufzeigte, der sie zusammenstauchte, wenn sie abends zu spät nach Hause kam oder wenn sie verbotenerweise geraucht hatte, einen Vater, der sich für sie interessierte, zu dem sie aufschauen konnte. Brian hatte nie verstanden, weshalb sie so verächtlich über ihren Vater sprach. Sie machte Brian ganz wütend mit ihrem Gerede und den Sticheleien. Andere hatten vor ihren Vätern Angst und bezogen wegen jeder Kleinigkeit Prügel. Wieso verstand sie das nicht? Sein Vater hatte sich nie lustig über ihn gemacht wie seine Klassenkameraden, ihn nie gedemütigt wie seine Lehrer, ihn nie getriezt wie seine Ausbilder. Gut, sein Vater hätte ihn ruhig mal in den Arm nehmen können, als Brian noch klein war oder zu ihm sagen, was für ein toller Junge er doch war. Oder ihn mal ins Fußballstadion mitnehmen können, zu den Bohemians Dublin, den Bohs, in den Dalymount Park, wo auch die Länderspiele der irischen Nationalmannschaft stattfanden. Andere Väter taten das auch. Im Nachhinein aber war das für Brian nicht mehr von Bedeutung. Er war in die Fußstapfen seines Vaters getreten und wie er Schweißer geworden. Freiwillig. Aus Überzeugung. Und um das bisschen Familientradition zu bewahren. Schon sein Großvater war Schweißer gewesen. Brian

131

hatte es nie bereut, dass er diesen Beruf ergriffen hatte. So hatten er und sein Vater wenigstens ein gemeinsames Thema, über das sie hin und wieder sprechen konnten. Zwar dauerten diese Gespräche selten länger als fünf Minuten und doch mochte Brian diese Vertraulichkeiten nicht missen. Er wusste, dass er nicht mehr als diese wenigen Minuten an Aufmerksamkeit durch seinen Vater erhalten würde. Das war nicht viel, aber es war besser als gar nichts.

Sören, für den alles gesagt war, erhob sich, ging hinter das Haus, wo er an einer hohen Kiefer Platz für neues Bier schaffte. Hätte eine Trockenzeit geherrscht, hätten die Wassermassen sicherlich zum Überleben des Nadelbaums beigetragen. Wieder zurück am Lagerfeuer, ließ er sich neben Mika nieder. Damit keiner auf die Idee kam, erneut in seiner Vergangenheit herumzustochern, verwickelte er Mika in ein Gespräch über den Pontiac. Das Frage-Antwortspiel entwickelte sich zu einer harmlosen Fachsimpelei. Über Autos zu reden, fiel Sören tausendmal leichter als über sich selbst oder über andere Menschen oder, schlimmer noch, über Gefühle. Der Motor eines Autos funktionierte nach bestimmten physikalischen Gesetzen, die gar nicht so schwer zu verstehen waren, wenn man sich mit der Materie ernsthaft beschäftigte. Man könnte auch sagen, dass die Konstruktion eines Motors auf einer physikalischen Logik basierte. Ganz anders beim Menschen. Im Gegensatz zum Motor hatte der Mensch nach Ansicht von Sören rein gar nichts mit Logik zu tun. Am allerwenigsten sein Verhalten. Das war zum größten Teil unberechenbar. Natürlich konnte auch ein Motor seine Tücken haben, aber das ließ sich reparieren. Notfalls musste ein besonderes Ersatzteil her, wie bei seinem Landrover. Obwohl Sören nicht unbedingt etwas gegen Menschen hatte, die aus der Reihe tanzten, solche die durch außergewöhnliche Leistungen, durch Wagemut und Furchtlosigkeit auf sich aufmerksam machten, Drachenflieger zum Beispiel oder Astronauten, Motocrossfahrer, Bergsteiger, Freeclimber, Leute, die sich mit einem Seil um die Knöchel von einer Brücke in die Tiefe stürzten, Düsenjetpiloten, Fallschirmjäger, Tiefseetaucher, Ballonfahrer oder was auch immer sie taten, um ihrem Leben einen Sinn zu geben. Diese Menschen waren ihm allemal lieber als jene, die nur am Jammern waren, die alles besser wussten, die mit ihrem Beruf und ihrem Eigentum prahlten, die über Kollegen, Nachbarn und Freunde herzogen, die nichts anderes als tratschen konnten, die einen ständig kritisierten, die sich in Dinge einmischten, die sie nichts angingen, die einen mit neugierigen Fragen löcherten, die fünf nicht ein einziges Mal gerade sein lassen konnten, die übersteigerten Wert auf Äußerlichkeiten legten, die wegen jeder Kleinigkeit zum Arzt liefen oder schlimmer noch, sich einem Seelenklempner anvertrauten, statt die Arschbacken zusammenzukneifen und alles selbst in die Hand zu nehmen. Würden ihm nicht ständig solche Leute über den Weg laufen, könnte Sören sich wesentlich unbefangener durch die Welt bewegen und das Bier würde ihm tausendmal besser schmecken.

Mit zunehmender Dunkelheit hatte auch die sommerliche Abendkälte eingesetzt. Sie kroch so weit wie möglich an den Feuerkreis heran, konnte sich aber wegen der Hitze, die vom Lagerfeuer ausging, nicht gänzlich entfalten und so blieb ihre Anwesenheit nahezu unbemerkt. Lediglich Gloria spürte in ihrem Rücken, dass es etwas kühl geworden war, schenkte dem aber keine allzu große Beachtung. Nicht nur die Dunkelheit, auch die zunehmende Abendkälte musste sich gedulden, bis das Feuer erloschen war, um auch dieses Fleckchen Erde rund um den See gänzlich in Besitz zu nehmen.

„Wie lange willst du in Finnland bleiben?", wandte sich Gloria an Brian.

„So lange es geht", antwortete der Ire.

„Hast du keinen Job?"

„Doch schon", grinste Brian. „Aber es gab nicht mehr so viel zu tun."

Sein Arbeitgeber hätte das etwas anders gesehen. Es mangelte keineswegs an Aufträgen, auch wenn die Firma schon bessere Zeiten erlebt hatte. Brian war jedoch der Ansicht gewesen, dass sie auch ganz gut ohne ihn zurechtkommen würden. Deswegen hatte er es auch für überflüssig gehalten, bei seinem Chef offiziell zu kündigen. Brian hatte für derartige Formalitäten schlichtweg keine Zeit gehabt.

„Wirst du Dublin nicht vermissen?", hakte Gloria nach.

„Vor allem die Partys", lachte Brian.

„Sonst nichts?"

Der Ire wirkte plötzlich nachdenklich. Nervös drehte er die Flasche in der Hand. „Vor drei Wochen hat mir meine Freundin erzählt, dass sie schwanger ist", rückte er schließlich mit der Sprache heraus.

Mika und Sören unterbrachen ihre Fachsimpelei und schauten zu ihm rüber.

„Ich bin für so etwas wie Familie überhaupt nicht gemacht", fuhr Brian unsicher fort. „Später vielleicht mal, ja. Jetzt ist erst mal die Zeit, wo man alles sehen und ausprobieren muss. Das kommt nie wieder."

„Sieht das deine Freundin auch so?", fragte Gloria. Der Sarkasmus, der in ihrer Stimme lag, war nicht zu überhören.

„Wieso, sie ist ein freier Mensch und kann tun und lassen, was sie will", antwortete Brian.

Mika kniff leicht die Augen zusammen. Er hatte eine Bemerkung auf der Zunge, schluckte sie aber herunter. Die Sache ging ihn nichts an, sagte er sich.

„Ich habe noch nicht erlebt, dass eine Frau, die ein Kind erwartet, frei ist", meinte Gloria.

„Irische Frauen stecken so etwas weg", sagte Brian, stand auf und ging hinters Haus, um die überschüssige Flüssigkeit, die sich durch den Bierkonsum gebildet hatte, loszuwerden. Zufällig erwischte er denselben Baum, den auch Sören bevorzugt hatte. Während Brian ins Dunkle starrte, musste er an seine Freundin denken. Susan war nicht dumm. Ihr musste doch klar gewesen sein, dass er als Vater völlig ungeeignet war. Als er an das Lagerfeuer zurückkehrte, stellte er erleichtert fest, dass sie das Thema gewechselt hatten. Gloria referierte über ihre Kunden und deren schlechten Zahlungsmoral. Dabei war sie bemüht, nicht alle Schuldner über einen Kamm zu scheren. Manche hätten Schulden, ohne dass sie etwas dafür konnten. Durch Scheidung oder infolge plötzlicher Arbeitslosigkeit oder sonstige Schicksalsschläge. Dann war es schwer bis unmöglich, den Kredit zurückzuzahlen. Dafür hatte Gloria durchaus Verständnis. Was sie ärgerte, waren die Leute, die auf kein Mahnschreiben reagierten und die dann patzig wurden, wenn man sie anrief, um ihnen eine Lösung vorzuschlagen, die es quasi als Unverschämtheit betrachteten, wenn man sie daran erinnerte, dass sie Schulden hatten. Noch ärgerlicher war es, wenn die Leute frech wurden und meinten, dass sie kein Problem hätten, ihren Job zu kündigen, nur damit sie nicht mehr belangt werden konnten.

Mika fand es ganz spannend, was Gloria so erzählte. „Wie kommt ihr eigentlich an die Schuldner?", wollte er wissen.

„Die Banken verkaufen deren Kredite an uns", antwortete sie.

„Das geht?", fragte Brian verblüfft.

„Klar", antwortete Gloria. „Mit Verlust für die Bank natürlich. Wenn einer Bank von einem Schuldner noch einhunderttausend Euro zustehen, kann sie diesen Kredit an uns für – sagen wir mal – fünfundzwanzigtausend Euro verkaufen. Die Bank ist zufrieden, weil sie ja auch damit rechnen muss, gar nichts mehr zu kriegen. Und alles, was wir über diese fünfundzwanzigtausend von dem Kreditnehmer bekommen, wird als Gewinn verbucht."

„Und wie hoch sind die Schulden insgesamt, die ihr aufgekauft habt?", fragte Mika.

„Circa fünfeinhalb Milliarden", antwortete Gloria ohne jegliche Regung. Sie hätte sich etwas darauf einbilden können, für ein Unternehmen tätig zu sein, das mit solch einer horrend großen Summe operierte, tat sie aber nicht. Zum einen hatte sie nichts von diesem Geld – sie bekam nicht einmal eine Provision oder so, wenn ein Fall erfolgreich abgeschlossen wurde –, zum anderen war sie auf ihren Arbeitgeber nicht sonderlich gut zu sprechen. Gloria hatte die Idee gehabt, einen Betriebsrat zu bilden, war aber mit ihrer Initiative beim Vorstand abgeblitzt. Noch war das letzte Wort nicht gesprochen. Wenn sie aus Finnland zurück war, hatte sie vor, sich mit einer Kollegin an einen Anwalt zu wenden. So einfach wollte sie es den Herrschaften nicht machen. Sie hatten das Recht auf einen Betriebsrat.

„Fünf Milliarden", wiederholte Brian und pfiff durch die Zähne. Ein Zehntausendstel davon hätte ihm schon genügt.

„Wie lange machst du das schon?", fragte er.

„Sechs Jahre. Davor habe ich als Rechtsanwaltsgehilfin gearbeitet." Gloria hatte den besten Chef gehabt, den sie sich nur vorstellen konnte. Als er völlig unerwartet starb, musste sie sich nach etwas anderem umschauen. Nach langer Suche kam sie bei einem kleinen Inkasso-Unternehmen unter, das sie nach zwei Jahren wieder verließ, weil die Geschäftsführung die Mitarbeiter nach und nach durch billigere Arbeitskräfte ersetzte und es lediglich eine Frage der Zeit war, bis man auch ihr den Stuhl vor die Tür setzen würde.

„Macht ihr auch Hausbesuche?", wollte Brian wissen und setzte die Bierflasche an den Hals.

„Du glaubst doch nicht, dass uns jemand freiwillig in seine Wohnung lassen würde. Wir beraten ausschließlich am Telefon. Zu den Schuldnern kommt nur der Gerichtsvollzieher."

„Hast du schon mal erlebt, dass jemand, seine Schulden ganz zurückgezahlt hat?", fragte Brian.

Gloria musste nicht lange überlegen. „Ja, einmal. Ich habe sogar Blumen geschenkt bekommen von dem Kunden."

„Vielleicht hatte er sich ja in deine Stimme verliebt", lachte Brian.

Statt witzig zu sein, sollte er sich lieber Gedanken über seine Freundin machen, dachte Gloria, ging aber nicht näher auf seine alberne Bemerkung ein. „Der war einfach nur dankbar, dass er von mir die Gelegenheit bekam, in Ruhe seine Schulden abzustottern", sagte sie ernst. „Vor ein paar Tagen rief mich ein Kunde an, an den wir noch eine Forderung von 35.000 Euro hatten. Der hatte folgenden Vorschlag: Er könnte sich

137

15.000 Euro von einem Freund leihen und uns das Geld sofort überweisen. Dafür sollten wir auf die restlichen Forderungen verzichten. Und so haben wir das dann gemacht."

„Aber dann hattet ihr doch 20.000 Euro Verlust", wunderte sich Brian.

„Die Forderung berief sich zwar auf 35.000 Euro", entgegnete Gloria, „wir haben aber diese Forderung von seiner Bank für nur 5.000 Euro eingekauft. Gekriegt haben wir von dem Kunden 15.000. Sind also 10.000 Euro Gewinn."

„Clever", musste Brian zugeben.

Es war spät geworden und in den Köpfen herrschte eine allgemeine Müdigkeit. Gloria war die Erste, die daraus die Konsequenzen zog und sich schlafen legte. Brian, für den der Tag am anstrengendsten war, folgte wenige Minuten später. Mika und Sören beobachteten schweigend das Farbenspiel des Feuers, bis sich auch der Finne wortlos erhob. Sören blieb noch sitzen. Er hatte den ganzen Tag Trubel um sich herum gehabt, da tat es gut, für eine Weile allein zu sein.

17

Gegen sechs Uhr in der Früh schlug Sören die Augen auf. Er hatte nicht besonders gut geschlafen. Das lag aber nicht an dem fremden Bett, sondern an seinem Magen. Wie jeden Morgen gab er Sören recht deutlich zu verstehen, dass er nicht geneigt war, so zu tun, als wäre alles in bester Ordnung. Das ging bereits seit Monaten so. Gegen halb fünf morgens fing das Spielchen an und nachdem Sören aufgestanden und im Bad fertig war, hörte es schlagartig auf. Als wäre nichts gewesen. Sören hatte keinerlei Erklärung dafür, sah aber keine Notwendigkeit, deswegen einen Arzt zu konsultieren. Er war ja nicht krank. Er hatte bloß einen nervösen Magen und einen unruhigen Schlaf. Den unruhigen Schlaf hatte er schon immer gehabt. Der nervöse Magen war im Oktober oder November hinzugekommen. So genau konnte er sich nicht erinnern. Im Sommer hatte er jedenfalls festgestellt, dass ihm der Job bei der Autobahnmeisterei keinen Spaß mehr machte und dass er viel mehr Lust auf eine Ausbildung zum Servicemonteur für Windenergieanlagentechnik hätte. Die Vorstellung, praktisch von vorne zu beginnen, hatte jedoch dazu geführt, dass seine Zweifel an den eigenen Möglichkeiten von Tag zu Tag zunahmen. Daher hatte er die Entscheidung immer wieder hinausgeschoben. Er wäre jedoch nie auf die Idee gekommen, dass seine Zweifel und das ständige Hinauszögern einer Entscheidung die Ursache für seinen nervösen Magen sein könnten. Er nahm die Beschwerden hin wie die kleine Delle an seinem linken Schienbein, von der er vergessen hatte, wie sie entstanden war.

Mika und Brian schliefen noch. Sören stand vorsichtig auf, schnappte seine Klamotten und den Kulturbeutel, schlich sich aus dem Zimmer und begab sich ins Bad. Eine Viertelstunde später stand er auf der Veranda und blickte auf den See hinaus, der friedlich dalag, in geduldiger Erwartung, was der Tag ihm an Abwechslung und Überraschungen wohl heute so zu bieten hatte.

Trotz der ersten Sonnenstrahlen war es noch recht kühl. Auf den Plastikstühlen und dem Tisch hatte sich Morgentau gebildet. Es würde noch zwei bis drei Stunden dauern, bis das Sonnenlicht den Schatten verdrängt hatte und Tisch und Stühle trocken sein würden. Sören ließ die Aussicht auf den See einen Augenblick auf sich wirken. Er hätte nichts dagegen gehabt, jeden Morgen solch einen herrlichen Ausblick zu genießen, bevor er zur Arbeit fuhr. Besser wäre natürlich gewesen, er hätte so viel Geld gehabt, dass er überhaupt nicht mehr zur Arbeit fahren müsste. Einmal den Jackpot knacken, das wär′s gewesen.

Sören löste sich von dem Anblick und stieg die Stufen der Veranda hinab. Er hatte beschlossen, einen Spaziergang zu machen. Einen langen Spaziergang. Wieder zurück, würden die anderen vermutlich wach sein und wenn sie dann gemeinsam gefrühstückt hatten, konnte die Reise endlich weitergehen. Sören sog die frische Waldluft ein und brach auf. Gleich hinter der Hütte entdeckte er einen Trampelpfad. Mal schauen, wohin der Weg ihn führte.

Während Sören den Wald durchstreifte, lag Mika wach in seinem Bett und starrte an die Decke. Brian im Hochbett gegenüber schlief noch tief und fest. Mika hatte die Zeit zurückgedreht. Er hatte es nicht bewusst getan. Schon im Schlaf hatten sich die ersten Vorboten der Vergangenheit bemerkbar gemacht und als er schließlich die Augen aufschlug, steckte er mitten in den alten Bildern, die ihn schon so lange verfolgten. Er hätte sich dagegen wehren können, sah aber nicht wirklich einen Sinn darin. Es war ja nicht so, dass sich die Vergangenheit nur zum Spaß in den Vordergrund spielte. Pihla. Sie war die Liebe seines Lebens gewesen. Da standen sie nun – ihr letzter gemeinsamer Augenblick, Pihla in der Wohnungstür, Mika mit zwei Koffern in der Hand im Treppenhaus. Sie sahen sich nicht an, es gab auch nichts mehr zu sagen, außer einem Lebewohl, das Mika mühsam herauspresste, als hätte Pihla Schuld daran, dass es so weit gekommen war. Pihla erwiderte nichts und schloss die Tür. Verbittert stieg Mika die Stufen hinab. Die Szene wiederholte sich etliche Male und hinterließ bei Mika stets von Neuem ein Gefühl der Hilflosigkeit, als Brian gegen halb neun plötzlich aus dem Schlaf schreckte.

Der Ire benötigte einen Moment, um sich zurechtzufinden und wünschte Mika einen guten Morgen. Ein Blick nach unten verriet ihm, dass Sören bereits aufgestanden war. Er kletterte aus dem Bett, zog sich an und stapfte zum Plumpsklo, das sich etwa fünfzig Meter hinter der Hütte befand.

Mika ließ die Vergangenheit ruhen und begab sich ins Bad. Frisch gewaschen und rasiert und nur mit Unterhose bekleidet, begegnete er Gloria in der Küche. Sie trug ein langes Nachthemd, das Haar war noch zerzaust, was ihr aber nichts auszumachen schien. Mika erkundigte sich, ob sie gut geschlafen hätte.

„Hm", bestätigte Gloria ein wenig mürrisch. Sie durchsuchte die Schränke.

„Was suchst du?"

„In dem Haus muss es doch irgendwo Kaffee geben", antwortete Gloria, die ohne eine bestimmte Dosis Koffein nach dem Aufstehen nur mühsam in Schwung kam, leicht gereizt. Sie hatte nicht vorgehabt, so unfreundlich zu sein. Solche Dinge passierten ihr morgens einfach, ohne dass es mit Absicht geschah. Sie konnte sich deswegen manchmal selbst nicht leiden.

Mika ließ sich durch ihre ruppige Art in den Tag zu starten nicht aus der Ruhe bringen. Pihla war auch so ein Morgenmuffel gewesen. Mit der Zeit hatte er gelernt, damit umzugehen. Das Verkehrteste war, alles persönlich zu nehmen. Mika zuckte mit den Schultern. Wenn sie keinen Kaffee fand, war keiner da. Das hier war schließlich keine Pension.

„Toll", murmelte Gloria und ging ins Bad.

Mika zog sich fertig an und machte das Bett, als Sören zum Fenster hereinschaute. Mika sah das angestrengte Gesicht. Ihm war sofort klar, dass etwas nicht stimmte.

„Hast du mein Rennrad gesehen?", fragte ihn Sören. Als er zum Spaziergang aufgebrochen war, hatte es noch an seinem Platz gestanden.

„Nein", antwortete Mika.

„Mist!" Sören kam ein Verdacht. „Ist Brian im Haus?"

„Ist schon eine Weile her, dass ich ihn gesehen habe."

„Brian?", rief Sören durch das geöffnete Fenster. „Brian?"

Brian meldete sich nicht und war auch nicht auffindbar.

„Dieser Idiot!", fluchte Sören. Das fehlte ihm noch, dass sich das irische Milchgesicht mit seinem teuren Rennrad auf und davon gemacht hatte. „Verdammt!"

Gloria, die aus dem Bad gekommen war, hörte, wie Sören fluchte. „Wenn du den Kaffee suchst, es ist keiner da." Sie hatte noch immer schlechte Laune.

Kaffee? Was interessierte Sören der blöde Kaffee. „Mein Rennrad ist weg!", entgegnete er wütend.

„Ach so", sagte Gloria gleichgültig.

„Hat Brian dir vielleicht was davon erzählt, dass er mit dem Rad wegwill?"

„Der ist mir noch gar nicht über den Weg gelaufen", antwortete Gloria gereizt.

„Wenn ich den zwischen die Finger kriege", murmelte Sören. Er sah den Iren schon halbtot vor seinen Füßen liegen, blutüberströmt und um Gnade winselnd.

Gloria verstand nicht, wo das Problem war. Dass kein Kaffee im Haus war, das war ein Problem. „Vielleicht hat er ja eingesehen, dass er einen Fehler begangen hat und will mit dem Rad zurück zu seiner schwangeren Freundin nach Dublin. Oder er holt Brötchen fürs Frühstück."

Brötchen holen? Mit seinem Rennrad? Plötzlich fiel Sören ein, dass sich das Rad nicht abschließen ließ (dadurch war es dem Iren ja erst möglich gewesen, damit zu verschwinden). Der Knabe brachte es fertig und ließ das kostbare Stück irgendwo unbeaufsichtigt stehen. „Wir müssen sofort hinter ihm her! Wir müssen ihn suchen!"

Mika fand, dass Sören übertrieb. Er blickte ihn an, sagte aber nichts, weil er die Hoffnung hatte, Sören würde schon merken, was er davon hielt, nämlich gar nichts. Sören wusste schon Mikas Reaktion richtig zu deuten, so war das nicht. Gerade deswegen fiel es ihm noch schwerer, nicht die Beherrschung zu verlieren und den Wagenschlüssel an sich zu reißen, um sich an die Verfolgung dieses schwachsinnigen Iren zu machen. Obwohl er nicht das Gefühl hatte, er hätte genügend Zeit, nahm er sie sich, was für einen Menschen, der sich eher von Emotionen leiten ließ als von seinem Verstand, eine beachtliche Leistung war und erklärte Mika, weshalb es ihn so drängte.

„Wir können den Kleinen nicht suchen", entgegnete der Finne ganz ruhig. „Wir müssen tanken."

„Dann suchen wir ihn, nachdem wir getankt haben", entgegnete Sören ärgerlich.

Mika nickte. Es wäre durchaus eine Möglichkeit gewesen. „Und was machst du, wenn er bereits auf dem Weg zur Hütte ist, während wir ihn überall suchen?", gab er jedoch zu bedenken.

„Wenn wir ihn nicht finden, fahren wir wieder hierher", antwortete Sören.

„Ich bin dafür, dass wir warten", sagte Gloria allein schon deswegen, um darauf hinzuweisen, dass sie auch noch da war und nichts dagegen gehabt hätte, wenn sie in die Entscheidung miteinbezogen worden wäre. „Wenn wir hierbleiben, sind wir auf der sicheren Seite."

„Sie hat recht", sagte Mika und erntete dafür von Gloria einen scheuen in Dankbarkeit verpackten Blick.

„Aber nicht länger als eine halbe Stunde", entgegnete Sören. Notfalls würde er sich zu Fuß auf die Suche nach dem verdammten Spinner machen. Er stapfte in den Schlafraum, brachte das Bett in Ordnung, packte seine Sachen zusammen und verstaute seine Reisetasche schon mal im Kofferraum. Die anderen sollten ruhig merken, wie dringlich die Angelegenheit für ihn war.

Mit jeder Minute, die verstrich, wuchs in Sören die Gewissheit, dass es verkehrt war, auf die Rückkehr des Iren zu warten und umso mehr ärgerte es ihn, dass er auf Mika und Gloria gehört hatte. Es war ja nicht deren Rennrad.

„Ich gehe schon mal los!", sagte er schließlich von Unruhe geplagt, hob einen Stein auf, den er am liebsten Brian an den verfluchten irischen Eierkopf geschleudert hätte, warf ihn Richtung Feuerstätte und stapfte davon. Es war ihm egal, was Mika und Gloria von ihm dachten.

Die ganze Aufregung bloß wegen eines Fahrrads, das nicht mal Schutzbleche hatte, dachte Gloria. Und das alles schon so früh am Morgen. Wie sie das aufregte. Wenn sie wenigstens einen Kaffee gehabt hätte. Mehr brauchte sie nach dem Aufstehen nicht. Ein Becher Kaffee zum Frühstück. War das zu viel verlangt? Sollte Mika doch entscheiden, wie es jetzt weiterging. Sie schaute den Finnen fragend an.

Mika respektierte Sörens Entschluss, die Sache zu beschleunigen. Für ihn selbst änderte sich dadurch nichts. Er würde auf keinen Fall alles stehen und liegen lassen, nur um Sören mit dem Pontiac möglichst schnell einzuholen. Die Hütte hatte Priorität. Sie so zu verlassen, wie sie sie vorgefunden hatten, war das Mindeste. „Der läuft uns nicht weg", sagte er.

Sören marschierte zielstrebig den Waldweg entlang, der zur Staatsstraße führte. Er blickte sich kein einziges Mal nach Mika und dem Pontiac um. Er brauchte den Finnen nicht, um dieses irische Milchgesicht zu finden. Dieser verdammte Idiot. Sören kam über Brians Eigenmächtigkeit nicht hinweg. Hatte der Kerl nur Quecksilber im Hirn? An der Staatsstraße angekommen, musste er sich kurz orientieren, aus welcher Richtung sie am Abend zuvor gekommen waren. Er erinnerte sich wieder, bog links ab und ging auf dem Seitenstreifen, sodass er den auf ihn zukommenden Verkehr gut im Blick hatte. Von Brian und dem Rennrad fehlte nach wie vor jede Spur. Sören war so geladen, dass es von ihm ein zweites Exemplar hätte geben müssen, damit sich die Wut besser verteilte, denn so drohte die Gefahr, dass sie bei ihm die Grenze der Belastbarkeit überschritt und er sich womöglich an dem nächsten Verkehrszeichen verging, nur weil er sich einbildete, dass es ihn dumm anstarrte oder dort nichts zu suchen hatte, wo es gerade stand.

Das nächste Verkehrszeichen wäre ein Vorfahrtsschild gewesen. Auch wenn Sören es noch gar nicht im Visier hatte, verdankte es möglicherweise Mika seine Rettung. Der Finne machte am rechten Straßenrand Halt und bewahrte Sören so vor einer Dummheit, von der er bis dahin noch nichts geahnt hatte.

Sören vergewisserte sich, dass die Straße frei war, überquerte die Fahrbahn und stieg in den Wagen. Kaum hatte Sören hinter ihm Platz genommen, fuhr Mika los. Gloria warf einen skeptischen Blick auf die Kraftstoffanzeige und rechnete mit dem Schlimmsten. Bis jetzt hatten sie nur Pech gehabt. Wieso hätte sie auf einmal optimistisch sein sollen? Wenn sie unterwegs liegenblieben, würde das nur die logische Fortsetzung einer Serie von Pannen sein. Sie hielt es sogar für gescheiter, sich innerlich auf den schlimmsten Fall vorzubereiten. Umso gefasster würde sie sein. Zumindest in der Theorie.

Mika fuhr so spritschonend wie möglich und rollte mit siebzig am Mittelstreifen entlang. Sören hätte nichts dagegen gehabt, wenn Mika etwas mehr Gas gegeben hätte, sagte aber nichts. Er fand es ärgerlich, dass sie zuerst zur Tankstelle mussten. Noch ärgerlicher war es, dass von Brian noch immer nichts zu sehen war. Wo steckte der Mistkerl bloß?

18

Als sie das Ortsschild passierten, fiel bei Gloria mit jedem Meter, den sie zurücklegten, die Anspannung. Bei Sören nahm sie eher zu. Er hatte Sorge, er könnte für einen Augenblick unaufmerksam sein und den Iren womöglich übersehen.

„Da vorne!", rief Gloria auf einmal und deutete auf einen Punkt in der Ferne.

„Wo?", entgegnete Sören im Glauben, sie hätte den Iren gemeint und reckte voller Erwartung den Hals. Noch im selben Moment folgte die Ernüchterung. Sören musste feststellen, dass nicht Brian, sondern die Tankstelle im Mittelpunkt ihres Interesses stand. Verärgert ließ er sich in den Sitz zurückfallen, fasste sich aber sogleich wieder. Er musste wachsam bleiben.

Die gute Nachricht war, dass die Tankstelle wieder geöffnet hatte. Während Mika tankte, ging Sören rüber zum Supermarkt, wo Brian und der Finne am Abend zuvor eingekauft hatten. Sollte der Ire tatsächlich vorgehabt haben, Brötchen zu kaufen, dann vielleicht hier.

Sören schaute sich überall nach dem Rennrad um, auch hinter dem Gebäude, wo sich die Rampe für die Lieferanten befand. Nichts. Wo sollten sie jetzt noch suchen? Der Spinner konnte überall sein. Verärgert kehrte er zur Tankstelle zurück. Da der Pontiac verwaist war, betrat er den Shop. Gloria stand am Kaffeeautomaten und warf ein paar Münzen in den Schlitz. Mika unterhielt sich an der Kasse mit dem Tankwart. Als er seine Kreditkarte zückte, reagierte Sören sofort.

„Ich habe gesagt, dass ich mich an den Spritkosten beteilige. Und ich stehe zu meinem Wort." Er hielt dem Tankwart seine eigene Karte hin.

147

Mika erinnerte sich an das Angebot. Ein Mann, ein Wort. Die Einstellung gefiel ihm. Er wollte auf keinen Fall, dass Sören sein Gesicht verlor. Ein aufrechter Finne würde das niemals tun, nicht einmal, wenn er sturzbetrunken war. Mika blickte in das Antlitz des Tankwarts, nickte mit dem Kopf, dass es selbst für ein geübtes Auge nur schwer zu erkennen war – es sei denn, es gehörte einem waschechten Finnen – und steckte die Kreditkarte wieder ein.

Sören fühlte sich nicht besser, nachdem er bezahlt hatte, dafür war eine Sache abgehakt, um die er sich keine Gedanken mehr machen musste. Jetzt ging es nur noch darum, diesen schwachsinnigen Iren zu finden. „Im Supermarkt kann Brian nicht gewesen sein", teilte er Mika mit, als sie den Shop verließen.

„Der sitzt bestimmt auf der Veranda und wundert sich, dass wir nicht mehr da sind", sagte Gloria. Sie hielt den Pappbecher mit dem heißen Kaffee in der Hand. „Wir hätten dortbleiben sollen."

Sören empfand ihre Bemerkung als versteckte Kritik und wenn er etwas nicht leiden konnte, dann war es, wenn man ihn kritisierte, egal, ob dies auf direktem oder indirektem Wege geschah. Was er jetzt brauchte, war Unterstützung. Mit ihren schlauen Worten konnte sie von ihm aus in die Politik gehen, wenn sie sich unbedingt wichtigtun wollte. „Dann hätten wir ihn sehen müssen", entgegnete er.

Gloria ließ sich nicht beirren. „Vielleicht hat er ja eine Abkürzung genommen."

Eine Behauptung, die durch nichts erwiesen war. Sören hätte erneut widersprechen können, aber auch sein Einwand wäre reine Spekulation gewesen. Sollte sie doch glauben, sie wäre im Recht.

Sie stiegen in den vollgetankten Wagen. Mika startete den Motor und lenkte den Pontiac auf die Straße.

Sören hatte nichts gegen schweigsame Männer – mit ihnen kam er erfahrungsgemäß viel besser zurecht – aber in diesem Fall wäre es ihm lieber gewesen, Mika hätte ihn darüber aufgeklärt, was er verdammt noch mal vorhatte. Da der Finne offensichtlich nicht bereit war, von allein den Mund aufzumachen, musste Sören ihn dazu bringen. Also fragte er Mika, ob er eine Idee hätte, wo sie noch nach dem Iren suchen könnten.

Mika begnügte sich mit einem leichten Nicken und fuhr Richtung Zentrum.

Sören überlegte, ob er ihm noch ein paar Details entlocken sollte, sagte sich dann aber, dass der Finne schon wissen würde, was er tat. Dennoch hielt Sören die Augen weiter offen.

Gloria nahm vorsichtig einen Schluck aus dem dampfenden Kaffeebecher. „Boah!", sagte sie und verzog das Gesicht. Dass der Kaffee wie Schlamm schmecken würde, in dem sich ein paar Wildschweine gesuhlt hatten, damit hatte sie nicht gerechnet.

„Zu stark?", erkundigte sich Mika.

„Willst du mal probieren?", entgegnete sie und reichte Mika den Becher, in der Hoffnung, er würde bestätigen, dass der Kaffee alles andere als ein Edelprodukt war. Dann konnte sie die Brühe wegschütten, ohne Angst zu haben, Mika könnte denken, sie wäre eine verwöhnte Kuh, die einen finnischen Kaffee nicht zu schätzen wusste.

Mika hatte nichts gegen eine kleine Kostprobe. „Könnte ruhig etwas stärker sein", meinte er, nachdem er einen Schluck getrunken hatte.

Mit dieser Reaktion hatte Gloria nicht gerechnet. Funktionierten ihre Geschmackszellen nicht mehr oder hatten die Finnen einfach nur ein Faible fürs Extreme?

„Willst du auch mal?", fragte sie Sören, um sich eine zweite Meinung einzuholen.

Sören lehnte ab. Von jemandem, von dem er sich nicht zu einhundert Prozent unterstützt fühlte und der ihm immer etwas entgegenzusetzen hatte, nahm er nicht gern etwas an.

Gloria konnte nicht ahnen, weshalb Sören ihr Angebot abgelehnt hatte. Sie fand es nur blöd, dass sie jetzt nicht wusste, ob der Kaffee wirklich so scheußlich schmeckte oder ob sie sich das nur einbildete. Sie trank erneut einen Schluck. Doch. Ein Irrtum war ausgeschlossen. Der Kaffee war ungenießbar. Sie musste aufpassen, dass sie nicht die Beherrschung verlor. Da war es ihr endlich gelungen, etwas Koffein zu organisieren und dann so was.

„Schmeckt der Kaffee in Finnland immer so?", fragte sie Mika, als hätte sie ihm diesen Reinfall zu verdanken.

Mika blieb der vorwurfsvolle Ton keineswegs verborgen. „Was meinst du mit immer so?"

„Na ja, so …, so intensiv", antwortete Gloria.

„Schau mal im Handschuhfach nach", entgegnete Mika, „da müssten Tütchen mit Zucker sein. Damit kannst du den Kaffee versüßen, wenn du möchtest."

„Ich mag aber keinen Zucker im Kaffee", entgegnete sie trotzig. Trotzdem war sie neugierig geworden und öffnete das Handschuhfach. Verblüfft blickte sie auf den Inhalt. In dem Fach lagen mehrere Handys. Lauter alte Modelle, wie sie heute keiner mehr benutzen würde.

„Sind das alles deine?"

Mika nickte.

„Sammelst du die etwa?"

Mika nickte.

„Wozu?"

Mika zuckte mit den Schultern. Er war nicht der Ansicht, dass er sich ihr gegenüber erklären müsste.

Gloria, der die alten Handys so ziemlich egal waren, kramte in dem Handschuhfach. „Da ist kein Zucker", sagte sie und machte das Fach wieder zu.

Sören ging das Theater allmählich auf die Nerven. Es wurde Zeit, den Fokus wieder auf das Wesentliche zu lenken. „Fahren wir jetzt nur so durch die Gegend oder hast du eine konkrete Vorstellung, wo wir Brian finden könnten?", fragte er Mika, um ihn – ganz besonders aber Gloria – daran zu erinnern, dass es im Augenblick Wichtigeres gab als der Inhalt des Handschuhfachs und dieser dämliche Kaffee.

Mika schwieg. Er konnte verstehen, dass Sören ungeduldig wurde. Er fuhr in den Kreisel und bog an der ersten Ausfahrt gleich wieder ab, so wie es ihm der Tankwart erklärt hatte. Jetzt nur noch die Straße entlang und sie müssten da sein. Mika fuhr jetzt im Schritttempo an den vielen Geschäften vorbei.

„Wieso sollte Brian ausgerechnet hier sein?", fragte Gloria und blickte auf die Häuserfassaden. „Das müsste schon ein großer Zufall sein, wenn wir ihn hier finden würden."

Halte einfach den Mund, dachte Sören und suchte die Gegend nach einem verrückten Iren auf einem Rennrad ab, das ihm nicht gehörte.

Als Mika die beiden hohen Kiefern am Straßenrand sah, gab er plötzlich Gas und fuhr mit quietschenden Reifen durch die Einfahrt, die von den beiden Nadelbäumen wie ein Naturtorbogen eingerahmt war.

Sören begriff sofort, was Mika hier wollte. Das Geschäft, vor dem er so parkte, dass der Pontiac gleich mehrere Stellplätze in Beschlag nahm, war eine Alko-Filiale. Sören brauchte nur den Bruchteil einer Sekunde, um festzustellen, dass sein Rad nicht da war. Die Erkenntnis war niederschmetternd. Jetzt waren sie durch den ganzen Ort gefahren, nur um die Erfahrung zu machen, dass der Ire offensichtlich andere Pläne gehabt hatte. „Hier ist er nicht", sagte er verärgert.

Gloria war kurz davor, das zu wiederholen, was sie schon einmal gesagt hatte, nämlich dass es klüger gewesen wäre, bei der Hütte zu bleiben. Doch dieses Mal nahm sie sich zurück. Sie rechnete fest mit der Intelligenz der Männer. Die beiden hätten schon äußerst begriffsstutzig sein müssen, wenn sie nicht spätestens zu diesem Zeitpunkt erkannt hätten, dass es ein Fehler gewesen war, die Hütte zu verlassen. Darüber hinaus beschäftigte sie noch ein ganz anderer Gedanke. Sollte sie die schwarze Brühe nun austrinken oder nicht? Wenn sie ihr zentrales Nervensystem nicht bald mit genügend Koffein versorgte, würde sie wer weiß wie lange noch so fürchterlich antriebslos sein.

Obwohl Mika an dem Rückschlag mitverantwortlich war, gab es für ihn keinen Grund, sich zu rechtfertigen. Er hielt es nach wie vor für eine brillante Idee, dass sie hierher gefahren waren. Es hätte so wunderbar gepasst. Mika, der die ganze Zeit den Motor hatte laufen lassen, überlegte, was schiefgelaufen war. Es fiel ihm schwer, sich vorzustellen, dass er den Iren falsch eingeschätzt hatte.

„Und jetzt?", fragte Sören. Die Frage war lediglich als Unmutsäußerung gedacht, daher rechnete er auch nicht ernsthaft mit einer Antwort. Wenn der Finne wenigstens losgefahren wäre, egal wohin, aber das tat er nicht.

Mika war nach wie vor davon überzeugt, dass sie sich am richtigen Ort befanden. Er spürte es förmlich. Er spürte es so sehr, dass er glaubte, er bräuchte nur den Arm ausstrecken, um Brian zu berühren.

Gloria blickte Mika von der Seite an. Sie hätte es schön gefunden, wenn etwas mehr Bewegung in die Sache gekommen wäre. Ein laufender Motor allein brachte sie nicht vorwärts.

Er wird kommen, dachte Mika. Früher oder später würde Brian hier auftauchen. Und dann tat er etwas, womit Gloria und Sören am wenigsten gerechnet hätten – er stellte den Motor ab.

Sören begriff gar nichts mehr. „Auf was wartest du?", fragte er verärgert.

Das hätte auch Gloria gern gewusst.

Mika hätte jetzt antworten können: Das wirst du schon sehen. Er zog es aber vor zu schweigen. Er schwieg nicht einfach so. Hätten sich Gloria und Sören die Mühe gemacht, genauer hinzuhören, dann hätten sie Mikas Schweigen entnommen, mit welch großer Erwartung er dies tat. Allerdings benötigte man schon viel Geschick und eine gewisse Routine, um jedes nicht gesagte Wort korrekt zu interpretieren.

Gerade Sören waren derartige Feinheiten völlig fremd. Ihm ging Mikas Verhalten gewaltig gegen den Strich. Das war nicht die Hilfe, die er sich erhofft hatte. „Verdammt!", rief er, stieg aus dem Wagen und knallte die Tür zu. Das war immer noch besser, als dumm dazusitzen und überhaupt nichts zu tun. Das Problem war nur, wie es weitergehen sollte.

Wie durch ein Wunder löste sich dieses Problem von selbst.

„He, Boys!", schallte es auf einmal über den Parkplatz.

Sören blickte überrascht auf. Dann sah er ihn. Brian. Dieser verdammte Hund. Er stand beim Eingang der Alko-Filiale und grinste zufrieden vor sich hin.

Sören wurde von einer plötzlichen Wut erfasst, das heißt, so plötzlich kam sie gar nicht ins Spiel. Sie hatte die ganze Zeit nur darauf gelauert, dass Sören ihr endlich die Gelegenheit bot, das zu tun, wozu sie schon seit gut einer Stunde ein brennendes Verlangen hatte. Die Situation war geradezu ideal. Sören ballte die rechte Hand zu einer Faust und eilte auf Brain zu. Alles deutete darauf hin, dass finnische Notärzte in wenigen Minuten damit beschäftigt sein würden, sein breites Grinsen wieder zusammenzuflicken oder das, was davon übriggeblieben war.

Brian sah weder die geballte Faust noch achtete er auf Sörens Mimik. Triumphierend hielt er eine Flasche *Kilbeggan Irish Whiskey* hoch, fest davon überzeugt, Sören würde ihn zu dieser detektivischen Meisterleistung beglückwünschen und ihn auf den Schultern zum Auto tragen.

Auch Mika hätte allen Grund gehabt zu triumphieren, hatte er doch die Lage richtig eingeschätzt. Dennoch verzog er keine Mine. Allerdings konnte er es sich nicht verkneifen, Gloria einen kurzen Blick zuzuwerfen. Er beabsichtigte damit nichts Bestimmtes, aber wenn Gloria, die seinen Blick aufgefangen hatte, daraus ableitete, dass sie mit ihrer Meinung, es wäre besser gewesen, bei der Hütte zu bleiben, falsch gelegen hatte, war das ein willkommener Nebeneffekt.

Gloria bekam trotzdem kein schlechtes Gewissen. Sich zu irren, war das Normalste auf der Welt. So etwas passierte selbst den klügsten Leuten. Weshalb also sollte sie sich schämen? Der Mangel an Koffein machte ihr viel mehr zu schaffen.

Einen kleinen Schluck von dem Kaffee konnte sie ja noch riskieren. Sie überwand sich, setzte ihre Lippen an den Pappbecher und trank. Nein. Das Zeug war ungenießbar.

Sören fand, dass Brian in seinem verwaschenen T-Shirt mit dem *Kilbeggan-Irish-Whiskey*-Logo und der Original *Kilbeggan-Irish-Whiskey*-Flasche in der Hand äußerst lächerlich aussah. „Wo ist das Rennrad?", blaffte er den Iren an.

Dieser war irritiert darüber, dass Sören so wenig Interesse an dem Whiskey zeigte. „Na da", sagte er überrascht und deutete auf die Stelle, wo er das Rennrad abgestellt hatte. Dass das Rad nicht mehr an seinem Platz stand, stürzte ihn in große Verwirrung. „Jedenfalls habe ich es dort abgestellt", beteuerte er eine Spur kleinlauter.

„Mann, hast du überhaupt eine Ahnung, was das Rad gekostet hat?", platzte Sören endgültig der Kragen.

19

Brian wäre niemals auf die Idee gekommen, dass jemand am helllichten Tag in Finnland ein Rennrad stehlen würde. Er musste sich eingestehen, dass dies ein gewaltiger Irrtum war.

Sören versuchte herauszufinden, wie die Chancen standen, wieder in den Besitz seines Eigentums zu gelangen. Daher war es wichtig zu wissen, wie lange sich Brian in der Filiale aufgehalten hatte.

„Fünf Minuten vielleicht", antwortete Brian auf Sörens Frage. Es war eine reine Schutzbehauptung. Hätte er fünfzehn Minuten oder mehr gesagt, wie es tatsächlich der Fall gewesen war, hätte ihn Sören vermutlich für einen noch größeren Idioten gehalten.

Sören durchschaute den Iren. Also mindestens das Drei- bis Vierfache der Zeit, dachte er. Der Kerl, der das Rad gestohlen hatte, dürfte längst über alle Berge sein.

„Vielleicht wurde es ja erst vor einer halben Minute geklaut", meinte Brian. „Dann könnten wir den Mistkerl noch kriegen."

Idiotisches Geschwafel, dachte Sören. Er wunderte sich, woher er die Selbstbeherrschung nahm, seinem Gegenüber keine reinzuhauen.

Mika, der den Motor gestartet hatte, trat leicht aufs Gaspedal, sodass der Pontiac ein Stück ins Rollen kam. Wenn sie hier noch länger stehenblieben, würden sie erst recht keine Chance haben, den Scheißkerl aufzuspüren.

Sören begriff als Erster den Wink und stieg hastig ein. Brian folgte ihm wie ein geprügelter Hund und nahm wieder hinter Gloria Platz.

„Hier, kannst du jetzt bestimmt gebrauchen", sagte Gloria

und hielt dem Iren den Kaffeebecher hin. Genau das Richtige für jemanden, der seine schwangere Freundin sitzen ließ, dachte sie.

„Danke", sagte Brian, im Glauben, sie würde es gut mit ihm meinen.

Mika gab Gas, dass die Reifen durchdrehten, bog wie ein alkoholisierter Neunzehnjähriger in die Straße ein und raste in westliche Richtung. Das machte durchaus Sinn, denn sie waren aus dem Osten gekommen und unterwegs war ihnen keine Person auf einem gestohlenen Rennrad begegnet.

Brian hatte sich bei dem halsbrecherischen Fahrstil etwas vom Kaffee auf seine Hose geschüttet. Egal. Er trank den Rest in einem Zug aus. Tut gut, dachte er und hielt wie die anderen Ausschau nach jemandem, der auf einem Rennrad hockte, das nicht sein Eigentum war. Eine solche Person war jedoch nirgends zu entdecken. Überhaupt waren nur wenige Menschen mit einem Rad unterwegs.

„Stopp! Zurück", rief Sören auf einmal. Er hätte schwören können, in der Nebenstraße etwas Verdächtiges gesehen zu haben.

Mika trat wie verrückt auf die Bremse und kam mit quietschenden Reifen zum Stehen. Er setzte mit dem Wagen zurück und verringerte auch nicht die Geschwindigkeit, als sich ihm ein Auto näherte. Mika schien es regelrecht darauf anzulegen, dass es gleich krachte. Gloria verspürte ein unbehagliches Ziehen in der Magengegend. Der Fahrer des Wagens, auf den Mika unbeirrt im Rückwärtsgang zuraste, fürchtete zu Recht, dass sein Vordermann das waghalsige Manöver ums Verrecken nicht abbrechen würde und wich in letzter Sekunde aus, wobei nur deswegen niemand zu Schaden kam, weil die Ge-

157

genfahrbahn rein zufällig frei war.

Als er die Nebenstraße erreicht hatte, stoppte Mika den Wagen abrupt. Sören stellte schnell fest, dass er sich geirrt hatte. Er hatte zwar einen Radfahrer gesehen, doch das Rad, auf dem die Person saß, war kein Rennrad und auch schon ziemlich alt, wenn auch nicht so alt wie der Halter selbst, der um die vierzig gewesen sein dürfte.

„Weiter! Weiter!", rief Sören, nachdem er seinen Irrtum bemerkt hatte. Sein Ärger über die verlorene Zeit war so groß, dass er bequem ein finnisches Fußballstadion mit einem Fassungsvermögen von zehntausend Zuschauern gefüllt hätte.

Nun war Mika keiner, der gern Befehle entgegennahm. Er gab nur deshalb Gas, weil es die einzige Option war, die einen gewissen Erfolg versprach. Der Motor dröhnte bedeutungsvoll, als wollte der Pontiac seiner Umwelt zeigen, dass dies kein gewöhnlicher Ausflug war und alle anderen Fahrzeuge bloß Langweiler waren.

Mika fuhr so schnell, dass er den Wagen, der ihm erst kurz zuvor im letzten Augenblick ausgewichen war, schneidig überholte.

Der muss uns für komplett verrückt halten, dachte Gloria und so war es auch.

Mika war es egal, dass jemand so denken könnte. Sie suchten schließlich den Dieb eines Rennrads und kein entlaufenes Schoßhündchen. Wäre es nach Sören gegangen, hätte Mika gar nicht verrückt genug sein können.

Der Finne fuhr weiter die Straße entlang und raste auf einen Kreisel zu. Sören fluchte innerlich. Es gab drei Möglichkeiten abzubiegen und somit bestand zweimal die Möglichkeit, sich falsch zu entscheiden. Das sah auch Mika so. Intuitiv hätte er sich für die erste Abfahrt entschieden, die sich gleich neben der Bäckerei mit dem Stehcafé befand. Ein Mann, der am Straßenrand stand, sollte ihm bei der Entscheidung helfen. Der Mann hielt eine alte, verschmutzte Stofftasche in der Hand und sah ein bisschen so aus, als würde er vom Leben nicht mehr allzu viel erwarten, außer schlechten Nachrichten vielleicht wie ein Lebergeschwür oder dergleichen. Was sich in der Tasche befand, wusste nur er, aber so voll war sie nicht, dass nicht noch etwas hineingepasst hätte. Mika hielt forsch neben ihm an und erkundigte sich durch das offene Beifahrerfenster, ob ihm eine Person auf einem Rennrad aufgefallen sei, die es aus bestimmten Gründen verdammt eilig gehabt hätte. Der Mann hatte ein ausgezeichnetes Gedächtnis – vielleicht war es auch bloß seine Fantasie, die ihn beflügelte – jedenfalls zeigte er auf die zweite Ausfahrt des Kreisels. Als Mika losfahren wollte, schien der Mann es sich anders überlegt zu haben und deutete auf die Ausfahrt eins weiter.

„Ja, scheiße, was denn nun?", rief Sören verärgert.

Der Mann verstand ihn zwar nicht, aber da er die Insassen des Pontiacs bewusst an der Nase herumführte, hatte er durchaus mit solch einer Reaktion gerechnet. Letztlich konnte es ihm furchtbar egal sein, in welcher Sprache man sich ihm gegenüber ausdrückte, Wut blieb Wut. Statt einen neuerlichen Hinweis zu geben, starrte er ungeniert auf Brians Whiskeyflasche, was, wenn man so will, ebenfalls ein Hinweis war und zwar ein so deutlicher, dass man schon auf der Leitung stehen musste, um nicht zu begreifen, worauf der Mann hinauswollte.

Doch Brian reagierte nicht und so blieb der Blick des Mannes auf der Whiskeyflasche haften. Weil sich nichts tat, drehte sich Mika nach Brian um und auch Sören erwartete von dem

159

Iren ein Zeichen guten Willens und das zügig.

„Nun gib sie ihm schon", drängte ihn Sören.

„Was denn?" Falls Brian den Dummen nur spielte, dann beherrschte er die Rolle ausgezeichnet.

„Die Flasche, was sonst", antwortete Sören.

„Das ist nicht euer Ernst", protestierte Brian.

Das eiserne Schweigen, das ihm entgegenschlug, und die gnadenlosen Blicke, die ihn trafen, machten ihm jedoch schnell deutlich, dass er mit keiner Milde zu rechnen hatte. Schicksalsergeben kurbelte er das Fenster herunter und reichte dem Mann auf dem Bürgersteig kommentarlos die Flasche mit dem irischen Label, aber der Blick in Brians Augen, der die Übergabe begleitete, sagte eine Menge über seinen Gefühlszustand aus und um den war es speziell in diesem Augenblick nicht zum Besten bestellt. Da hatte der neue Eigentümer der Whiskeyflasche seine Emotionen wesentlich besser im Griff – die Ausdruckslosigkeit in seinem Gesicht war unverändert geblieben. Lediglich die Herzschlagfrequenz war um ein paar Takte gestiegen, nichts, was einen alten, unrasierten Finnen aus dem Gleichgewicht gebracht hätte.

Sören war kurz davor, etwas Unüberlegtes zu tun. Der Alte hatte verdammt die Ruhe weg, etwas, das in Sörens Augen derart fehl am Platze war, dass er ihm die Antwort am liebsten herausgeprügelt hätte.

Um es spannend zu machen, hätte der Mann die ersehnte Information noch ein wenig hinauszögern können, doch weil er mit der plötzlichen und überraschenden Wende seines ansonsten eintönigen Lebens höchst zufrieden war, hatte er ein Einsehen, deutete auf die Ausfahrt gleich neben der Bäckerei mit dem Stehcafé, die Mika sowieso genommen hätte, hätte sein

Landsmann nicht zufällig am Straßenrand gestanden, und verstaute die Flasche in der Stofftasche. Während Mika Gas gab, dachte der Mann darüber nach, was er mit dem Whiskey tun sollte – selber trinken oder für gutes Geld verkaufen. Die Auswahl zu haben war für ihn ein so erhabenes Gefühl, dass er aufpassen musste, nicht vor Glück zu heulen. Er hatte noch nie geheult und irgendwie fand er, dass es in seinem Alter auch nicht mehr nötig war.

Mika nahm die erste Ausfahrt und heizte die Straße entlang, an Wohn- und Geschäftshäusern vorbei, die so hässlich modern waren wie überall auf der Welt. Dass sie dabei in Richtung Oulu fuhren, war ein Zufall, möglicherweise aber auch ein gutes Zeichen.

An ein solches Zeichen zu glauben, davon war Sören weit entfernt. Wehe, der Kerl hat uns reingelegt, dachte er. Er sah schon im Geiste, was er in diesem Fall mit dem Alten anstellen würde, vorausgesetzt, sie erwischten ihn. Die Foltermethoden, die er anwenden würde, wurden alle hundert Meter um einen Tick zügelloser, als er – zeitgleich mit Mika und Gloria – eine Entdeckung machte, die ihn davor bewahrte, wegen schwerer Körperverletzung eines alten, mittellosen Mannes eine mehrjährige Haftstrafe in einem finnischen Gefängnis zu verbüßen. Damit war nicht gesagt, dass Sören aus dem Schneider war. Denn nun, so war zu befürchten, drohte ihm eine mehrjährige Haftstrafe in einem finnischen Gefängnis wegen schwerer Körperverletzung eines jungen, vermutlich ebenfalls mittellosen Mannes. Mittellos deswegen, weil er auf dem Rennrad saß, das Sören gehörte. Noch bemerkte der jugendliche Dieb nicht, dass er verfolgt wurde, sonst hätte er kräftiger in die Pedale getreten.

Es ist schwer zu sagen, wer über den Anblick des Rennrads

161

erleichterter war – Sören oder Brian. Beide fieberten um die Wette, dass sie den Lump endlich stellten.

„Gleich haben wir das Schwein!", jubelte Brian und weil er sich sonst geohrfeigt hätte, diesen äußerst spannenden Moment nicht für alle Welt festgehalten zu haben, schnappte er sich den Camcorder, lehnte sich aus dem Fenster und fing zu filmen an, im festen Glauben, die stärkste Szene zu drehen, die er jemals auf eine Speicherkarte gebannt hatte, wenn man einmal von dem Elch absah, dem er am Tag zuvor begegnet war.

Auch Mika spürte, wie eine ungeheure Dynamik durch seine Blutbahnen strömte, was dazu führte, dass er noch mehr aus dem Pontiac herausholte.

Das sich nähernde Dröhnen des Oldtimers war dem jungen Fahrraddieb keineswegs entgangen. Ängstlich schaute er sich um. Für jemanden, der eher selten auf einem Rennrad saß, war das bei dieser Geschwindigkeit ein äußerst waghalsiges Manöver. Der Dieb geriet gefährlich ins Schlingern, dass Sören fast das Herz stehen blieb. Das fehlte ihm noch, dass der Dreckskerl das Gleichgewicht verlor und sein wertvolles Rad beschädigt wurde.

Dem jungen Dieb genügte völlig, was er gesehen hatte, um zu dem Schluss zu gelangen, dass er verfolgt wurde. In einem Krimi hätte ihm die Szene wunderbar gefallen – die Idee, dem Dieb eines Rennrads mit einem Oldtimer hinterherzujagen, war im Prinzip famos –, da dies aber keine Fiktion war, sondern die banale Wirklichkeit und er zudem der Übeltäter, der mit dem Schlimmsten zu rechnen hatte, falls man ihn kriegen sollte, machte er sich vor Angst beinahe in die Hose. Mit viel Dusel gewann er die Kontrolle über das gestohlene Rennrad zurück und erhöhte die Geschwindigkeit. Als er vor sich die Kreuzung mit der Ampel entdeckte – mehr als zweihundert Meter dürften es nicht gewesen sein –, witterte er eine Chance, seinen Verfolgern zu entkommen. Er musste sich nur klug genug anstellen. Dreißig Meter vor der Kreuzung sprang die Ampel von Grün auf Gelb. Das könnte die Rettung sein, schoss es dem jugendlichen Gauner durch den Kopf. Er war auf keinen Fall gewillt, die Geschwindigkeit zu drosseln. Notfalls würde er die Straßenseite wechseln und über den Zebrastreifen fegen, dann würden sie gucken, wo sie mit ihrem Oldtimer blieben (was war das bloß für ein Fabrikat, verdammt noch mal?). Er musste sich entscheiden. Wechselte er die Seite oder wechselte er sie nicht? Die Last der Entscheidung verbreitete einen ekelhaft bitteren Geschmack in seinem trockenen Mund. Die Ampel sprang auf Rot. Von einem plötzlichen Hochgefühl erfasst, wusste er endlich, was zu tun war. Er überquerte die Kreuzung, als wäre die Ampel nicht da, felsenfest davon überzeugt (er hätte sogar das gestohlene Rad verwettet), seine Verfolger für alle Zeiten los zu sein. Er hätte sich selbst umarmen können, so groß war die Freude über seinen Coup.

Sören ahnte, was gleich geschehen würde. „Fahr weiter!", schrie er, wobei er nicht den jungen Gelegenheitsdieb, sondern Mika meinte.

Wäre die Ampel auf Gelb gewesen oder wäre sie erst in diesem Augenblick auf Rot gesprungen, hätte Mika keine Skrupel gekannt. Aber da sie schon seit einigen Zehntelsekunden rot anzeigte, war ihm das Risiko zu groß. Er hatte auch eine Verantwortung für seine Insassen. Mit quietschenden Reifen brachte er den Pontiac zum Stehen.

„Scheiße!", fluchte Sören. In diesem verdammten Kaff gab

es sonst nur Kreisel und sie mussten ausgerechnet auf die einzige Kreuzung mit einer Ampel stoßen. Wenn das nicht ungerecht war! Er sprang aus dem Wagen und sprintete über die Kreuzung. Der Fahrer eines Linienbusses, der die Gefahr kommen sah, ließ sich beim Anfahren Zeit und entschärfte so die Situation. Auf der Gegenfahrbahn musste ein PKW-Fahrer schon tüchtig auf die Bremse treten, damit er Sören nicht auf den Kühler nahm. Beinahe wäre sein Hintermann in ihn hineingekracht. Alle schauten Sören verwundert hinterher, wie der einen jungen Mann auf einem Rennrad verfolgte und wie es aussah, nicht die geringste Chance hatte, diesen einzuholen, wozu das auch immer gut gewesen wäre.

Während Sören losgesprintet war, hatte Mika blitzschnell das Handschuhfach geöffnet und eins der Handys herausgenommen, war aus dem Wagen gestiegen, hatte etwas Anlauf geholt und das Gerät mit aller Kraft und Entschlossenheit quer über die Kreuzung in Richtung des flüchtigen Diebs geworfen. Der Wurf wurde allerdings dadurch erschwert, dass ausgerechnet in diesem Moment der Linienbus an ihm vorüberfuhr, sodass Mika das Ziel in der entscheidenden Phase aus den Augen verlor. Als der Bus endlich vorüber war, flog das Handy immer noch – es hatte Sören längst überholt, ohne dass dieser die Unterstützung aus der Luft bemerkt hätte. Die Flugbahn, die es zurücklegte, war äußerst vielversprechend. Und dann trat das ein, womit keiner gerechnet hätte, am allerwenigsten der Dieb. Das Gerät, das erstaunlich lange in der Luft geblieben war, traf den Flüchtenden genau am Hinterkopf. Der Jugendliche erschrak derart, dass er die Kontrolle über das Rennrad verlor, mit dem Vorderrad gegen den Bordstein kam und so schlimm stürzte, dass er einem fast schon wieder leidtun konnte. Trotz der höllischen Schmerzen in der Schulter rappelte er sich auf. Er blickte auf das Rad, sah dann zu Sören, der ihn nach wie vor verfolgte. Dass Sören noch immer hinter ihm her war, empfand er als große Zumutung. Er verstand nicht, wie ein Mensch so hartnäckig sein konnte, sein Eigentum wiederzuerlangen. Wie konnte man sich nur so anstellen und einem wegen eines blöden Rennrads das Leben derart schwer machen? Er überlegte, was er tun sollte. Das Beste war wohl, wenn er sich verdrückte. Eine kluge Entscheidung, zumal Sören nur noch fünfzehn, zwanzig Meter von ihm entfernt war. Mit schmerzender Schulter rannte der Dieb über einen asphaltierten Parkplatz, überquerte die Seitenstraße und verschwand im Dickicht eines angrenzenden Waldstücks, das den Bebauungsplänen der örtlichen Verwaltung noch nicht zum Opfer gefallen war.

20

Sören erreichte schnaufend sein Rennrad. Der Dieb interessierte ihn nicht mehr, obwohl er noch genügend Reserven gehabt hätte, dem Kerl eine tüchtige Tracht Prügel zu verpassen. Das Einzige, das wirklich zählte, war sein Rad und ob es durch den Sturz beschädigt worden war. Während Sören sein wiedererlangtes Eigentum mit kritischem Blick begutachtete, näherte sich Mika mit seinem Oldtimer und hielt neben ihm an.

Brian stieg jubelnd aus dem Wagen. Er konnte noch immer nicht begreifen, dass dem Dieb durch den gezielten Wurf eines Handys das Handwerk gelegt worden war. Begeistert hielt er den Camcorder auf das Flugobjekt, das auf dem Fahrradweg lag, als wäre es jemandem aus der Hosentasche gefallen. Es hatte nicht mal einen Sprung oder war auch sonst nicht lädiert. Sören, der an seinem Rad außer zwei Kratzern, die ziemlich ärgerlich waren, keine nennenswerten Schäden entdecken konnte, verstand die Aufregung des Iren nicht.

„Das muss dieser Idiot verloren haben", sagte er.

„Von wegen Idiot", lachte Brian. „Das ist Mika seins."

„Blödsinn", entgegnete Sören.

„Dann schau dir das mal an", sagte Brian, spulte die Aufnahme zurück und hielt ihm das Display hin.

Sören konnte sehen, wie er ohne auf den Verkehr zu achten über die Kreuzung rannte, ein Linienbus kurz die Sicht versperrte, während Mika im gleichen Moment zum Wurf ausholte, ein Gegenstand im hohen Bogen über den Bus hinwegflog und Sekunden später der Dieb, der noch immer von Sören verfolgt wurde, zirkusreif das Gleichgewicht verlor. Weil die Flugbahn des Handys kaum zu erkennen war, zoomte Brian die Aufnahme heran. Tatsächlich, jetzt konnte Sören deutlich erkennen, wie das ungewöhnliche Wurfgeschoss den feigen Hund am Hinterkopf traf. Es war unglaublich. Der Glückstreffer des Jahrhunderts. Brian sah schon die millionenfachen Aufrufe auf YouTube.

„Shit, jetzt sag endlich, wie du das gemacht hast", drängte er Mika.

Der Finne stieg in aller Seelenruhe aus dem Wagen, hob das Handy vom Fahrradweg auf, blickte auf Gloria, die ebenfalls ausgestiegen war und sagte, ohne die geringste Miene zu verziehen: „Jetzt weißt du, warum ich Handys sammle."

So viel Humor hätte Gloria ihm gar nicht zugetraut. Sie musste plötzlich lachen und dann drückte sie dem Finnen einen Kuss auf die Wange.

Selbst da zeigte Mika keinerlei Regung. Nicht, dass ihm der Kuss unangenehm gewesen wäre, aber ein Kuss auf die Wange war ein Kuss auf die Wange und keine Liebeserklärung oder sonst eine Besonderheit, worüber ein Finne länger als eine Minute nachdenken sollte. Es war allenfalls eine Sympathiebekundung, mehr auf keinen Fall, mit einer Haltbarkeit, deren Dauer nur schwer einzuschätzen war.

„He!", rief Sören, als sich Mika wieder zur Fahrerseite begab.

Mika schaute zu ihm her.

„Danke", sagte Sören und schenkte ihm ein breites Grinsen. Er fing langsam an, den wortkargen Finnen zu mögen.

Mika nickte kaum merklich.

Sören war von dessen minimalistischen Reaktionen von Mal zu Mal faszinierter. Es war schon beeindruckend, wie viele Empfindungen man mit einer einzigen, spärlichen Geste aus-

167

zudrücken vermochte. Ihm war klar, dass Finnen diese unaufdringliche Form der Kommunikation praktisch mit in die Wiege gelegt wurde, aber Mika schien darin nicht nur ein Meister, sondern ein Perfektionist zu sein. Eigentlich müsste sich die zu Geschwätz und krankhafter Mitteilsamkeit neigende Menschheit vor dieser Kunst verneigen.

Brian war überglücklich. Sören hatte sein Heiligtum wieder und er hatte wunderbare Aufnahmen auf seiner Speicherkarte gebannt, Bilder, die bald um die ganze Welt gehen würden. Besser hätte es gar nicht laufen können. Eine gute Gelegenheit, mit Sören Frieden zu schließen.

„Sorry", sagte er und guckte leicht betrübt, dass man hätte meinen können, ihm wäre erst jetzt bewusst, dass die Geschichte auch ein anderes Ende hätte nehmen können.

„Schon gut", entgegnete Sören friedlich, sprang auf den Iren zu, nahm ihn in den Schwitzkasten und dann tat er so, als würde er Brian mehrmals in den Magen boxen.

Brian, der wegen des Camcorders gehandicapt war, spielte das Spielchen mit. Er stöhnte laut auf und ging schließlich auf dem Grünstreifen, der sich zwischen Fahrradweg und Bordstein erstreckte, theatralisch zu Boden. Zwei große Jungs, die ein bisschen herumalberten, ein Happyend ganz nach dem Geschmack von Brian.

Gloria musste über die Szene schmunzeln. Auch sie war froh, dass die Geschichte ein glückliches Ende genommen hatte. Bildete sie es sich ein oder woher stammte auf einmal dieses behagliche Sirren im Gemüt?

Um sicher zu gehen, dass die Schaltung in Ordnung war, setzte sich Sören auf das Rennrad, gab Mika ein Zeichen, dass sie ihm im Pontiac folgen sollten und fuhr ein Stück die Straße entlang, dabei erhöhte er nach und nach die Geschwindigkeit. Die Schaltung funktionierte einwandfrei. Geschmeidig und zuverlässig wie immer. Erleichtert trat er weiter in die Pedale. Er hatte plötzlich große Lust, eine kleine Strecke mit dem Rad zu fahren. Die anderen konnten sich ihm ja so lange mit dem Pontiac anschließen.

Dass Sören so gar keine Anstalten machte, in den Wagen zu steigen, irritierte Gloria und nach einer Weile war von dem behaglichen Sirren nichts mehr zu spüren. „Soll das jetzt ewig so weitergehen?", verschaffte sie ihrem Unmut Luft. Es war nicht unbedingt so, dass sie es eilig hatte, nach Oulu zu kommen, aber sie fand es allmählich ermüdend, ständig den Marotten der anderen ausgesetzt zu sein.

„Lass ihm doch den Spaß", meinte Brian und filmte Sören, wie dieser auf seinem Rad vor dem Pontiac herfuhr.

Gloria hatte von Brian keine andere Reaktion erwartet. „Hat der Kaffee geschmeckt?", erkundigte sie sich.

„Ja, danke, das war sehr nett von dir", antwortete der Ire.

Dieses Mal war es Gloria, die nickte. Wenn sie noch ein bisschen übte, kriegte sie es mit viel Glück fast so perfekt hin wie Mika.

Sören wäre vermutlich noch länger auf seinem Rad geblieben, hätte er nicht in Höhe einer Abzweigung die Bäckerei entdeckt. Sie lag etwas unscheinbar zwischen mehreren Fachgeschäften gegenüber einem Gebrauchtwagenhändler. Sören verspürte plötzlich Hunger. Er hielt vor der Bäckerei an und wartete auf Mika, der wie die anderen damit einverstanden war, eine kleine Rast einzulegen, um sich zu stärken.

Mika stellte den Oldtimer auf dem Parkplatz der Bäckerei ab. Am liebsten hätte Sören das Rad mit in den Laden genommen, im Kofferraum des Pontiacs war es aber ebenso gut aufgehoben.

Zu viert betraten sie die Bäckerei, bestellten sich etwas zu essen und zu trinken (Gloria trank lieber eine große Cola statt eines Kaffees) und setzten sich an einen der schwarzen Bistrotische, von wo aus Sören, der es sich nicht hatte nehmen lassen, für alle die Rechnung zu begleichen, einen ausgezeichneten Blick auf Mikas Wagen hatte. Brian war so in seine Aufnahmen verliebt, dass er sie seinen Wegbegleitern immer wieder zeigen musste. Vor allem die Szene, wo der jugendliche Langfinger vom Handy getroffen zu Boden flog, sorgte jedes Mal für Heiterkeit (lediglich Mika übte sich auf die gewohnte Art in Zurückhaltung).

Gut gelaunt und gestärkt stiegen sie in den Pontiac und setzten die Fahrt nach Oulu fort. Dabei kamen sie auch an jener Stelle vorbei, wo sie zur Hütte, in der sie übernachtet hatten, abgebogen waren.

„Bye, bye!", rief Brian, den Camcorder auf den Waldweg gerichtet. Dann pries er Mika wegen dessen famosen Wurfes noch einmal in den höchsten Tönen, dass es dem Finnen allmählich peinlich wurde. Der Stimmung tat das keinen Abbruch, was sicherlich auch an den wilden, schmissigen Klängen aus dem Radio lag. Der Sender war offensichtlich um diese Zeit auf Humppa spezialisiert.

Der Pontiac passte sich der Stimmung an – zielstrebig und mit viel Elan rollte er über den grauen Asphalt, als könnte er seinen Besitzer samt Gästen problemlos noch fünfhunderttausend Kilometer durch Finnland kutschieren. Der Oldtimer hatte von den fünfhunderttausend Kilometern vielleicht zwanzig zurückgelegt, als Mika plötzlich die Hand hob und das Radio lauter drehte. Der Moderator verlas eine Verkehrsmeldung, dann spielte eine neue Gruppe Humppa.

Mika drehte das Radio wieder etwas leiser und rieb sich das Kinn. Die Verkehrsmeldung, die sie gebracht hatten, passte so gar nicht zur Stimmung. Es gab aber auch etwas Gutes an der Meldung – sie waren rechtzeitig gewarnt worden. „Wir müssen über Häkkilä fahren", sagte er.

Gloria wurde sofort misstrauisch. „Was bedeutet das?"

„Dass wir uns auf einen Umweg einstellen müssen."

„Und weshalb?"

„Die E 75 ist in beide Richtungen gesperrt. Es gab einen schweren Unfall. Ein LKW mit Baumstämmen hat seine Ladung verloren. Bis die Straße frei ist, können Stunden vergehen."

Gloria wurde mit einem Mal unsicher. Wollte ihr da jemand auf penetrante Weise zu verstehen geben, dass es besser wäre, erst gar nicht in Oulu anzukommen? „Klasse", entgegnete sie voller Sarkasmus.

„Immer noch besser als im Stau zu stehen", meinte Brian.

„Hätten wir wegen der Suche nach dir und dem Fahrrad nicht so viel Zeit verloren, wären wir noch vor dem Unfall an der Stelle vorbei gewesen", ereiferte sich Gloria.

„Hättest du mich ertrinken lassen, hättest du das Problem jetzt nicht", entgegnete Brian trotzig.

Gloria fand es unfair, wie Brian versuchte, einen auf Selbstmitleid zu machen. „Darum geht es doch gar nicht."

„Worum dann?"

Mika hielt sich aus dem plötzlichen Disput heraus. Früher oder später würden sich die beiden sowieso wieder beruhigen.

Das Einzige, was Sören an Glorias Bemerkung störte, war, dass sie schon wieder Fahrrad zu seinem Rennrad gesagt hatte. Ansonsten fand er die Unterhaltung ganz amüsant. Um nicht in die Sache hineingezogen zu werden, hielt er vorsichtshalber den Mund.

„Ach, vergiss es", entgegnete Gloria eingeschnappt. Sie verspürte plötzlich große Lust, das Treffen mit *huuhteluaine* aus ihrem Programm zu streichen. Bei den vielen Vorzeichen.

Schweigend setzten sie die Fahrt fort. Irgendwie passten die schrägen Töne aus dem Radio nicht zur gedämpften Stimmung. Mika war es egal. Gloria war es egal. Brian war es egal und Sören sowieso. Da es allen egal war, hatte auch keiner ein großes Interesse, für eine bessere Stimmung zu sorgen.

Nach einigen Kilometern entdeckte Sören ein Schild am Straßenrand. Es wies auf den Pyhä-Häkki Nationalpark hin. Sören hatte darüber in einem Reiseführer gelesen. Ursprünglich hatte er vorgehabt, dem Park einen Besuch abzustatten. Da war der Landrover noch intakt. Er konnte nicht glauben, dass sie so nahe an diesem einzigartigen Ort waren und ihn verpassen sollten. Trotzdem sagte er nichts. Es hätte sowieso keinen Sinn gehabt, redete er sich ein. Unmittelbar darauf folgte ein neues Schild. Wenn sie nach Häkkilä wollten, wie Mika angekündigt hatte, mussten sie links abbiegen. Erstaunt erkundigte er sich, ob sie dabei auch am Nationalpark vorbeikämen, denn zum Park ging es in dieselbe Richtung.

„Wir müssen sogar durch", bestätigte Mika. „Zumindest an seinem äußersten Rand."

„Was ist das für ein Park?", wollte Brian wissen.

„Eine Art Urwald", antwortete Mika. „Du findest Moore und Sümpfe. Und riesige Bäume. Manche sind hundert Meter hoch."

„Gibt es dort auch Elche? Oder Bären?", fragte Brian.

„Ich habe dort noch keine gesehen", antwortete Mika.

„Dann bist du schon mal da gewesen?", fragte Brian.

Mika merkte zu spät, dass er mehr von sich preisgegeben hatte, als ihm lieb war. Er nickte. Zu mehr war er nicht bereit. Er war nur einmal im Pyhä-Häkki Nationalpark gewesen. Gemeinsam mit Pihla und seinem Sohn Leevi. Es war ihr letzter gemeinsamer Ausflug gewesen. Niemand konnte damals ahnen, dass alles bald dramatisch anders sein würde. Mika hatte das Bedürfnis zu schlucken. Aus Furcht, er könnte dadurch verraten, wie es in ihm aussah, beherrschte er sich.

„Können wir dort Halt machen?", fragte Brian.

Sören fand die Frage legitim und war gespannt, was dabei herauskommen würde.

„Was ist mit dir?", wandte sich Mika an Gloria.

„Macht von mir aus, was ihr wollt", antwortete diese resigniert.

21

Mika verließ an der Kreuzung die E 75 und fuhr in Richtung Häkkilä beziehungsweise Pyhä-Häkki Nationalpark. Gloria hatte sich die Landschaft interessanter vorgestellt, was wohl damit zu tun hatte, dass die Gegend zum Teil landwirtschaftlich genutzt wurde. Nach der Trabrennbahn, an der sie bald vorbeikamen und auf der zwei Jockeys in ihren Sulkys ihre Trainingsrunden absolvierten, änderte sich das Bild. Als würden sie durch einen Märchenwald fahren, dachte Gloria. Richtig romantisch. Der Wald zeigte sich jedoch nicht überall von seiner märchenhaft üppigen Seite. Eifrige Waldarbeiter hatten an mehreren Stellen einen Kahlschlag vorgenommen. Die gefällten Bäume waren zerlegt und am Straßenrand zu Stapeln aufgetürmt worden.

Wegen der Sperrung der Europastraße herrschte auf der Nebenstrecke wesentlich mehr Verkehr als sonst. Und da die Straße eher einem gut ausgebauten Waldweg glich und es auch keinen Mittelstreifen gab, kam Mika nur mit mäßiger Geschwindigkeit voran. Gloria störte das nicht, sie konzentrierte sich ganz auf die märchenhafte Gegend, zumindest versuchte sie es. Tatsächlich fragte sie sich zum hundertsten Mal, ob es wirklich so eine gute Idee war, sich mit ihrer Internetbekanntschaft in Oulu zu treffen.

Häkkilä selbst war ein unscheinbarer Ort mit einigen wenigen Häusern, aber schön gelegen. Schön und einsam. Fast schon paradiesisch. Gloria war jedoch nicht so naiv, davon auszugehen, dass die Einwohner das ebenso empfinden mussten. Wo mehr als ein Mensch beheimatet war, blieb das Paradies Utopie.

Ein neues Hinweisschild machte auf den Nationalpark aufmerksam. An der nächsten Kreuzung mussten sie rechts ab.

„Noch sieben Kilometer", sagte Brian.

Gloria fand die Bemerkung überflüssig. Sie war vielleicht unschlüssig, was Oulu betraf, aber nicht blind.

An der Kreuzung bog Mika Richtung Nationalpark ab. Die Straße wurde wieder besser.

„Wir sind da", sagte Brian, als nach rund sieben Kilometern das Schild Pyhä-Häkki Nationalpark auftauchte.

Gloria fiel auf, dass es hier nicht viel anders aussah als auf der Nebenstrecke, die sie hergekommen waren. Wo waren die Moore und der Urwald? Sie stellte aber schnell fest, dass der Wald zu beiden Seiten immer dichter wurde. Bäume waren umgefallen, wurden sich selbst überlassen und moderten vor sich hin.

„Da vorne kommt ein Parkplatz!", rief Brian aufgeregt.

„Ist das okay für dich?" Mika schaute Gloria fragend an.

Gloria hatte keine Einwände und bestätigte dies mit einem Kopfnicken. Warum sollte sie von Finnland nicht so viele Sehenswürdigkeiten mitnehmen wie möglich? Wer konnte schon sagen, wann sie jemals wieder so hoch in den Norden kam?

Mika stellte den Pontiac auf dem Parkplatz des National- parks ab. Sören wunderte sich etwas, wie klein der Parkplatz war und stieg aus. In Deutschland wäre er vermutlich zehnmal so groß gewesen. Trotz seiner bescheidenen Größe war er noch nicht einmal zur Hälfte belegt.

Brian filmte die hohen Kiefern, die den Parkplatz umgaben und sprach einen Kommentar dazu.

Mika war noch bei Gloria am Auto geblieben. Sie wollte ihr Smartphone nicht im Wagen lassen und da sie das Gerät schon mal in der Hand hatte, schaute sie nach, ob ihr jemand eine Nachricht auf die Mailbox gesprochen hatte. Als sie sah, dass nicht nur ihre Schwester, sondern auch Robert mehrmals versucht hatte, sie zu erreichen, verfinsterte sich ihr Gesicht. Ausgerechnet ihr Bruder. Sie hatten praktisch keinen Kontakt miteinander, außer Heiligabend und am Geburtstag ihrer Mutter. Meistens stritten sie sich dann. Gloria kam mit seiner überheblichen Art einfach nicht zurecht. Sie vermutete, dass er damit nur seine Unsicherheit überspielen wollte. Wenn er damit besser durchs Leben kam, bitteschön, seine Sache. Deswegen konnte sie trotzdem von ihm erwarten, dass er sich vernünftig mit ihr unterhielt und sie nicht immer so von oben herab behandelte, als wäre sie das dumme, naive Lieschen, das von nichts eine Ahnung hat. Wenn einer keiner Ahnung hatte, dann war er es. Er und Dagmar. Sie würde ihr Hab und Gut verwetten, dass ihre Schwester hinter seinen Anrufen steckte. Bestimmt hatte sie so lange keine Ruhe gegeben, bis er bereit gewesen war, sie in Finnland anzurufen.

Mika hatte die Veränderung bei Gloria sehr wohl bemerkt, sagte aber nichts. Diskretion hatte für ihn nach wie vor einen hohen Stellenwert.

Gloria atmete tief durch. Sie überlegte, wie sie mit den Anrufen umgehen sollte. Sie hörte eine Nachricht nach der anderen ab. Sowohl Dagmar als auch Robert baten um einen Rückruf. Klangen sie anfangs noch recht freundlich, spürte Gloria mit jedem Anruf, dass ihre Geschwister immer größere Lust verspürten, sie ein bisschen mehr umzubringen, weil sie nicht an den Apparat ging. Gloria hatte zwei Möglichkeiten. Die Nachrichten zu ignorieren oder zurückzurufen. Ignorierte sie die Nachrichten, würde sie dennoch ständig daran denken müssen, dass man etwas von ihr wollte. Sie hatte aber nicht so ein dickes Fell, Unerfreuliches einfach auszusitzen. Probleme schob sie ungern vor sich her. Dann lieber zurückrufen, so unangenehm das Gespräch auch sein würde. Umso schneller hatte sie die Sache hinter sich. Sie erklärte Mika, dass sie noch kurz einen Anruf tätigen müsse, dann wäre sie so weit.

Ihr Blick verriet ihm, dass sie auf den Anruf gern verzichtet hätte, aber dass ein Mensch manchmal Dinge tun muss, obwohl es tausend Gründe dafür gab, sie nicht zu tun. Mika nickte und entfernte sich.

Gloria schluckte. Wut stieg in ihr hoch. Wut auf die lieblose Mutter. Wut auf die feige Schwester. Wut auf den arroganten Bruder. Offensichtlich war diese Familie nur dazu da, ihr das Leben zu versauen. Sie stellte die Verbindung zu ihrem Bruder her und wartete. Ungefähr tausendsechshundert Kilometer weiter südlich ertönte ein Klingelton. Gloria zitterte leicht – bei angenehmen 20 Grad Celsius. Nach dem dritten Klingelzeichen hob Robert noch immer nicht ab.

„Geh ran!", fluchte sie leise. Sie hatte keinen Nerv, sich den ganzen Tag damit zu beschäftigen, eine Verbindung in die blöde Heimat herzustellen. Zwei Klingeltöne später wurde sie erlöst.

„Na endlich!", wurde sie von ihrem Bruder wenig charmant begrüßt.

Roberts unfreundlicher Ton kam Gloria nicht ungelegen. Auf diese Weise verloren sie keine Zeit mit billigem Smalltalk, während sie sich insgeheim gegenseitig die Pest an den Hals wünschten.

„Du hast angerufen."

„Sehr richtig und das mehr als einmal."

„Und?"

177

„Sag mal, was soll der Schwachsinn eigentlich?"

„Ich weiß nicht, was du meinst."

„Einfach so nach Finnland zu fahren und uns im Unklaren darüber lassen, ob du zu Mamas Geburtstag kommst. Tickst du eigentlich noch ganz richtig?"

Entweder schrie Gloria gleich ins Telefon, dass das Mikro nicht mehr zu gebrauchen war oder sie blieb kühl bis zur Halskrause. Ersteres wäre ihr lieber gewesen, weil es einfacher war, aber wenn sie einen kühlen Kopf bewahrte – was ab einer gewissen Feindlichkeit, die einem entgegenschlägt, eine hohe Kunst ist –, bestand die Möglichkeit, dass sie aus dem Gespräch gestärkt hervorging. „Zu fliegen muss es heißen", entgegnete sie mit der Sachlichkeit einer Inkasso-Fachangestellten.

„Was?"

„Du hast einfach so nach Finnland *zu fahren* gesagt. Ich bin aber nach Finnland geflogen."

„Deine Ironie kannst du dir sparen."

„Um mir Vorwürfe zu machen, hättest du warten können, bis ich zurück bin."

„Hör zu, Mama erwartet von dir, dass du dich bei ihr entschuldigst."

„Ich glaube, die Verbindung ist auf einmal so schlecht. Was soll ich?"

„Dich bei Mama entschuldigen. Was hast du dir eigentlich dabei gedacht? Ihr kurz vor dem fünfzigsten Geburtstag so etwas an den Kopf zu werfen. Macht dir das eigentlich Spaß?"

Dass das Gespräch nicht leicht werden würde, war zu erwarten gewesen, aber dass es solch eine irrationale Wende nehmen könnte, damit hatte Gloria nicht gerechnet. „Wovon redest du? Was soll ich denn gesagt haben?" Drehten sie jetzt alle durch?

„Dass du auf ihren Fünfzigsten pfeifst."

„Ach, das. Ich hatte meine Gründe so impulsiv zu sein." Gloria war es unangenehm, dass ausgerechnet Robert es war, der sie an diesen Gefühlsausbruch erinnerte. Manchmal konnte ihre Mutter sie so wütend machen, dass Gloria Dinge sagte, die sie gar nicht meinte. Aber in diesem Fall hatte sie es wirklich so gemeint.

„Was soll das? Musst du ihr gegenüber immer so eklig sein?"

„Ihr geht ja lieber den bequemen Weg."

„Im Gegensatz zu dir akzeptieren wir Mama so, wie sie ist. Entschuldige dich bei ihr und alles ist in Ordnung."

„Nichts ist in Ordnung."

„Was willst du eigentlich mit deiner Sturheit erreichen?"

Gute Frage. Aber leicht zu beantworten. „Dass Mama sich bei mir entschuldigt."

„Du hast sie doch nicht mehr alle!"

Gloria packte erneut die Wut. Alle hackten auf ihr herum, aber keiner hatte sich jemals die Mühe gemacht, die Dinge zu hinterfragen. Egal, was ihre Mutter sagte, sie glaubten ihr jedes Wort. Statt sich zu erkundigen, was wirklich passiert war, hagelte es gleich Vorwürfe, sodass Gloria jedes Mal gezwungen war, sich zu rechtfertigen. Feine Geschwister. Sie fand, dass das Gespräch mit ihrem Bruder so überflüssig wie ein eingewachsener Zehennagel war. „Hör zu. Oder besser noch, schreib es dir auf, damit du es nicht vergisst. Erstens: Ich werde mich nicht bei Mama entschuldigen. Zweitens: Ich werde nicht zu ihrem Geburtstag kommen, es sei denn, sie entschuldigt sich bei mir.

Und drittens möchte ich von euch nicht mehr belästigt werden. Ich will meine Ruhe haben!"

Deutliche Worte. Sie war froh, dass sie sie gesagt hatte. Verärgert steckte sie das Smartphone weg. Sie und sich bei ihrer Mutter entschuldigen. So weit kam es noch. Diese Frau war doch komplett unzurechnungsfähig. Welche Mutter schnüffelte schon heimlich im Tagebuch ihrer Tochter herum? Doch nur eine, die krank im Kopf war. Nichts hatte sie ihrer Mutter rechtmachen können, ständig hatte sie etwas an ihr auszusetzen gehabt. Es hatte Tage gegeben, da hatten sie sich nur angeschrien. Und dann gab es Tage, da ignorierten sie einander. Mehr als einmal hatte Gloria mit dem Gedanken gespielt, einfach abzuhauen. Zu der Zeit waren ihre Geschwister längst aus dem Haus. Ihr Vater hatte sich stets aus allem rausgehalten. Meist machte er ein bekümmertes Gesicht, als hätte er selber Hilfe gebrauchen können. Als Gloria dann auch noch von ihrem Freund wegen einer anderen sitzengelassen wurde, war sie derart verzweifelt, dass sie sich am liebsten umgebracht hätte. So hatte sie es auch in ihrem Tagebuch vermerkt. Monate später hatte sie den Schmerz überwunden. Der Wunsch durch Suizid zu sterben, wäre ein ausschließlich ihrem Tagebuch anvertrautes Geheimnis geblieben, hätte ihre Mutter sich nicht in Glorias Zimmer geschlichen, nicht, um es aufzuräumen, sondern um in dem Tagebuch ihrer Tochter herumzuschnüffeln. Natürlich war das ein eklatanter Vertrauensbruch und vermutlich gibt es nur wenige Mütter, die zu so etwas fähig sind. Da Glorias Mutter ihrer Tochter jedoch nicht über den Weg traute, war sie auch nicht der Ansicht, einen Vertrauensbruch zu begehen, wenn sie in dem Tagebuch las. Sie wollte herausfinden, was Gloria über sie dachte. Als Gloria an jenem

Tag aus der Schule gekommen war, müde, desillusioniert und genervt und eigentlich nur in ihr Zimmer wollte, um die Welt um sie herum aus ihrem Kopf zu verbannen, stürzte ihre Mutter auf sie zu und versetzte ihr ohne jegliche Vorwarnung eine Ohrfeige. Bevor Gloria in der Lage war, ihre Fassungslosigkeit als solche überhaupt wahrzunehmen, geschweige denn, diese in ihrem ganzen Ausmaß nachzuvollziehen, war ihre Mutter bereits dazu übergegangen, Gloria derart mit Vorwürfen, Drohungen und Beleidigungen zu überhäufen, dass die Arme große Mühe hatte zu begreifen, woher der Wind wehte. Aber das Zusammenfügen einzelner Puzzleteile zu einem verständlichen Ganzen war nicht mehr aufzuhalten. Als ihr das Unfassbare bewusst geworden war, geriet sie mit ihrer Mutter in einen erbitterten und hasserfüllten Streit, von dem sich beide bis in die Gegenwart nicht erholt hatten. Zwar hatte es hin und wieder auch ruhigere Phasen gegeben, aber unterschwellig brodelte der Streit zwischen ihnen weiter und so kam es, dass selbst ein gut gemeintes Wort zu Missverständnissen und damit zu neuerlichen Auseinandersetzungen führte. Es war ein ewiger Kreislauf, der beiden Seiten allerhand abverlangte, aber eher wäre einer von ihnen tot umgefallen, als dem anderen die Hand zu reichen. Dabei hatte Gloria in ihr Tagebuch nur geschrieben, wie sehr sie unter ihrer Mutter litt, weshalb sie sie hasste und sie am liebsten abgehauen wäre, aber auch was sie sich sehnlichst von einer Person wünschte, die sich Mutter nannte. Eigentlich war es nur eine ausführliche Auflistung von Dingen, die zwischen ihr und ihrer Mutter schiefgelaufen waren. Wäre ihre Mutter auf Zack gewesen, hätte sie das Potenzial erkannt, das sich ihr durch die unrechtmäßige Lektüre des Tagebuchs bot. Sie hätte nur den Mund halten müssen und sich ein bisschen

181

anzustrengen brauchen, um Gloria zurückzugewinnen. Aber so klug war sie nicht gewesen. Lieber hatte sie dafür gesorgt, dass sich die Gräben zwischen ihnen vertieften. Und dennoch war es Gloria nicht gelungen, sich gänzlich von ihr loszusagen, sonst hätte sie ihre Mutter nicht immer wieder besucht. Gloria wunderte sich selbst darüber, meist aber ärgerte sie sich über ihre blöde Inkonsequenz. Vielleicht hoffte sie ja auf ein Wunder. Dass ihre Mutter ihr die Tür öffnete, sie in den Arm nahm – was sie nicht mehr getan hatte, seit Gloria fünf Jahre alt gewesen war – und sie um Vergebung bat. Stattdessen endete die letzte Begegnung in einem Fiasko. Wütend darüber, dass ihre Mutter mal wieder nicht die Wahrheit vertrug, ließ sie sich zu der Bemerkung hinreißen, dass sie auf deren fünfzigsten Geburtstag pfeifen würde. Von Gloria in die Enge getrieben, erinnerte sich ihre Mutter an das Tagebuch und daran, dass Gloria mit fünfzehn sterben wollte. Sie hatte nur einen Satz gesagt, aber der hatte es in sich gehabt: „Manchmal wünschte ich, du hättest dich damals umgebracht."

22

Manchmal wünschte ich, du hättest dich damals umge-
bracht. Es gibt Sätze, die lassen einen nicht mehr los. Und da
erwartete ihre Mutter, dass sie sich bei ihr entschuldigte. Ein
Zeichen, wie krank diese Frau war. Natürlich hatte Gloria über
das nachgedacht, was sie davor zu ihrer Mutter gesagt hatte.
Sie fand aber nicht, dass sie mit ihrer Bemerkung zu weit gegangen war. Sie war sogar der Meinung gewesen, dass sie
sich noch arg zurückgehalten hatte, so geringschätzig und
abweisend sich ihre Mutter ihr gegenüber wieder verhalten
hatte. Jede Toilettenfrau hätte sie hundertmal respektvoller
behandelt. Gerade diese Geringschätzigkeit war es, diese Käl-
te, die von ihrer Mutter ausging, an der Gloria beinahe jedes
Mal zerbrach. Und dennoch hatte sie nie ihren missionarischen
Eifer verloren, einen Menschen mit etwas mehr Empathie aus
dieser Frau zu machen.

„Kommst du?", rief Brian, den Camcorder auf Gloria gerichtet.

„Geht schon mal vor", rief Gloria zurück. Sie fühlte sich mit
einem Mal furchtbar müde.

Mika erkannte, dass dies eine gute Chance war, sich dem
ungeliebten Spaziergang zu entziehen. „Ich bleib bei ihr", teilte
er dem Iren mit und ging zum Wagen zurück, während Brian
und Sören sich aufmachten, ein Stück finnischen Urwalds zu
erkunden.

„Du musst nicht extra wegen mir hierbleiben", meinte Gloria.

Mika schaute kurz in ihr Gesicht und wusste über ihre Gemütsverfassung fast so viel Bescheid wie sie selbst. Es war
immer wieder höchst verwirrend für ihn, wie viel man in dem

Gesicht eines Menschen lesen konnte, der nicht aus seinem Heimatland stammte. Mika war überzeugt, dass diese Gesichter mehr über einen Menschen verrieten, als sie eigentlich bereit waren von sich preiszugeben. Ihre Mimik grenzte an seelischen Striptease. Daher war er ganz froh, dass er in einem Land aufgewachsen war, in dem man praktisch ein Recht darauf hatte, mit einem ausdruckslosen Gesicht herumzulaufen.

Gloria spürte, dass sie Mika nichts vorzumachen brauchte. „Das war mein Bruder", sagte sie leicht verbittert.

Mika nickte.

Gloria deutete sein Nicken so, dass sie nicht verpflichtet war, sich ihm gegenüber weiter zu erklären. Sie lächelte Mika dankbar an. „Ich setze mich lieber in den Wagen", sagte sie. „Sind mir zu viele Fliegen hier."

„Was dagegen, wenn ich mich dazusetze?", entgegnete er ein wenig schüchtern.

Gloria schüttelte den Kopf.

Sie stiegen ein und blickten schweigend auf das Unterholz, das sich zwischen den riesigen Kiefern ausgebreitet hatte. Gloria starrte auf ein Stück Totholz. Ihre Mutter tauchte wieder vor ihren Augen auf. Wie sie die Tür öffnete, Gloria in den Arm nahm und sagte: „Du hattest Recht. Ja, ich bin dir gegenüber ungerecht gewesen, ja, ich habe deine Geschwister immer auf dich gehetzt, ja, ich bin tablettensüchtig und ja, ich mache eine Therapie." Hör auf zu spinnen, unterbrach Gloria ihre lächerliche Fantasie mit einiger Selbstironie. Wenn einer eine Therapie benötigt, dann bist du es.

„Glaubst du an Wunder?", fragte sie Mika.

Mika dachte an Pihla und Leevi, seinen Sohn. Nein, an Wunder glaubte er nicht. „Ich glaube an das Unausweichliche", antwortete er.

An das Unausweichliche glaubte auch Brian, allerdings auf eine andere Art. Zum Unausweichlichen gehörte es, die Flucht zu ergreifen, wenn es erforderlich war. In seinem Fall war es nicht nur erforderlich, sondern geradezu Pflicht. Dass seine Freundin ein Kind bekam, war eine Sache, die Freiheit aufzugeben eine andere.

Unausweichlich war auch die Schönheit der Natur, wie sie sich Brian gegenüber im Pyhä-Häkki Nationalpark präsentierte. Die Fichten und Kiefern waren so hoch, dass man den Kopf bis tief in den Nacken legen musste, wollte man deren Kronen sehen. Manche der Giganten mochten vielleicht hundert, zweihundert oder dreihundert Jahre alt gewesen sein. Die Sonne, die zum Teil ungehindert Einlass fand, verwandelte das Moos und die Vielfalt kleiner und großer Pflanzen in ein anmutig schimmerndes Grün. Hier und da streckten sich junge Kiefern voller Optimismus dem Himmel entgegen. Sie würden sich in Jahrzehnte langer Geduld üben müssen, bis sie die majestätische Größe ihrer Ahnen erreicht hatten. Manche würden den Widrigkeiten der Natur zum Opfer fallen, manche stark genug sein und den Kampf gewinnen. Dann wären sie dem Himmel so nahe, dass eine Ameise eine kleine Ewigkeit bräuchte, bis sie die schwindelerregende Spitze erklommen hatte. Brian hielt mit seinem Camcorder nicht nur das Schöne fest. Missbildungen, Verformungen und tote Bäume interessierten ihn ebenso. Besonders das Vergängliche hatte seinen speziellen Reiz. Einige der toten Bäume standen noch immer aufrecht da. Selbst im Tod waren sie zu stolz, dem Nachwuchs das Feld zu überlassen. Andere, die sich der Erdanziehungskraft vergeblich widersetzt hatten, lagen wie Gerippe auf der Erde – als hätten Raubtiere sie ausgeweidet. Auf einem solchen Gerippe nahmen Brian und Sören Platz. Brian betrachtete sich die Aufnahmen. Er war zufrieden. Dennoch kam bei ihm keine rechte Freude auf.

„Hast du eigentlich eine Freundin?", fragte er Sören nachdenklich.

Sören war von der Frage einigermaßen überrascht. „Zurzeit nicht", antwortete er.

„Du hast es gut", entgegnete Brian neidisch. „Du kannst deine Freiheit genießen."

Sören war nicht ganz klar, worauf Brian hinauswollte. „Tust du doch auch. „

„Ja, schon", sagte Brian und fuhr sich mit der Hand nervös durchs Haar. „Mit dem Unterschied, dass du kein Kind erwartest."

„Du ja auch nicht", meinte Sören, „sondern deine Freundin." Es klang vorwurfsvoller, als es gemeint war. Sören hatte gar keinen Grund, Brian etwas vorzuwerfen.

„Aber ich bin der Vater."

„Sicher. Und jetzt bist du hier."

„Glaub mir, ich habe es mir mit der Entscheidung nicht leicht gemacht. Wir hatten vorgehabt, zusammenzuziehen. Wir hatten sogar schon einen Mietvertrag unterschrieben. Und plötzlich platzt sie mit der Nachricht heraus, dass sie ein Kind erwartet. Da bin ich in Panik geraten."

Sören wäre es vermutlich nicht viel anders ergangen. „Schon merkwürdig, dass sie mit der Nachricht gewartet hat, bis der Mietvertrag unterzeichnet war", sagte er.

Brian versetzte die Bemerkung wider Erwarten einen Stich, auch wenn Sören mit seiner Anspielung gar nicht so danebenlag. Trotzdem. Aus dem Mund eines Unbeteiligten zu hören, dass Susan ihn reingelegt haben könnte, verlieh der Aussage eine völlig andere Dimension, dass Brian für einen Augenblick glaubte, er müsse seine Freundin verteidigen. Es gelang ihm aber, der Versuchung zu widerstehen. Er brauchte jetzt jemanden, der zu ihm hielt und der ihm das Gefühl vermittelte, dass er kein Schwein war, sondern das einzig Richtige getan hatte, was ein Mann in dieser Situation hätte tun können. „Was glaubst du, ob Gloria mir auch zu Hilfe gekommen wäre, wenn sie die Geschichte gekannt hätte?"

„Na klar", antwortete Sören und grinste breit. „Nachdem sie vorher dafür gesorgt hätte, dass dein Kopf mindestens eine halbe Stunde unter Wasser bleibt."

Jetzt musste auch Brian grinsen. „Ich weiß nicht, aber irgendwie habe ich das Gefühl, dass sie schwer in Ordnung ist."

Sören sagte nichts dazu. Konnte sein, konnte auch nicht sein. Immerhin hatte sie Brian aus dem Wasser gefischt. Davor zog er den Hut.

Schweigend machten sie sich auf den Rückweg.

Am Parkplatz angekommen, stießen sie auf Mika, der auf einer Bank gleich neben dem Eingang zum Nationalpark saß und ins Leere starrte.

„Wo ist Gloria?", erkundigte sich Brian und ließ sich neben ihm auf der Bank nieder.

„Schläft im Wagen", antwortete Mika.

Brian ließ den Wagen nicht mehr aus den Augen. Irgendwie hatte er sich verliebt. In den Oldtimer. „Dein Pontiac ist echt Wahnsinn, weißt du das?", rückte er endlich mit der Sprache heraus.

Mika glaubte ihm das gern. Er schwieg. Seiner Meinung

nach gab es dem nichts hinzuzufügen.

„Ich würde alles dafür geben, um die Kiste einmal zu fahren", wurde Brian etwas deutlicher.

Träum weiter, dachte Sören belustigt.

Auch jetzt sah Mika keinen Grund, sich zu äußern. Er erhob sich von der Bank und ging zu seinem Wagen. Brian und Sören folgten ihm. Brian war ein wenig enttäuscht. Er hatte gehofft, Mika würde ein Auge zudrücken und ihm erlauben, das Steuer zu übernehmen. Und wenn es nur ein, zwei Runden auf dem Parkplatz gewesen wären. Seine Enttäuschung nahm noch um einiges zu, als er mitansehen musste, wie Mika die Fahrertür öffnete. Es wäre auch zu schön gewesen, um wahr zu sein.

Brian wollte schon auf die andere Seite, um seinen Stammplatz einzunehmen, als sich Mika plötzlich umdrehte und ihm den Autoschlüssel zuwarf. Brian schnappte sich geistesgegenwärtig den Schlüssel mit der freien Hand – mit der anderen hielt er den Camcorder fest – und grinste über das ganze Gesicht. Am liebsten wäre er Mika vor lauter Glückseligkeit um den Hals gefallen, aber in weiser Voraussicht war dieser bereits um den Wagen herumgegangen (mit einem jubelnden Iren um den Hals wäre er völlig überfordert gewesen).

Sören konnte kaum glauben, was er sah. Er hätte dem Iren niemals erlaubt, sich an das Steuer seines Wagens zu setzen. Er verstand den Finnen nicht. Aber nobel war die Geste schon. Wenn er das mal nicht bereute. Verdutzt nahm er den Camcorder entgegen, den der Ire ihm freudig in die Hand drückte.

Stolz wie ein Fußballkind, das an der Hand eines Spielers der *Bohs* in den voll besetzten Dalymount Park marschiert, steckte er den Schlüssel in das Zündschloss und startete den Motor. Der Sound, den der Pontiac von sich gab, versetzte

Brian geradezu in einen Taumel. Mika ahnte, was in dem Iren vor sich ging. Als er zwölf war, hatte ihn sein Vater auf den Schoß genommen und dann durfte er den Wagen lenken – einen Volvo 850 T-5R – die ganze Einfahrt hinauf bis zu ihrem Haus. Mika erinnerte sich noch gut daran, wie stolz er damals gewesen war, dass ihm sein Vater das erlaubt hatte. Seine Mutter allerdings durfte nichts davon erfahren und so war dieses einmalige Ereignis ein Geheimnis zwischen ihm und seinem Vater geblieben.

Gloria, die durch das Zuschlagen der Türen wach geworden war, blickte schlaftrunken aus dem Seitenfenster. Als der Wagen zurücksetzte, drehte sie den Kopf zum Fahrersitz. Verwundert stellte sie fest, dass nicht Mika, sondern Brian das Steuer übernommen hatte.

„Wo ist Mika?", fragte sie den Iren. Es fiel ihr schwer sich vorzustellen, Mika könnte ihm das Steuer freiwillig überlassen haben. Sie traute Brian inzwischen alles Mögliche zu.

„Hinter dir", grinste der Ire breit.

Gloria drehte sich nach hinten. Der Blick, den sie Mika schenkte, sagte eigentlich alles.

Mika nahm ihren unausgesprochenen Protest mit der üblichen Zurückhaltung zur Kenntnis.

Gloria schaute wieder nach vorne. Er muss wissen, was er tut, sagte sie sich. Alt genug ist er ja.

Brian fand, dass sich das Lenkrad in seinen Fingern wunderbar anfühlte. Fast so schön wie ein Glas frisch gezapftes Guinness. Langsam rollte er mit dem Pontiac auf die Auffahrt zu. Er wartete, bis die Straße frei war und fuhr los. Wider Erwarten quietschten die Reifen.

„Sorry", entschuldigte er sich. An die Eigenheiten des Oldtimers musste er sich noch gewöhnen. Vorsichtshalber warf er einen kurzen Blick in den Rückspiegel, um sich zu vergewissern, dass er Mika durch das ungewollte Manöver nicht verärgert hatte, konnte jedoch in dessen Mimik nichts entdecken, was seine Befürchtung auch nur annähernd bestätigt hätte.

Lediglich Gloria hatte an seinem Fahrstil etwas auszusetzen. „Wem willst du damit imponieren?", fragte sie den Iren. „Deiner schwangeren Freundin, die zu Hause auf dich wartet?" Gut, diese Bemerkung wäre nicht nötig gewesen, aber sie konnte doch nicht jedes Mal nur dasitzen und schweigen, wenn sich der Knallkopf wie ein Teenager benahm.

„Danke, ich hab's kapiert", entgegnete Brian grimmig und trat mit einem Mal auf das Gaspedal, dass der Pontiac nach vorne schoss.

23

Brian näherte sich mit großem Tempo seinem Vordermann. Gloria befürchtete schon, der Ire hätte sich verschätzt und könnte den Geländewagen, der vor ihm fuhr, auf die Hörner nehmen, doch im letzten Augenblick scherte Brian aus und setzte zum Überholen an. Da die Gegenfahrbahn frei war, ließ er noch drei weitere Autos hinter sich.

„Der lange gelbe Strich in der Mitte bedeutet, dass man an der Stelle nicht überholen darf", bemerkte Gloria spitz.

Brian musste daran denken, was er im Park zu Sören über Gloria gesagt hatte – dass sie schwer in Ordnung war. Von wegen. Er schwieg und scherte wieder ein. Die durchgezogene Mittellinie war ihm so was von egal.

Auch Mika sagte keinen Ton. So ruhig wie er dasaß, hätte man den Eindruck gewinnen können, dass er sich trotz Brians forscher Fahrweise um seinen Wagen keine Sorgen machte. Der kleine Ire wird schon wieder vernünftig werden, sagte er sich.

Noch aber deutete nichts darauf hin. Brian setzte erneut zum Überholen an, mit dem Unterschied, dass Überholen in diesem Bereich erlaubt war. Nicht erlaubt waren die 110 km/h, die die Nadel auf dem Tacho anzeigte. War die Strecke bis dahin durchgehend asphaltiert, wies ein Schild die Verkehrsteilnehmer auf schlechter werdende Straßenverhältnisse hin. Das Schild war nicht zu übersehen, trotz des Staubs, der plötzlich vor ihnen aufgewirbelt wurde und der bei Brian für einige Verwirrung sorgte. Eigentlich hätte der Ire den Fuß vom Gas nehmen müssen. Das dachte zumindest Mika. Er hatte als Einziger verstehen können, was auf dem Schild geschrieben stand. Er wollte Brian warnen, sagte sich dann aber, dass dieser gleich von selbst dahinterkommen würde.

So war es dann auch. Brian musste mit Staunen feststellen, dass er mit einem Mal über eine Schotterstraße fuhr. Daher der Staub. Dennoch änderte sich sein Fahrstil nur minimal. Brian verringerte die Geschwindigkeit nur um wenige km/h.

Gloria genügte die Reduzierung keineswegs. Sie schenkte Brian einen strafenden Blick. Der konzentrierte sich ganz aufs Fahren. Selbst wenn er ihren Blick registriert hätte, hätte es ihn nicht interessiert.

Sören machte Brians verwegener Fahrstil nichts aus. Es war ja nicht sein Auto. Und Angst, dass etwas passieren könnte, hatte er nicht. Im Gegenteil. Die rasante Fahrt war durchaus nach seinem Geschmack, auch wenn die Sicht stark eingeschränkt war. Er war gespannt, wie es weitergehen würde, am spannendsten aber war, wie würde Mika reagieren? Wäre es sein Wagen gewesen, wäre er dem Iren schon längst an die Gurgel gesprungen.

Brian setzte zweimal zum Überholen an, brach die Versuche aber jedes Mal wegen zu geringer Sicht wieder ab. Gloria fand seinen Fahrstil geradezu kriminell.

„Kannst du vielleicht mal langsamer fahren?", schnauzte sie Brian an. Sie wollte lebend in Oulu ankommen. Das war doch nicht so schwer zu begreifen.

Brian beachtete sie nicht. Er scherte aus und überholte seinen Vordermann, der ihm viel zu langsam fuhr. Den Kleintransporter, der ihm in diesem Augenblick entgegenkam, sah er viel zu spät. Hupend (und vermutlich auch fluchend) machte der Fahrer auf sich aufmerksam. Brian schaffte es gerade noch einzufädeln und so Schlimmeres zu verhüten.

Gloria geriet außer sich. „Sag mal, tickst du noch richtig?".

Das fragten sich auch die beiden Polizisten, die mit ihrem Wagen an einem Waldweg parkten und Zeugen des halsbrecherischen Überholmanövers geworden waren.

Brian sah zwar ein, dass er es auf die Spitze getrieben hatte, doch der Anblick der finnischen Verkehrsstreife versetzte ihn derart in Panik, dass er genau das Gegenteil von dem tat, was er nach dem Beinahe-Desaster vorgehabt hatte. Statt die Geschwindigkeit zu drosseln, legte er noch einen Zahn zu, was nur möglich war, da er niemanden mehr vor sich hatte.

Selbst Mika war Brians Waghalsigkeit zu viel geworden. Gerade als er Brian auffordern wollte anzuhalten, hatte auch er die Verkehrsstreife am Straßenrand bemerkt. Argwöhnisch drehte er sich um und blickte gebannt durch das Heckfenster. Wegen des Staubs, den der Pontiac aufwirbelte, konnte Mika nicht erkennen, ob die Streife sie verfolgte. Aber er würde sein letztes Hemd verwetten, wenn es nicht so wäre.

„Sag mal, war das nicht gerade die Polizei?", erkundigte sich Gloria schockiert. Das fehlte ihr noch, dass sie die finnische Staatsmacht an den Hacken hatte. Da sich niemand die Mühe machte, ihr zu widersprechen, musste sie davon ausgehen, dass sie sich nicht getäuscht hatte. Toll, dachte sie resigniert.

Sören fragte sich, wie der Ire es schaffen wollte, seine Haut zu retten. Dieser Spinner. Immerhin brachte er ein bisschen Leben in die Bude. Noch war durch das Heckfenster nur Staub zu sehen.

Brian blickte panisch in den Rückspiegel. Er hatte die Hoffnung, dass die finnischen Ordnungshüter wegen der Sichtbehinderung beschlossen hatten, die Verfolgung erst gar nicht

193

aufzunehmen. Dass dem nicht so war, merkte er an dem enervierenden Signal hinter ihnen.

„Besser, du hältst an", riet ihm Mika. Wenn Brian Glück hatte, würde er nur ein hübsches Bußgeld zahlen müssen und sie konnten die Reise ungehindert fortsetzen.

„Geht nicht!", rief Brian. Der Schweiß stand ihm auf der Stirn und seine Hände waren so feucht, dass er froh sein konnte, wenn ihm das blanke Lenkrad nicht entglitt. „Ich habe meinen Führerschein nicht dabei!"

Für Gloria war so viel Dummheit nur schwer zu ertragen. Sie sah sich schon in der Zelle eines finnischen Gefängnisses. Wenigstens hatte sie *huuhteluaine* gegenüber eine wunderbare Ausrede, warum sie nicht zum Treffen erschienen war.

Für einen Augenblick legte sich der Staub und Brian konnte im Rückspiegel sehen, wie ihn die Streife in einiger Entfernung verfolgte. Das blaue Blinklicht auf dem Dach des Ford Mondeos tanzte bedrohlich hin und her. Plötzlich verschwanden seine Verfolger wieder in einer Staubwolke.

Da er nach vorne freie Fahrt hatte und ihm auch kein Fahrzeug entgegenkam, war die Sicht optimal. Vermutlich wäre er sonst an dem Weg, der nach rechts in den Wald führte, vorbeigerast. So aber nahm er den Waldweg noch rechtzeitig wahr. Im Glauben, eine kleine Richtungsänderung könnte ein raffinierter Beitrag zu ihrer Rettung sein, trat er auf die Bremse und bog ab, dabei rutschte ihm der Oldtimer hinten weg, dass er große Probleme hatte, das Fahrzeug in der Spur zu halten. Brians Herz fühlte sich dabei ein bisschen so an, als wäre es eine der Radkappen. Zum Glück war der Ire ein exzellenter Fahrer. Schnell hatte er den Oldtimer wieder unter Kontrolle. Wild und abgebrüht wie ein Rallyefahrer heizte er durch den

194

Wald.

Mika staunte nicht schlecht über Brians Fahrkünste, befürchtete aber, dass der Waldweg keine so gute Lösung war. Sie müssten schon einen unglaublichen Dusel haben, sollte die Geschichte ein gutes Ende nehmen. Um Brian nicht zu entmutigen, sagte er nichts.

Sören hatte eine Schwäche für Geschwindigkeiten. Auch er musste sich eingestehen, dass der Ire – so verrückt er gelegentlich sein mochte – einiges draufhatte. Er fand immer größeren Gefallen an der rasanten Fahrt.

Gloria klammerte sich krampfhaft an das Sitzpolster und starb einen kleinen Tod nach dem anderen, von denen jeder entsetzlicher war als der vorherige. Nicht mal ihrer Mutter wünschte sie, dass sie so etwas Schreckliches durchmachte.

Mika und Sören starrten unentwegt aus dem Heckfenster, mussten aber dieselbe Erfahrung machen wie schon so viele, die sich in einer ähnlichen Situation befunden hatten: So leicht ließ sich die finnische Staatsmacht nicht abhängen.

Brian gab zwar Gas, aber die Strecke war ursprünglich nicht dazu gedacht, um Rennen zu fahren. Ihm brauchte nur der kleinste Fehler zu unterlaufen und sie machten Bekanntschaft mit einem der Bäume.

Dessen war sich auch Gloria bewusst, sie machte sich in ihrem Sitz Stückchen für Stückchen kleiner.

„Wo führt der Weg überhaupt hin?", rief Brian panisch.

„In den Wald", antwortete Mika trocken.

„Ja, schon. Und von da? Gibt es vielleicht eine Abzweigung zur Hauptstraße?"

Mika hätte das schon sehr gewundert und da Spekulieren für ihn keine Kommunikationsform war, blieb er Brian die Antwort schuldig.

Brian war sich nicht ganz sicher, was das Schweigen zu bedeuten hatte, aber er war realistisch genug, um zu wissen, dass es kein besonders gutes Zeichen war. Vielleicht hätte er einfach auf der Hauptstraße bleiben sollen. Dass es aber auch immer Komplikationen geben musste, egal, was er anpackte.

Zweige schlugen gegen die Karosserie, dass Gloria erschrak. Ewig würde sie diese grässliche Fahrt nicht aushalten. Sie glaubte längst nicht mehr daran, dass sie eine Chance hatten zu entkommen.

Daran glaubte Brian immer noch, auch wenn sich die Streife nicht abschütteln ließ. Mühsam versuchte er den Oldtimer auf Kurs zu halten. Wegen der zahlreichen Schlaglöcher grenzte sein Bemühen an Schwerstarbeit. Jede Nachlässigkeit, jede Konzentrationsschwäche konnte den Tod bedeuten. Die Bäume, die sie hätten aufhalten können, flogen nur so an ihnen vorüber. Eine Gewissheit, dass dies so bleiben würde, gab es nicht.

In einem großen Bogen ging es tiefer in den Wald. Für einen Augenblick verlor Brian seine Verfolger aus den Augen. Er betete, dass es so bleiben möge. Mit jedem Meter wuchs seine Hoffnung, aber auch die Furcht, sie könnten doch noch im Rückspiegel auftauchen. Und so war es dann auch. Shit. Das sah nicht gut aus. Und noch mehr Gas geben konnte er nicht. Er hatte so schon genug damit zu tun, dass die Kiste ihm gehorchte.

„Die Kamera!", rief er auf einmal. Wenn sie schon verfolgt wurden, dann sollte wenigstens die ganze Welt daran teilhaben.

Weder Sören noch Mika reagierten.

„Nun macht schon! Haltet die Kamera drauf!"

Da Mika keine Anstalten machte, Brians Aufforderung zu folgen, schnappte sich Sören den Camcorder und nahm die Verfolgungsfahrt durch das Heckfenster auf. Er hatte schon viele verrückte Sachen getan, aber so etwas Verrücktes noch nicht. Vielleicht machte es ihm deshalb so viel Spaß.

Die Verfolger kamen zwar nicht dichter heran, aber es sah auch nicht danach aus, als ließen sie sich abschütteln.

Die Strecke wurde wieder gerade wie eine Flugpiste, wenn auch nicht so eben. Als Brian erneut in den Rückspiegel blickte, drohte der Oldtimer von der Spur abzukommen. Brian lenkte sofort dagegen, übersteuerte aber den Wagen. Eine wilde Brombeerhecke, die sich am Wegesrand befand, wehrte sich mit ihren Dornen. Brian schaffte es gerade noch, einem Baum auszuweichen, der sonst dem Oldtimer getrotzt hätte, was wohl beiden nicht wirklich bekommen wäre, ganz abgesehen von den vier Insassen des Pontiacs.

Gloria kam gar nicht dazu, ausreichend Luft zu holen. Für sie war die Gefahr erst vorbei, wenn sie lebend aus dem Auto stieg.

Dass die Fahrt in einer Sackgasse endete, war dann doch für alle eine Überraschung. Brian riss das Steuer herum und trat auf die Bremse. Sören verlor den Halt, stieß gegen Mika, wobei ihm der Camcorder aus der Hand fiel. Brian brachte den Pontiac zum Stehen, würgte allerdings den Motor ab. Der Pontiac stand so, dass der Kühler in jene Richtung zeigte, aus der sie gerade herangebraust waren.

„Shit! Shit! Shit!", fluchte Brian und schlug dabei jedes Mal mit der Faust auf das Lenkrad. Er versuchte den Motor wieder zu starten. Der aber hatte offensichtlich seinen eigenen Willen und rührte sich nicht, so sehr sich Brian auch um dessen Unterstützung bemühte. Etwas mehr Loyalität hätte der Ire in dieser brenzligen Situation schon erwartet.

Es war unschwer zu erraten, was nun passieren würde. Trotzdem brach für Brian eine Welt zusammen, als vor ihnen auf einmal der Ford Mondeo auftauchte und ihnen den Weg versperrte. Brian schluckte. Es war das Einzige, zu dem er noch fähig war.

24

Im Gegensatz zu Brian strotzten die beiden Polizisten geradezu vor Vitalität. Sie rissen die Türen des Streifenwagens auf, zückten ihre Waffen und richteten diese Richtung Pontiac. Das klappte jedoch nur bedingt synchron, weil Simo, dem Polizisten, der auf dem Beifahrersitz gesessen hatte, vor Nervosität und Übereifer die Schusswaffe auf den Boden gefallen war. Als er sie aufgehoben hatte, bot er mit Jaakko, seinem langjährigen Partner, eine bedrohliche Kulisse, die nicht zu unterschätzen war.

Auf Gloria wirkte die Szene dennoch unwirklich. Träumte sie das alles nur? Natürlich träumte sie nicht. Und weil sie nicht träumte, hatte ihre Angst eine Dimension angenommen, für die der Innenraum des Pontiacs um etliche Kubikmeter zu klein war.

Brian klebte das Hemd auf der Haut. Instinktiv verglich er die Situation mit der am See, als er dem Ertrinken nahe war und Todesangst gehabt hatte. Die Situation mit den beiden Polizisten war eher grotesk. Trotzdem wollte sich bei ihm die Anspannung nicht legen.

Jaakko forderte das verdächtige Quartett mit durchdringender Stimme zum Verlassen des Wagens auf. Langsam und mit erhobenen Händen, wie er laut und deutlich hinzufügte.

Außer Mika verstand in dem Pontiac keiner ein Wort. Daher übersetzte er seinen Begleitern, was der Polizist von ihnen verlangte. Bereitwillig und mit erhobenen Armen stiegen alle aus dem Wagen.

Sören fand es zwar albern, die Hände zu heben, sagte sich aber, lieber so, als erschossen zu werden, nur weil ein finnischer Beamter einen nervösen Finger hatte.

Gloria hatte noch nie davon gehört, dass eine Frau an einem Herzinfarkt gestorben war, aber wenn das so weiterging, würde sie die Erste sein. Hoffentlich sackten ihr nicht die Beine weg. Die Polizisten könnten die Bewegung falsch deuten und dann starb sie nicht an einem Herzinfarkt, sondern an der Kugel aus der Dienstwaffe eines übereifrigen finnischen Staatsbeamten.

Brian war eingefallen, dass er seinen Führerschein doch dabeihatte. Er verspürte große Lust, sich wegen seiner Dummheit selbst eine Kugel durch den Kopf zu jagen.

Mika hätte gern weitere Komplikationen vermieden. Er erklärte den Polizisten, dass der Wagen ihm gehörte und seine Mitreisenden lediglich harmlose Ausländer seien, die kein Wort Finnisch verstünden und nach Oulu wollten.

Simo war auf dem Land groß geworden, das hieß aber noch lange nicht, dass er alles glaubte, was man ihm erzählte. Das würde noch lange nicht erklären, weshalb sie vor ihnen geflohen seien, meinte er.

Mika musste sich eingestehen, dass dies ein berechtigter Einwand war. Was sollte er darauf entgegnen, ohne Gefahr zu laufen, dass die Polizisten noch misstrauischer wurden? Am besten, er versuchte es mit der Wahrheit. Oder besser gesagt mit der halben Wahrheit. Er antwortete, sie hätten es deswegen so eilig gehabt, weil ihr irischer Begleiter in Oulu den Flieger nach Dublin erreichen wolle. Seine Freundin sei schwanger. Als er davon erfahren habe, sei er in Panik geraten und habe Irland Hals über Kopf verlassen. Jetzt habe er Gewissensbisse und wolle so schnell wie möglich zurück.

Zum Glück verstand Brian von alldem kein Wort. Es hätte

ihm womöglich die Sprache verschlagen.

Simo blieb dennoch misstrauisch. Wenn er der Eigentümer des Wagens sei, wieso er dann nicht selber fahre, fragte er Mika.

Irland sei ein kleines Land mit vielen kleinen Autos, antwortete Mika todernst. Der Ire habe so gern mal ein großes Auto fahren wollen. Diesen Wunsch habe er ihm unmöglich abschlagen können.

Simo nickte. Die Argumentation leuchtete ihm durchaus ein. Er entspannte sich. Dann habe der Ire bestimmt auch einen Führerschein, entgegnete er.

Schade, dachte Mika. Bis dahin hatte alles wunderbar geklappt. Ja, schon, antwortete er. Zu Hause in Irland.

Sowohl Simo als auch Jaakko bereitete die Antwort einiges Unbehagen. Sie starrten Brian argwöhnisch an.

Brian gefiel es überhaupt nicht, wie ihn die Polizisten fixierten. „Redet ihr über mich?", wandte er sich an Mika.

„Über deinen Führerschein, den du vergessen hast", antwortete der Finne, ohne ihn anzusehen.

„Wer sagt denn, dass ich ihn vergessen habe?"

„Du", antwortete Mika.

„Das war ein Irrtum", entgegnete Brian kleinlaut. „Ich glaube, ich habe ihn doch dabei."

Gloria warf Brian einen Blick zu, der nicht tödlicher hätte sein können. Entweder würde sie gleich einen Tobsuchtsanfall bekommen oder die Besinnung verlieren.

„Glaubst du es oder weißt du es?", hakte Mika nach.

„Moment", antwortete Brian und wollte nach seiner Brieftasche greifen, die sich in seiner Gesäßtasche befand.

Doch Jaakko brüllte, dass er seine Hände oben lassen solle. Brian verstand ihn zwar nicht, trotzdem riss er die Hände hoch. „Ich muss an meine Brieftasche", erklärte er Mika in einem Ton, als könne er die ganze Aufregung nicht begreifen.

Mika erklärte den Polizisten, dass er den Iren wohl falsch verstanden habe und der Führerschein offenbar in seiner Brieftasche sei.

Jaakko signalisierte Brian durch eine aufmunternde Geste, dass er ihm erlaube, seine Brieftasche hervorzuholen, ohne befürchten zu müssen, dass ihn eine Polizeikugel zwischen den Augen traf.

Brian ging behutsam zu Werke. Er konnte nur hoffen, dass er seinen Führerschein wirklich dabeihatte. Mit zittrigen Fingern kramte er in der Brieftasche und wurde tatsächlich fündig. Wie eine Trophäe hielt er das Dokument in die Höhe.

Das war der Moment, wo bei Gloria alle Dämme brachen. „Ich fasse es nicht!", schrie sie ihn an. „Du hast dieses blöde Dokument die ganze Zeit dabeigehabt und bringst uns in so eine Gefahr. Bist du noch zu retten? Hast du eine Ahnung, was ich wegen dir durchgemacht habe?"

Hätte sie Brian genügend Zeit gelassen, darüber nachzudenken, wäre er schnell dahintergekommen, wie es ihr die letzten Minuten ergangen sein musste. So aber empfand er es einfach nur als ungerecht, dass sie ihn anschrie.

„Hast du denn überhaupt kein Verantwortungsgefühl?", machte Gloria ihrem Ärger weiter Luft. „Glaubst du, das Leben ist eine Spielwiese?"

Jaakko verstand natürlich nichts von dem, was Gloria ihrem Kompagnon in ihrem Zorn an den Kopf warf. Aber das war gar nicht mal das Problem. Das Problem war, dass sie so unbeherrscht war. Wenn sie sich weiter so aufführte, konnte die

Situation schnell eskalieren und dann musste er womöglich doch noch von seiner Waffe Gebrauch machen, was er auf keinen Fall wollte. Er hatte noch nie auf einen Menschen geschossen und damit es so blieb, fauchte er Gloria an, dass sie gefälligst Ruhe geben solle, sonst könne er für nichts garantieren. Dass er für nichts garantieren könne, hatte er zwar nicht gesagt, aber gedacht hatte er es schon.

Gloria begriff auch ohne Übersetzung, was der Polizist von ihr wollte und stoppte den Redeschwall.

Die Polizisten steckten ihre Waffen ins Halfter zurück und ließen sich von Brian den Führerschein zeigen. Die Beamten konnten nichts Verdächtiges an dem Dokument erkennen. Daraufhin ließen sie sich von allen Vieren die Pässe zeigen. Auch mit den Pässen war alles in Ordnung. Als Nächstes inspizierten sie den Kofferraum. Verwundert blickten sie auf das zerlegte Rennrad.

Sören wurde leicht nervös. Nicht, dass die Polizisten die falschen Schlüsse zogen und das Rad konfiszierten. Sei es auch nur, weil sie Lust hatten, ihn zu ärgern. Nach allem, was passiert war, hatten sie überhaupt keinen Grund, auf irgendjemanden von ihnen Rücksicht zu nehmen. Mit Händen und Füßen erklärte er ihnen auf Englisch, was es mit dem Rennrad auf sich hatte. Damit sie ihm Glauben schenkten, zeigte er ihnen noch die Teilnahmebestätigung für das Rennen Oulu-Rovaniemi-Oulu.

Die Polizisten starrten auf das Papier und tauschten sich kurz aus. Simo gab Sören den Zettel zurück. Zu dessen Überraschung reichte ihm der Polizist die Hand und sprach einige Worte zu ihm. Als Simo mit Reden fertig war, sah Sören verdutzt zu Mika.

„Das ist Simo Puhtila", klärte ihn der Finne auf. „Ihr werdet euch in Oulu wiederbegegnen. Als Gegner und als Sportskameraden. Er nimmt ebenfalls an diesem Rennen teil. Er freut sich schon darauf, gegen dich anzutreten."

Sören stand vor Staunen der Mund offen. Irritiert wanderte sein Blick zu Simo.

Sören spürte den Respekt, den ihm der Polizist entgegenbrachte. Mit einem gewissen Stolz, den er sich jedoch nicht anmerken ließ – da war er fast so finnisch wie ein Finne –, steckte er die Teilnahmebescheinigung wieder ein. „Sag ihm, dass es mir eine Ehre ist", bat er Mika um die Übersetzung.

Simo nahm Sörens wertschätzende Worte mit einem freundlichen Nicken zur Kenntnis. Dass es der Fremde ernst meinte, konnte er in dessen Augen lesen.

Trotz der überraschenden Entwicklung war die Angelegenheit für die Polizisten damit keineswegs erledigt. Immerhin hatte sich das Quartett mit der finnischen Staatsmacht eine wilde Verfolgungsjagd geliefert. Ein derartiges Vergehen konnte natürlich nicht ungeahnt bleiben, jedenfalls soweit es den rasenden Smartboy betraf.

Simo ging zum Streifenwagen, kam mit einem elektronischen Gerät zurück, fütterte es mit den entsprechenden Informationen, druckte das Ganze aus und reichte Brian das Formular, ohne dass er große Worte machte. Statt den Iren wegen schwerer Gefährdung des Straßenverkehrs zu belangen sowie dem unstatthaften Versuch sich dem Zugriff der finnischen Polizei durch Flucht zu entziehen, hatte er sich mit einem Bußgeld wegen überhöhter Geschwindigkeit begnügt.

Brian starrte auf die Summe, die er zahlen sollte und staunte. Er hatte mit einem drei- bis vierfach höheren Betrag gerechnet. Bereitwillig zückte er seine Brieftasche und zahlte. In seiner Freude, dass er so glimpflich davongekommen war, sollten die Beamten den Rest behalten. Es wären immerhin fünfzehn Euro gewesen.

Mika hielt von dieser Großzügigkeit, die von den Polizisten schnell missverstanden werden konnte, nicht viel. Bis jetzt hatten sie großes Glück gehabt und das sollte auch so bleiben. „Was du da tust, ist versuchte Beamtenbestechung", warnte Mika den spendierfreudigen Iren. „In Finnland kommt man dafür ganz schnell ins Gefängnis."

Brian zuckte zusammen und nahm den restlichen Betrag von Simo ohne Zögern entgegen.

Plötzlich tippte Simo mit dem Finger an seine Dienstmütze, nahm aus Respekt noch einmal einen kurzen Blickkontakt mit Sören auf, mit dem er sich bald ein schönes Rennen liefern würde und nachdem er allen eine gute Weiterfahrt gewünscht hatte, setzten er und Jaakko sich in den Streifenwagen. Jaakko startete den Motor, wendete den Wagen und dann fuhren die beiden gemächlich davon, so als wäre nie etwas gewesen.

Bis auf Mika schauten alle dem Streifenwagen verblüfft hinterher.

„Das war's?" Noch mochte Brian nicht daran glauben, dass sich das Blatt zum Guten gewendet hatte.

„Du kannst dich bei Sören bedanken", entgegnete Gloria. „Ohne sein Fahrrad würdest du jetzt auf der Rückbank der Polizeistreife schmoren."

Sören empfand ihren Hinweis als nette Geste, aber wenn sie noch einmal Fahrrad zu seinem Rennrad sagte, würde er ihr den zarten Hals umdrehen.

Warum er sich bei Sören bedanken sollte, leuchtete dem

Iren zwar nicht ein, dennoch folgte er Glorias Rat und gab Sören durch einen Fingerzeig zu verstehen, dass ihm durchaus bewusst war, dass die Sache auch schlimmer hätte enden können.

Mika, der den Iren auf keinen Fall mehr ans Steuer lassen wollte, nahm wortlos auf dem Fahrersitz Platz. Als alle im Wagen saßen, drehte er den Zündschlüssel um, doch der Wagen sprang nicht an. Lediglich der Anlasser drehte sich und das machte dieser richtig gut, als wäre er darum bemüht, erst gar nicht den Verdacht aufkommen zu lassen, es könnte an ihm liegen, dass sich der Pontiac nicht von der Stelle rührte.

Mika unternahm einen weiteren Versuch, den Motor zu starten. Das Ergebnis war um keinen Deut besser.

Brian, der zuletzt am Steuer gesessen hatte, war auf der Rückbank etwas kleiner geworden. Weil er sich dabei unbehaglich fühlte, hatte er verständlicherweise ein Interesse daran, sich abzulenken. Er nahm den Camcorder in die Hand und schaute sich die Aufnahmen an, die Sören von der Verfolgungsfahrt gemacht hatte. Das Unbehagen ließ tatsächlich ein wenig nach, aber so ganz wollte es nicht verschwinden.

Sören hatte bereits eine ungefähre Vorstellung davon, was sie mit dem Iren machen könnten, falls der Pontiac streiken sollte (wem sie das zu verdanken hatten, stand ja wohl einwandfrei fest).

Mika war sich darüber im Klaren, dass er die Ruhe bewahren musste. Der Pontiac würde es spüren, wenn er an ihm zweifelte und womöglich störrisch bleiben. Erneut drehte er den Schlüssel im Zündschloss um. Endlich sprang der Motor an.

Gloria warf Mika einen spöttischen Blick zu, als wollte sie ihm zu verstehen geben, sie hätte durchschaut, dass das Gan-

206

ze bloß ein Gag von ihm war, nur um es ein bisschen spannender zu machen.

Der markante Sound des Oldtimers ließ Sören aufatmen. Er hätte nicht sagen können, was er mit Brian angestellt hätte, wären sie in dieser Einöde liegen geblieben.

Während Mika den Pontiac in Schrittgeschwindigkeit zurück zur Landstraße lenkte, fühlte sich Brian immer besser. Lachend zeigte er Sören die Aufnahmen. Sie waren zwar etwas verwackelt, aber fürs Netz reichte es allemal. Die Leute würden auf jeden Fall ihren Spaß haben, wenn sie das Video anklickten. Brian sah sich die Verfolgungsjagd immer wieder an und amüsierte sich köstlich. Er wollte Gloria die Aufnahme zeigen. Die winkte ab. Sie verstand den Iren nicht. Statt froh darüber zu sein, dass er ungeschoren davongekommen war, machte er sich auch noch über die Polizisten lustig.

Sören, der er sich angewöhnt hatte, sich aus allem herauszuhalten, weil er in seinem Leben damit am besten gefahren war, fing an, sich an Brians Schadenfreude zu stören. Er fand, dass die Polizisten mehr Respekt verdient hatten. Immerhin teilte er mit einem von ihnen dieselbe Leidenschaft. Sie waren Gleichgesinnte, Männer, die einander achteten. Sören konnte es daher nicht zulassen, dass Brian vorhatte, den Mann als globale Lachnummer ins Netz zu stellen. „Zeig noch mal", sagte er zu dem Iren.

Brian reichte Sören lachend die Kamera. Das Lachen verging ihm aber, als er bemerkte, dass sich Sören am Menü zu schaffen machte. "Was tust du da?".

„Keine Bange", antwortete Sören seelenruhig. „Ich kenne mich damit aus. Ich habe das gleiche Gerät zu Hause." Zufrieden gab er Brian den Camcorder zurück.

Argwöhnisch untersuchte der Ire, ob Sören vielleicht aus Versehen etwas verändert hatte. Es dauerte nicht lange und seine Befürchtung wurde aufs Schlimmste bestätigt.

„Wo sind die Aufnahmen?", jammerte er. „Was hast du getan?"

„Welche Aufnahmen?", stellte sich Sören dumm.

„Von der Verfolgungsjagd! Du hast sie gelöscht!"

„Wirklich? Das tut mir aber leid", entgegnete Sören scheinheilig.

Brian manövrierte sich durch das Menü, um zu retten, was zu retten war, aber Sören hatte ganze Arbeit geleistet. „Verdammt! Das hast du mit Absicht getan!"

Gloria konnte sich denken, weshalb Sören so gehandelt hatte. Zufrieden grinste sie vor sich hin.

Auch Mika konnte sich ein Schmunzeln nicht verkneifen.

25

An der Hauptstraße angekommen, fuhr Mika weiter Richtung Vitasaari, bis er auf die E 75 stieß. Von Vitasaari ging es nach Pihtipudas und immer weiter Richtung Pyhäjärvi. Mika blieb auf der E 75 und fuhr an Pyhäjärvi vorbei. Schließlich näherten sie sich einer Kreuzung. Schon von weitem entdeckte Gloria am rechten Straßenrand eine Glocke. Sie hing an einer Konstruktion, die wie ein auf den Kopf gestelltes U aussah. Die Glocke hatte einen Anstrich, der auf den ersten Blick mit echtem Gold leicht zu verwechseln war. Gloria überlegte, was die Glocke bedeuten könnte. In Höhe der Kreuzung wurde sie auf weitere Glocken aufmerksam. Die Glocken waren überdacht und bunt angestrichen. Gloria zählte drei Unterstände, der größte von ihnen hatte zwei Etagen.

„Was ist das?", fragte sie Mika, nachdem sie die ampelfreie Kreuzung überquert hatten.

„Das Glockenmuseum von Vaskikello."

„Warum sind die Glocken so bunt angemalt?"

„Finnische Kreativität." Er hätte auch sagen können, dass er es nicht wusste. Er hatte es nicht so mit Glocken.

Gloria verzichtete auf weitere Fragen.

Kärsämäki wäre der nächste größere Ort gewesen. Wäre. Aus unerfindlichen Gründen fuhr der Pontiac nicht mehr ganz so sauber wie zuvor. Irgendetwas stimmte nicht. Anfangs war kaum etwas davon zu spüren, aber dann machte sich Mika langsam Sorgen. Als wäre etwas mit den Kontakten nicht in Ordnung oder was auch immer der Wagen auf einmal hatte.

Schließlich merkten auch die anderen Insassen, dass der Pontiac zu kämpfen hatte.

„Was ist mit dem Wagen?", fragte Gloria, die von defekten Autos und sonstigen Zwischenfällen die Nase voll hatte.

Mika blieb ihr die Antwort schuldig. Selbst wenn er es gewusst hätte, hätte sie sich nicht besser gefühlt.

„Wir haben doch erst getankt", meinte Gloria. Sie nahm es dem Pontiac übel, dass er so ein Spielchen mit ihnen trieb, nach all den Unannehmlichkeiten, die sie gehabt hatten.

Mika hatte einen Verdacht, der ihn aber nicht weiterbrachte. Dass der Pontiac auf einmal so zickte, könnte durchaus etwas mit dem Iren zu tun haben und dessen unorthodoxer Fahrweise, als er tatsächlich geglaubt hatte, er könnte zwei beherzten finnischen Polizisten entkommen.

Sören hatte ähnliche Gedanken. Selbst Brian konnte nicht hundertprozentig ausschließen, dass der Pontiac unter der Verfolgungsfahrt gelitten hatte, aber so lange es noch tausend andere Gründe für das eigenwillige Verhalten des Oldtimers gab, sah er gar nicht ein, die alleinige Schuld auf sich zu nehmen. Und so schlecht hatte er den Pontiac nun auch wieder nicht behandelt.

Der Pontiac stotterte nicht nur stärker, er verlor auch an Geschwindigkeit.

„Toll", sagte Gloria. Sollte sie jemals noch einmal nach Finnland kommen, würde sie mit dem Zug durch die Gegend reisen, was allein schon der Umwelt zuliebe sinnvoller war.

Mika streichelte das Armaturenbrett und murmelte etwas auf Finnisch. Es waren beruhigende und verständnisvolle Worte.

Gloria konnte nicht glauben, dass Mika, den sie für den Vernünftigsten unter ihnen gehalten hatte, mit dem Wagen sprach. So etwas Lächerliches hatte sie noch nicht erlebt. Sie schüttelte leicht den Kopf und starrte aus dem Seitenfenster. Das Birkenwäldchen, auf dem ihre Augen ruhten, nahm sie nicht wirklich wahr und auch nicht die kleine Gruppe junger Tannen, die sich beinahe schützend vor einigen der Birken aufgebaut hatten. Trotz ihres Ärgers versuchte Gloria an nichts zu denken. Es hätte womöglich auch geklappt, wäre da nicht *huuhteluaine* gewesen, der auf einmal in ihrem Kopf herumschwirrte. Wie hatte sie nur so dumm sein können, sich auf solch ein blödsinniges Abenteuer einzulassen? Dumm? Übertrieb sie es nicht ein bisschen mit ihrer Skepsis? War es wirklich so absurd, ihren Chatpartner in Oulu zu treffen? Was konnte ihr denn schon großartig passieren? Sie war ja nicht nach Finnland gereist, um ihn zu heiraten. Sie würden sich vielleicht nett unterhalten und danach würde Gloria wieder nach Hause reisen, so einfach war das. Sie könnten auch weiterhin miteinander chatten. An ihr sollte es nicht liegen.

Mika fuhr weiter die E 75 entlang. Wenn der Wagen noch zwei, drei Kilometer mitmachte, wäre ihm schon geholfen. Bemüht, seinen Besitzer nicht noch mehr zu enttäuschen, hielt der Pontiac tapfer durch. Nach einem Wäldchen und einer großen Weide tauchten auf der Fahrerseite hinter einer Baumgruppe ein paar Häuser auf. Die Häuser gehörten zu einem recht ansehnlichen Gehöft. Mika bog links ab. Gleich zu Beginn des Schotterwegs, den sie entlangfuhren, standen rechter Hand zwei hellgrün angestrichene Bretterbuden. Sie machten keinen besonders einladenden Eindruck und schienen auch nicht bewohnt zu sein. Die Außenwände waren vermutlich seit Jahren nicht mehr gestrichen worden. Sören tippte darauf, dass die Hütten einst als Unterkünfte für die Knechte und Mägde gewesen waren oder für Saisonarbeiter. Gegenüber den Bretterbuden säumten mehrere Schuppen den Weg. Sören zählte fünf stattliche Gebäude, alle waren sie kupferfarben angestrichen.

Der Schotterweg war zu beiden Seiten mit Autos zugeparkt. Mika wunderte sich darüber. Behutsam lenkte er den Pontiac Richtung Haupthaus. Beim letzten Schuppen hatte man die Wiese zu einem Parkplatz umfunktioniert. Dort entdeckte Mika eine Lücke, groß genug für den Oldtimer.

„Scheint ja eine Menge los zu sein", stellte Brian verblüfft fest, während Mika einparkte.

Mika entgegnete nichts und stieg aus, was die anderen dazu veranlasste, dies ebenfalls zu tun. Erstaunt blickte sich Mika um. So viele Autos hatte er auf dem Gehöft noch nie gesehen. Ein Mann in einem unvorteilhaft sitzenden Anzug erweckte seine Aufmerksamkeit. Mika kannte den Mann. Er stand neben einem ockerfarbenen Pick-up und rauchte gemütlich eine Zigarette. Es war Lauri.

In anderen Ländern wäre man sich vermutlich vor lauter Wiedersehensfreude um den Hals gefallen oder hätte sich sonst wie lautstark begrüßt. Mika und Lauri dagegen begnügten sich damit, einander die Hand zu reichen, dabei sahen sie sich kurz in die Augen. Die Herzlichkeit, die in ihren Blicken lag, war unverkennbar, jedoch nur für einen waschechten Finnen ersichtlich. Die beiden waren nicht nur Cousins, sondern in ihrer Kindheit auch dicke Freunde gewesen. Wenn Mika in den Ferien seine Großmutter besucht hatte, war er immer gleich zu Lauri geflitzt, um mit ihm zu spielen und dann waren sie mit dem Ruderboot hinaus auf den See gerudert. Und während sie sich langsam vom Ufer entfernt hatten, war das Boot zu einem Piratenschiff und der See zum tosenden Ozean geworden. Im Laufe der Jahre hatten sie sich zunehmend aus den Augen verloren.

Lauri zeigte sich über Mikas Anwesenheit verwundert. Dass sein alter Freund zu Petteris Achtzigstem kommen würde, hatte ihm niemand gesagt. Petteri gehörte das Gehöft.

Mika klärte den Irrtum auf. Er sei nicht wegen Petteri da, sondern weil sein Wagen streikte. Ob er sich den Pontiac mal anschauen könne. Sie seien auf dem Weg nach Oulu.

Lauri rieb sich kurz das Kinn. Er war Landschaftsgärtner, aber vom Innenleben eines Motors hatte er genauso viel Ahnung. Er bat Mika, die Motorhaube zu öffnen und den Wagen anzulassen.

Sören und Brian leisteten Lauri Gesellschaft. Zu dritt starrten sie auf den Motor. Sören hatte verschiedene Theorien, weshalb der Pontiac so gestottert hatte. Er sprach diese Theorien aber nicht laut aus. Brian dachte am allerwenigsten über mögliche Ursachen nach. Er war einfach nur fasziniert von der Größe des Motors. Wow!

Gloria blieb dort, wo sie war. Ob sie nun zu dritt oder zu viert den Motor anglotzten, machte für sie keinen Unterschied. Selbst wenn sie etwas von Motoren verstanden hätte, wäre sie nicht hingegangen. Schon allein aus Protest. Gegen wen oder was auch immer er gerichtet war.

Mika versuchte den Motor zu starten, doch der Wagen sprang nicht mehr an. An der Batterie konnte es nicht liegen. Die gab ihr Bestes, wie jeder hören konnte.

Gloria warf Brian einen Blick zu, der nicht eindeutiger hätte sein können. *Du bist schuld*, konnte man in diesen Augen lesen.

Brian fing den Blick zufällig auf, starrte aber sofort wieder auf den Motor, wo sich nach wie vor nichts tat.

213

Lauri nickte. Um herauszufinden, was der Pontiac hatte, müsste er sich den Motor genauer ansehen, aber nicht in seinen besten Klamotten, die er nur sonntags oder zu ganz bestimmten Anlässen trug. Sie sollten doch einfach mitfeiern, schlug er vor. Anitta, Mikas Großmutter, wäre ebenfalls da. Sie würde sich bestimmt freuen, ihn zu sehen.

Mika war nicht sicher, ob auch er sich auf das Wiedersehen freuen würde. Im Prinzip gab es keinen Grund, sich vor der Begegnung zu fürchten. Mit seiner Großmutter hatte er sich immer prima verstanden. Wenn es nur nicht so ein verflucht ungünstiger Zeitpunkt gewesen wäre. Wie er die Sache auch drehte, er musste da durch. Er war schon neugierig darauf, wie Gloria reagieren würde, wenn sie erfuhr, dass sie die Weiterfahrt erneut verschieben mussten.

„Habt ihr schon mal eine finnische Geburtstagsfeier erlebt?", fragte er in die Runde.

„No!", rief Brian in freudiger Erwartung eines einzigartigen, kulturellen Höhepunktes.

„Dann werdet ihr jetzt eine erleben", entgegnete Mika. Wahrscheinlich unterschied sich eine finnische Geburtstagsfeier kaum von einer irischen oder einer deutschen Festivität, dachte Mika, außer der Musik vielleicht und einiger landestypischer Getränke und Speisen, aber wenn man sich in einem fremden Land aufhielt, kam einem selbst das gewöhnlichste Saufgelage exotisch vor. Darauf spekulierte er – dass eine finnische Geburtstagsfeier, wie sie gang und gäbe war, durch die Brille des Reisenden zu etwas ganz Besonderem wurde. Bei Brian schien er schon mal an der richtigen Adresse zu sein.

Der war aber auch der Einzige, der die Neuigkeit mit Begeisterung aufnahm. Sören hasste Feierlichkeiten gleich wel-

214

cher Art. Zu viele Menschen. Zu viel Schnickschnack. Zu viel Aufschneiderei. Feierlichkeiten in einem Land, dessen Sprache er nicht beherrschte und dessen Sitten ihm fremd waren, hasste er noch viel mehr. Seine Unwissenheit war einfach zu groß, als dass er sich in solch einem Umfeld hätte wohlfühlen können. Da erging es ihm wie vielen anderen Menschen. Nur half ihm das nicht weiter. Hätte man ihm gesagt, dass er auf eine Gruppe von finnischen Rennfahrern trifft, wäre der Schock nicht ganz so groß gewesen.

Gloria war zwar Sternzeichen Fische, deswegen fiel sie noch lange nicht auf jeden Köder herein. „Kann es sein, dass die Geburtstagsfeier eine beschönigende Umschreibung dafür ist, dass wir heute nicht mehr weiterfahren?"

„Die finnische Gastfreundschaft ist legendär", entgegnete Mika bloß.

Noch so ein Köder, dachte Gloria, sagte aber nichts. Sie wollte nicht Gefahr laufen und Mika durch ein unbedachtes Wort beleidigen. Es gehörte sich nicht, in Anwesenheit eines Finnen über die finnische Gastfreundschaft zu lästern, auch wenn man nicht sonderlich intelligent sein musste, um seine Absichten zu erraten, die einzig den Zweck hatten, sie zu besänftigen, damit sie sich nicht gleich wieder aufregte. Dabei hatte sie gar nicht vorgehabt, sich aufzuregen. Es wäre auch gar nichts passiert, hätte Brian sie nicht so zufrieden und selbstgefällig angeschaut. Gloria fühlte sich sofort provoziert und schüttelte fast schon verächtlich den Kopf.

Brian war nun ziemlich sicher, dass Gloria ihm die Schuld an dem erneuten Zwischenstopp gab. „Warum sagst du nicht laut, was du denkst? Warum sagst du nicht, dass ich schuld dran bin? Komm, sag es!"

215

Gloria reichte es. Was bildete sich dieser Kerl eigentlich ein? „Scheiße, wer ist denn wie ein Irrer durch die Gegend geheizt? Darunter würde doch jedes Auto leiden!"

Brian starrte sie grimmig an, stieß einen Laut aus, wie man ihn ausstößt, wenn man seinem Gegenüber mitteilen möchte, dass er von Tuten und Blasen (in diesem Fall also von Autos) keine Ahnung hat und dass es unverschämt war, so zu tun, als hätte man welche, kickte verärgert einen Stein weg, der beinahe gegen ein Auto geflogen wäre, und gesellte sich zu Sören. Nervös fuhr er sich mit der Hand über den Mund. Was, wenn Gloria recht hatte und er wirklich schuld an dem ganzen Schlamassel war? In diesem Fall wäre er nicht nur ein irischer Idiot gewesen, sondern auch noch ein undankbarer irischer Idiot, denn nur ein undankbarer irischer Idiot würde sich seiner Lebensretterin gegenüber so verhalten. Daher wäre es für ihn eine große Hilfe gewesen, wenn Mika und Sören ihn von jeglichem Verdacht freigesprochen hätten. Dann wäre er sich nur noch halbwegs wie ein undankbarer irischer Idiot vorgekommen.

Von Mika und Sören konnte er jedoch keine Unterstützung erwarten. Auch sie neigten inzwischen dazu, Brian eine gewisse Mitschuld zu geben.

26

Auf dem Weg zum Haupthaus versprach Lauri Mika, sich um den Wagen zu kümmern. Wann das sein würde, sagte er nicht. Für Mika war das nicht wichtig. Wenn Lauri sagte, dass er sich um den Wagen kümmern werde, dann tat er das auch und zwar in einem Zeitraum, der für alle Beteiligten akzeptabel war.

Sören rechnete an Hand der geparkten Wagen hoch, wie viele Gäste ungefähr da sein würden und kam auf eine Zahl, die ihn leicht schwindlig werden ließ. Ohne hochprozentigen Beistand würde er die Feier nicht überstehen.

„O shit!", rief Brian und bat Mika um den Autoschlüssel. Er hatte den Camcorder im Pontiac gelassen.

Mika sah keinen Grund, ihm den Schlüssel zu verwehren. Mit dem Wagen konnte der Ire keine Dummheiten mehr anstellen.

Brian fing den Schlüssel auf, den Mika ihm zugeworfen hatte, und rannte zum Wagen zurück.

Gloria ging mit den anderen weiter auf das Haupthaus zu. Eigentlich sah das Wohngebäude, das in einem grünbeigen Farbton gestrichen war, wie viele andere finnische Häuser aus und dennoch hatte es etwas Herrschaftliches an sich, ohne dass Gloria hätte festmachen können, woran das liegen könnte. An der Gaube wohl kaum, obwohl sie mit ihren vier Fenstern ein recht imposantes Ausmaß hatte. Ungewöhnlich war eher der Vorbau, der Gloria an einen Tempel erinnerte, mit dem kleinen Unterschied, dass die Säulen fehlten. Solch einen Anbau hatte sie noch bei keinem finnischen Haus gesehen. Im Gegenzug zu den Hütten an der Straße, befand sich das

Hauptgebäude in einem tadellosen Zustand. Der Eingang befand sich an der Seite und war großzügig überdacht.

Lauri führte Mika hinters Haus, wo mehrere Sitzbänke aufgebaut waren, an denen zahlreiche Geburtstagsgäste hockten, die das Geburtstagskind lautstark hochleben ließen und sich mit Fruchtsäften und alkoholischen Getränken zuprosteten.

Angesichts der feiernden Schar verspürte Sören urplötzlich das Verlangen, auf der Stelle umzukehren, sich sein Rennrad samt Gepäck zu schnappen und sich auf den Weg nach Oulu zu machen. Zum Glück fand die Feier im Freien statt. Zur Not würde er sich in den Wald verziehen, der ganz in der Nähe war (zu Fuß hätte Sören maximal zweieinhalb bis drei Minuten gebraucht) oder er vertrieb sich die Zeit irgendwo am See, der sich nur einen Steinwurf weit vom Haus befand. So gesehen, lag das Gebäude geradezu optimal. Zum Wohnen und zum Feiern wie auch für ungeladene Gäste mit einem Fluchtplan im Kopf.

Mika glaubte, seinen Namen zu hören, und schaute sich in der Runde um. Anitta, seine Großmutter, war gerade aus dem Haus gekommen und traute ihren Augen nicht. Als sie begriff, dass ihr die Sinne keinen Streich spielten, strahlte sie über das ganze Gesicht. Mika ging ohne Eile auf seine Großmutter zu und ließ sich von der um einen Kopf kleineren Frau herzlich umarmen. Noch in der Wiedersehensfreude tadelte sie ihn, weshalb er ihr nicht Bescheid gesagt habe, dass er komme. Kleine Überraschung, murmelte er, fügte aber hinzu, dass er geschäftlich unterwegs sei, sein Wagen jedoch Schwierigkeiten mache und er es gerade noch hierher geschafft habe. Dass er auf dem Weg nach Oulu war, erwähnte er nicht. Wenn sie erfuhr, dass er nach Oulu wollte, würde sie zwangsläufig an Pihla denken, vor allem aber an Leevi, ihren Enkel, den sie über alles geliebt hatte. Womöglich würde die Erinnerung über sie herfallen wie eine angetrunkene Straßengang über einen Obdachlosen und ihrer Seele schweren Schaden zufügen. Dieses Risiko wollte Mika auf keinen Fall eingehen.

Nachdem Mika ihr auf Anfrage bestätigt hatte, dass es ihm gut ging (es gab keinen Grund für ihn, das Gegenteil zu behaupten), erkundigte sie sich bei ihm, ob er Petteri schon zum Geburtstag gratuliert habe. Und weil er eben erst angekommen war und daher noch keine Gelegenheit dazu gehabt hatte, holte er das jetzt nach.

Gloria und Sören trotteten hinter ihm her.

Petteri, das Geburtstagskind und Großvater von Henriikka, die Lauri vor acht Jahren geheiratet hatte, saß an einem der Sitzbänke und schaute vor sich hin. Dass er achtzig Jahre auf dem Buckel hatte, sah man ihm deutlich an. Sein ganzes Leben hatte er auf dem Gehöft und auf den Feldern geschuftet. Nach einem Unfall mit dem neuen Traktor hatte er den Hof Voitto überschrieben, seinem einzigen Sohn. Den Unfall hatte er seinen schlechten Augen zu verdanken. Dass er schlecht sah, hatte Voitto schon länger vermutet, doch Petteri hatte das stets abgestritten. Einen Augenarzt aufzusuchen, hatte er stets als Zeitverschwendung betrachtet. Der Alte konnte froh sein, dass der Fahrer, den er beim Einbiegen in die Staatsstraße übersehen hatte, nur leicht verletzt worden war. Nach diesem Unfall war Peterri zur Einsicht gelangt, dass es wohl Zeit war, den Hof seinem Sohn zu überschreiben. Der Entschluss war ihm umso leichter gefallen, da er Voitto schätzte. Voitto konnte zupacken, handelte besonnen und traf die richtigen Entscheidungen. Um die Zukunft des Hofs musste sich Petteri also keine Sorgen machen. Eher um seine Augen. Petteri hatte das Gefühl, dass sie von Tag zu Tag schwächer wurden. Kaum noch etwas zu sehen, entsprach so gar nicht seiner Vorstellung vom Älterwerden und war höchstens an einem Tag wie diesem vorteilhaft. Petteri hatte nichts dagegen, dass man seinen Geburtstag feierte, er hatte nur etwas dagegen, wenn man so einen Wind davon machte. Hätte er gesehen, wie viel Mühe man sich gegeben hatte, den Garten mit Girlanden, Fähnchen und Wimpeln zu schmücken, hätte er den Kopf geschüttelt und alle für verrückt erklärt. Weil er diese Dinge aber nicht sah, gab es auch nichts, worüber er sich hätte aufregen können. Sicher mit ein Grund, dass er einfach nur dahockte und einen recht zufriedenen Eindruck machte.

Anitta begleitete Mika zu Petteri. Der Alte drehte etwas den Kopf und erkannte schemenhaft eine Person vor sich. Hätte Anitta nicht gesagt, wer zu ihrer großen Freude erschienen war, hätte er schon raten müssen, mit wem er es zu tun hatte und im Raten war er nie besonders gut gewesen.

Petteri nickte mit dem Kopf. Er musste nicht lange überlegen, wer Mika war. Prima Junge. Feiner Kerl (sofern er da nichts durcheinanderbrachte). Petteri hielt nichts von überflüssigen Begrüßungsformeln und forderte Mika dazu auf, sich irgendwo hinzusetzen und ordentlich mitzufeiern, solange es noch etwas zu feiern gab. Er würde schließlich nicht jünger werden, meinte er noch.

Mika bedankte sich, vergaß aber nicht, dem alten kahlköpfigen Mann zum Geburtstag zu gratulieren, wobei er darauf achtete, dass ihm kein Wort zu viel über die Lippen kam. Petteri hätte ihn sowieso nicht ausreden lassen.

Jetzt erst bemerkte Anitta, dass Mika nicht allein war. Die

220

Frau an seiner Seite verunsicherte sie. Freundlich erkundigte sie sich, ob er Freunde mitgebracht habe.

Gloria und Sören standen ein wenig verloren da. Wie Hänsel und Gretel im Wald, die nicht wussten, welche Abzweigung sie nehmen sollten.

Mika wollte die beiden gerade vorstellen, als Brian mit seinem Camcorder herbeigeeilt kam. Da der Ire keine Anstalten machte, den Schlüssel zurückzugeben, streckte Mika demonstrativ die Hand aus. Auch wenn der Pontiac nicht einsatzbereit war, fühlte er sich wesentlich wohler, wenn sich der Schlüssel in seinem Besitz befand.

„Sorry", sagte Brian und gab ihm den Schlüssel zurück.

Freunde wäre vielleicht zu viel gesagt, relativierte Mika Anitta gegenüber sein Verhältnis zu seinen Begleitern. Sie seien hierhergekommen, um Finnland und seine Menschen kennenzulernen.

Anitta mochte junge Leute, die mit freundlichen Absichten in ihr Heimatland kamen. Neugierde war das Tor zur Welt.

„Das ist Gloria, die Rettungsschwimmerin", fing Mika mit der Vorstellung an. „Sören, der Radrennfahrer. Und Brian, der Hobbyfilmer."

Anitta lächelte den drei Fremden freundlich zu und hieß sie willkommen.

„Das ist meine Großmutter", wandte sich Mika an seine Mitreisenden und übersetzte ihren Willkommensgruß.

Gloria lächelte freundlich zurück.

Anitta hätte sich noch gern mit Mika weiterunterhalten, wurde aber gerufen, weil sie in der Küche gebraucht wurde. Es werde bestimmt noch mehr als eine Gelegenheit geben, ein paar Worte miteinander zu wechseln, sagte sie, bevor sie ging.

„Meinst du, jemand hätte etwas dagegen, wenn ich die Feier filme?", wandte sich Brian an Mika. Er fand es aufregend, Zeuge einer finnischen Geburtstagsfeier zu sein und würde gern die ganze Welt daran teilhaben lassen.

„Ich weiß nicht", antwortete Mika. „Zumindest solltest du einen verdammt guten Anwalt haben. Oder ein paar Millionen auf deinem Konto."

Sören, dem sofort klar war, worauf Mika anspielte, musste leicht grinsen.

Brian dagegen hatte Mühe, Mika zu verstehen. „Wieso?", fragte er irritiert.

„Du weißt, was eine Sammelklage ist?", entgegnete Mika.

„Ja. Warum?"

„Damit würde ich an deiner Stelle rechnen, falls du auf die Idee kommen solltest, Aufnahmen von der Feier ins Netz zu stellen. Hier sind mindestens hundert Leute, deren Rechte du mit einer Veröffentlichung verletzen würdest. Das könnte ziemlich teuer für dich werden."

Brian fühlte sich durchschaut. Er versicherte, dass er nur zum Privatvergnügen filmen würde. Plötzlich hatte er keine Lust mehr, die Feier im Bild festzuhalten. Ein bisschen merkte man ihm das auch an.

Mika war zufrieden. Er hatte erreicht, was er erreichen wollte. Während er sich nach freien Sitzplätzen umschaute, entdeckte er ein paar bekannte Gesichter. Sobald jemand Bekanntes zu ihm hersah, nickte er der Person kurz zu. Das Bedürfnis hinzugehen, hatte er nicht.

Sören hätte jetzt gut etwas Hochprozentiges vertragen können. Die vielen Leute verursachten bei ihm eine zunehmende Beklemmung.

Plötzlich ergriff jemand Mikas Hand. Die Hand war sehr klein und gehörte einem fünfjährigen Mädchen, Tuula, Lauris Tochter. Das letzte Mal, dass Mika etwas so Kleines, Sanftes und Zerbrechliches in seiner Hand gespürt hatte, war ewig her. Für einen Augenblick dachte er, es wäre Leevis Hand, die er spüren würde. Ein Stich wie mit einer langen dünnen kalten Nadel ging ihm durchs Herz und verursachte bei ihm eine Benommenheit, die nur langsam nachließ. Selbst das Atmen viel ihm für einen Augenblick schwer.

Tuula legte den Kopf in den Nacken und schaute zu Mika hinauf. Ihr Papa hätte gesagt, dass er mitkommen solle, sagte sie und zog Mika an der Hand.

Wer denn ihr Papa sei, fragte Mika. Da er keine Antwort erhielt, ließ er sich ohne Gegenwehr von Tuula ziehen. Er musste wieder an Leevi denken und wie glücklich es ihn machen würde, wenn die kleine Hand ihm gehörte.

Tuula führte ihren Auftrag aus und brachte Mika zu Lauri, der mit Henriikka, seiner Frau und Viivi, seiner jüngeren Schwester, an einem der Tische saß. Der Tisch war nicht ganz besetzt, sodass sich Mika, nachdem er Henriikka und Viivi zur Begrüßung kurz zugenickt hatte, zu Lauri gesellte. Gloria nahm neben Mika Platz, während sich Sören und Brian auf der gegenüberliegenden Bank niederließen.

Tuula hatte Mika längst losgelassen, trotzdem spürte er noch immer ihre kleine, warme Hand in seiner Handfläche. Mika beobachtete sie eine Weile. Dass Lauri eine Tochter hatte, wusste er, er hatte sie aber nie zu Gesicht bekommen. Er beneidete Lauri wegen der Kleinen.

Lauri bemerkte Mikas Blick, wagte aber nichts zu sagen, aus Angst, er könnte alte Wunden aufreißen. Er erinnerte sich

daran, wie Mika ihn vor Jahren einmal mit Pihla und Leevi besucht hatte. Leevi hatte damals gerade laufen gelernt. Das war
viele Jahre her. Da war Henriikka mit Tuula gerade hoch-
schwanger gewesen.

Ob die Kleine schon zur Schule gehe, wollte Mika wissen.

Nächstes Jahr, antwortete Lauri.

Mika nickte. Kinder waren etwas Schönes. Sie konnten einen so glücklich machen.

27

Sören suchte auf dem Tisch nach einem geeigneten Getränk gegen seine Beklemmungen. Es war schon spät am Nachmittag, aber für Hochprozentiges offensichtlich noch nicht spät genug. Er bezweifelte, dass er es unter diesen Bedingungen lange am Tisch aushalten würde.

Mika nahm die Kaffeekanne, die vor ihm stand und bot Gloria an, ihr einzuschenken. Gloria zögerte einen Augenblick. An finnischen Kaffee hatte sie keine so gute Erinnerung. Sie sagte sich aber, dass es unfair wäre, aufgrund eines einzigen Geschmackserlebnisses ein Gesamturteil zu fällen. Vielleicht schmeckte der Kaffee ja hier anders. Sie war bereit, der finnischen Kunst des Kaffeeröstens eine zweite Chance zu geben und lächelte Mika aufmunternd zu.

Mika schenkte ihr ein. Dasselbe tat er bei Brian, nur Sören lehnte ab. Er befürchtete, der Kaffee könnte seine Beklemmungen noch verstärken.

„Greift zu", sagte Mika und deutete auf den Kuchen, von dem reichlich auf dem Tisch stand.

Brian tat sich ein Stück Blaubeerkuchen auf den Teller, Gloria nahm sich ein Stück Gewürzkuchen (ohne zu wissen, dass es sich um Gewürzkuchen handelte) und Sören entschied sich nach langem Zögern für den Nusskuchen. Obstkuchen oder Sahnetorte mochte er nicht. Nüsse dagegen aß er für sein Leben gern. Die Glasur aus Puderzucker und Zitronensaft hätte man allerdings weglassen können.

Henriikka hatte von Lauri erfahren, dass sich Mika auf dem Weg nach Oulu befand. Ob er lange dortbleiben wolle, fragte sie ihn.

Mika, der sich ebenfalls von dem Gewürzkuchen aufgetan hatte, schüttelte den Kopf. Im Alter von elf, zwölf Jahren war er in Henriikka furchtbar verliebt gewesen. Da er sich aber meist nur in den Ferien bei seiner Oma aufhielt, hatte er sie nicht so oft sehen können wie Lauri, der sich ebenfalls in Henriikka verliebt hatte. Dadurch hatten sich für Mika die Chancen verringert, Henriikka für sich zu gewinnen. Während Lauri mit Mika ganz offen darüber sprach, dass er Henriikka liebte, hatte Mika seine Gefühle für sich behalten. Selbst wenn sie seine Gefühle erwidert hätte, hätte Lauri die Zeit, in der Mika abwesend war, nutzen können, Henriikka zurückzuerobern. Außerdem wollte er nicht wegen eines Mädchens seine Freundschaft zu Lauri aufs Spiel setzen. Dass die beiden später heirateten, hatte Mika dann doch ein wenig überrascht. Als Lauri ihn gebeten hatte, sein Trauzeuge zu sein, hatte Mika sofort zugesagt.

Gloria war vom Kuchen, den sie sich auf den Teller getan hatte, fasziniert. Sie hatte selten so etwas Würziges gegessen. „Der schmeckt toll. Was ist das für ein Kuchen?".

„Mummun Maustekakku", antwortete Mika.

Jetzt weiß ich es aber, dachte Gloria eingeschnappt und nahm sich vor, keine derartigen Fragen mehr zu stellen.

Sören musste leicht grinsen. Er ging davon aus, dass Mika sich den Namen hatte einfallen lassen. *Mummun Dingsbumskakku.* Was für ein herrlicher Blödsinn.

Mika ahnte, dass Gloria ihm nicht glaubte. „Das heißt wirklich so", sagte er. „Mummun Maustekakku ist ein Gewürzkuchen."

Gloria war nun bereit, ihm zu glauben. Ohne daran zu denken, welche Erfahrung sie ein paar Stunden zuvor mit finnischem Kaffee gemacht hatte, nahm sie einen Schluck aus der

Tasse. Sie erinnerte sich erst wieder daran, als es zu spät war. Erst kriegte sie einen Schreck, aber dann stellte sie fest, dass das Ergebnis gar nicht mal so übel war. Der Kaffee schmeckte jedenfalls besser, als der von der Tankstelle. Zwar nicht zu vergleichen mit dem Kaffee von zu Hause, aber genießbar war er allemal. Um sicher zu gehen, dass sie sich nicht getäuscht hatte, trank sie noch einen Schluck. Doch, der Kaffee überzeugte sie.

„Und?", erkundigte sich Mika.

Gloria schaute ihn fragend an, dann begriff sie, dass es ihm um den Kaffee ging.

„Schmeckt prima", antwortete sie. Prima war etwas übertrieben, aber wenn sie damit ein paar Punkte wettmachen konnte, die er ihr mit Sicherheit wegen ihrer schlechten Laune am Morgen abgezogen hatte (hätte sie an seiner Stelle auch getan), sollte es ihr nur recht sein.

Henriikka war auf Gloria neugierig geworden. Ob das seine Freundin sei, wollte sie von Mika wissen. Sie fragte nur deswegen so unverblümt, weil Gloria kein Finnisch verstand.

Mika verneinte. Mehr gab es dazu seiner Ansicht nach nicht zu sagen.

So ganz wollte Henriikka ihm das nicht abnehmen. „Keinerlei Ambitionen?", hakte sie nach und grinste provozierend in seine Richtung.

Lauri mochte es nicht, wenn Henriikka so direkt war. Verärgert warf er ihr einen Blick zu, der sie zum Schweigen bringen sollte.

Henriikka erwiderte seinen Blick. *Was du wieder hast*, so hätte man den Ausdruck in ihren Augen deuten können.

Ambitionen. Mika dachte kurz darüber nach. Vielleicht hatte

227

er welche. Vielleicht auch nicht. Statt Henriikka eine Antwort zu geben, bat er sie um die Milch, die in einem roten Porzellankännchen vor ihm stand, und schüttete sich etwas davon in seinen Kaffee.

Wenn einer Ambitionen hatte, dann war es Brian. Während er sich den Blaubeerkuchen schmecken ließ, hatte er immer wieder einen Blick auf Viivi, Lauris Schwester, riskiert. Sie war Anfang zwanzig, bildhübsch, hatte blondes Haar, das ihr bis zu den Schultern reichte, einen süßen Mund, aus dem es sich wunderbar anhören musste, wenn sie ihrem Liebsten etwas Unanständiges ins Ohr flüsterte, der den Glückspilz aber genauso gut in große Schwierigkeiten bringen konnte, sollten sich die süßen Lippen zu einem kompromisslosen Schmollmund formen. Brian wusste gar nicht, worauf er sich am meisten konzentrieren sollte – auf Viivis zauberhaften Mund oder auf das blaue nostalgisch verspielte Sommerkleid mit dem zarten Blütenmuster und dem hinreißenden Dekolleté. Ohne Zweifel war ihr Dekolleté um einiges reizvoller, aber er konnte ja nicht ununterbrochen auf ihre himmlischen Brüste starren, ohne dabei ertappt zu werden. Wenn er da keine Ambitionen hätte, wäre er kein richtiger irischer Mann gewesen. Dass sie immer wieder zur Tanzfläche hinstarrte, kränkte ihn ein wenig. Wenn er hässlich gewesen wäre, hätte er ja noch verstanden, dass sie keine Notiz von ihm nahm, aber so.

Die Tanzfläche, zu der Viivi immer wieder interessiert hinsah, befand sich vor mehreren Felsbrocken, die an dieser Stelle einige Meter in den See hineinragten. Getanzt wurde auf rechteckigen Steinplatten. Ein junger Mann aus der Nachbarschaft (er war vielleicht sechzehn, siebzehn Jahre alt) war für die Musik zuständig. Er spielte vor allem die neuesten Hits der

Charts. Zwar hielten sich etliche junge Leute bei der Tanzfläche auf, aber es tanzte keiner von ihnen. Die meisten von ihnen waren mit ihrem Smartphone beschäftigt. Gesprochen wurde kaum miteinander. Lediglich ein paar Jungen und Mädchen im Kindergartenalter verrenkten ihre kleinen Körper. Sie fanden das so lustig, dass sie die ganze Zeit am Kichern waren. Tuula war eine dieser albernen Nachwuchstänzerinnen. Möglicherweise sah Viivi deswegen immer wieder hin. Oder hatte sie etwa ein Auge auf einen der jungen Smartphonebesitzer geworfen? Letzteres hätte Brian nur noch mehr motiviert, alles zu tun, damit sie endlich auf ihn aufmerksam wurde.

Auch Sören hatte mit einem Kennerblick festgestellt, dass Viivi eine äußerst attraktive junge Frau war. Im Gegensatz zu Brian starrte er jedoch nicht ganz so oft auf ihr hinreißendes Dekolleté. So reizvoll der Anblick auch war, es änderte nichts an seinen Beklemmungen, die trotz des vorzüglich schmeckenden Nusskuchens erheblich zugenommen hatten, sodass sie im Sitzen nur noch schwer auszuhalten waren. Er brauchte dringend etwas Bewegung. An Tanzen dachte er dabei nicht. Allein der Gedanke daran hätte seine Beklemmungen um das Zigfache erhöht. Er konnte nicht tanzen und hatte auch nicht vor, es jemals zu lernen. Ein Spaziergang wäre jetzt genau das Richtige gewesen – um den See oder ein Stück durch den Wald. Er stand wortlos auf und entfernte sich vom Tisch. Er konnte nur hoffen, dass Brian ihm nicht folgte. Er hätte jetzt die Nähe des Iren nicht ertragen. Sören musste eine Weile für sich allein sein. Er bedauerte Leute, die nicht allein sein konnten, die ständig Trubel um sich herum haben mussten, aus Angst, über sich und ihr verkorkstes Leben nachzudenken. Sören dachte viel über sich nach. Ein besserer Mensch war er dadurch aber nicht geworden.

Sören stieg auf einen der Felsbrocken und schaute in die Ferne. Das tat er zehn, fünfzehn Sekunden lang, dann machte er sich auf. Froh darüber, dass ihm keiner gefolgt war, erreichte er den Wald.

Zweieinhalb Stunden später – es war immer noch hell – kam er wieder zurück, gut erholt und mit sich im Reinen. Er wäre gern noch länger weggeblieben, aber dann hätte er womöglich damit rechnen müssen, dass man ihn vermisste. Nicht, dass noch jemand auf die Idee kam, mit der ganzen Gästeschar nach ihm zu suchen.

Sören hatte Hunger und daher traf es sich ganz gut, dass das reichhaltige Buffet, das man am Haus aufgebaut hatte, eröffnet worden war. Er entdeckte Mika und Gloria am Ende der Schlange, die sich vor dem Buffet gebildet hatte, und gesellte sich zu ihnen.

„Wo bist du denn so lange gewesen?", erkundigte sich Gloria mit leicht anklagendem Unterton.

„Ich habe mir nur etwas die Füße vertreten", antwortete er scheinbar gleichmütig. Das Ärgerliche war nur, dass sie es wieder geschafft hatte, dass er sich wie etwas Minderwertiges fühlte. Am liebsten wäre er in den Wald zurückgekehrt, um sich erneut zu sammeln.

Mika sagte nichts. Sören konnte sich von ihm aus die Füße so lange vertreten, wie er wollte.

Gloria, die vom Anblick des Buffets überwältigt war, schnappte sich wie Mika einen Teller und ließ sich von ihm die verschiedenen finnischen Spezialitäten erklären. Neugierig geworden, tat sie sich mal hier von, mal davon auf. Zum Schluss war der Teller so voll, dass sie schon befürchtete, die

Leute könnten denken, dass sie gierig wäre. Sie lachte und entschuldigte sich bei Mika, dass sie so zugelangt hatte.

„Gute Gäste dürfen das", beruhigte er sie. Und damit sie nicht die Einzige war, die so einen vollen Teller hatte, tat er sich mehr auf, als er vorgehabt hatte. „Jetzt bist du nicht allein", sagte er.

Gloria schenkte ihm ein Lächeln, das voller Dankbarkeit und Herzlichkeit war. Sie hatte nicht einmal dafür üben müssen, es hatte sich praktisch von ganz allein ergeben.

Sören hatte aufmerksam zugehört, als Mika Gloria die finnischen Spezialitäten erklärte. Salate und alles, was mit Gemüse zu tun hatte, mochte er nicht. Er konzentrierte sich ganz auf das fleischhaltige Angebot, nahm etwas vom Brot und begleitete Mika und Gloria zum Tisch. Dort angekommen, sah er, dass die beiden sich bereits mit frisch gezapftem Bier versorgt hatten. Er überlegte, ob er sich nicht auch ein Bier besorgen sollte, zögerte aber. Er hätte sich wieder in eine Schlange stellen müssen, hatte dazu jedoch nicht den Nerv. Er würde es später versuchen, wenn er gegessen hatte. Vielleicht war der Andrang dann nicht mehr so groß. Er wollte sich gerade nach dem Iren erkundigen, da tauchte dieser gemeinsam mit Viivi auf. Die zwei lachten vergnügt – Brian hatte seinen Camcorder dabei – und auch sonst schienen sie sich gut zu verstehen. Hatte es dieser verdammte Ire doch tatsächlich geschafft, dachte Sören. Ein bisschen neidisch war er schon auf Brian.

Brian sah die beiden vollen Teller und erschrak. Das heißt, er tat nur so. „Ich hoffe, ihr habt uns noch etwas übrig gelassen", scherzte er und verschwand mit Viivi zum Buffet.

Gloria gefiel es gar nicht, wie sich Brian benahm. Schon gleich am Anfang, als es ihm gelungen war, mit Viivi ins Gespräch zu kommen, hätte sie ihn gern an seine schwangere Freundin erinnert, die er in Dublin zurückgelassen hatte. Sicher, Viivi war alt genug, um selbst zu wissen, mit wem sie sich unterhielt. Sofern es bei der Unterhaltung blieb. Wie sie Brian einschätzte, hatte der garantiert ganz andere Absichten. Sollte man dann Viivi nicht vor einem Mann warnen, der seine schwangere Freundin so erbärmlich im Stich gelassen hatte? Sie verwarf den Gedanken und beschäftigte sich mit dem, was auf ihrem Teller war. Was die beiden machten, ging sie nichts an. Dass es zum Äußersten kommen könnte, war vermutlich sowieso nur ein Produkt ihrer Fantasie. Sie nahm das Messer und die Gabel in die Hand und überlegte kurz, was sie zuerst probieren sollte. Bereits beim ersten Bissen geriet sie ins Schwärmen.

Sören hatte sich unter anderem ein Stück vom Elch aufgetan. Er wurde nicht enttäuscht. Geschmacklich erinnerte ihn das Fleisch an Rehwild.

Auch Brian hatte sich etwas vom Elch aufgetan. Das Fleisch schmeckte ihm hervorragend. „Musst du unbedingt probieren", versuchte er Gloria zu überzeugen, nachdem ihm aufgefallen war, dass sich kein Elch auf ihrem Teller befand.

„Ich esse nichts, das du schon einmal gefilmt hast", entgegnete Gloria, die sich eigentlich vorgenommen hatte, ihre Zunge im Zaum zu halten.

232

28

Brian ließ sich durch Gloria nicht die gute Laune verderben. „Es ist bloß eine Kamera, kein Gewehr", grinste er. Dann nahm er den Camcorder und filmte sie beim Essen.

„Hör auf!", sagte Gloria verärgert. Dass dieser Spinner auch nie ernst bleiben konnte. Vielleicht war es ganz gut, dass er seine schwangere Freundin verlassen hatte. Als Vater wäre er mit Sicherheit eine absolute Niete.

Brian legte den Camcorder neben seinen Teller und stand auf, um sich ein Bier zu holen. „Noch jemand?", fragte er in die Runde.

Sören hob als einziger die Hand. Die anderen hatten noch genug in ihren Gläsern.

Der Ire musste nicht lange anstehen, kam mit den frisch ge-zapften Bieren zurück und reichte Sören das volle Glas. „Cheers", sagte Brian und stieß mit den anderen an. „Auf Finn-land und seine wunderbaren Menschen."

Gloria konnte sich schon denken, wen er damit meinte. Viivi natürlich. Wen denn sonst?

Sören setzte das Glas an seinen Mund und nahm einen kräftigen Schluck, hielt dann aber verdutzt inne. Was hatte ihm der Ire da für eine Plörre gebracht? Wollte der Idiot ihn vergif-ten? Er wollte ein vernünftiges Bier, musste sich aber sagen lassen, dass es kein anderes Bier gab. Finnisches Hausbier schmeckte nun mal so und die Finnen liebten es.

Andere Länder, andere Sitten. Sicher. Aber musste man deswegen gleich eimerweise Zitronensaft zum Hopfen tun?

„Das hier hat mehr Prozente", sagte Mika, nahm eine ange-brochene 0,7 Liter-Flasche, die mit einer pechschwarzen Flüs-

233

sigkeit gefüllt war und in Griffweite auf dem Tisch stand, stellte ein Likörglas neben Sörens Teller, schraubte den Verschluss auf und füllte das Glas fast bis zum Rand.

„Schmeckt unschlagbar", sagte Brian, der wie Mika, Lauri und Henriikka schon ein Gläschen davon probiert hatte, als Sören mutterseelenallein durch den Wald spaziert war.

Gloria und Viivi hatten abgelehnt. Für Gloria sah das Ganze eher wie flüssiger Teer aus. Viivi vertrug keinen hochprozentigen Alkohol und wollte auch an einem Tag wie diesem nicht so tun, als hätte sich etwas daran geändert. Henriikka würde sich im Laufe des Abends sicherlich noch das eine oder andere Gläschen genehmigen. Zur Not würden sie den Pick-up stehen lassen und zu Fuß nach Hause gehen. Sie hatten es nicht allzu weit. Dann musste Tuula eben von Lauri wieder getragen werden.

Sören traute der Sache nicht. „Was ist das?", fragte er.

„Salmiakki", antwortete Mika.

Sören grinste. Wenn es so abenteuerlich schmeckte, wie es sich anhörte, warum nicht?

Alle Augen waren auf ihn gerichtet.

Sören führte das Likörglas zum Mund und spürte, wie ein Hauch von Salmiak in seine Nase stieg. Ohne zu zögern kippte er den Inhalt die Kehle herunter. Das Zeug erinnerte ihn stark an Lakritze. Er liebte Lakritze über alles.

„Und?", erkundigte sich Brian.

Der Ire hatte recht gehabt. Das Zeug war tatsächlich unschlagbar und das gab er auch offen zu. Wie er die Sache einschätzte, würde es nicht das letzte Gläschen bleiben. Auf das Bier dagegen konnte er verzichten.

Während sie aßen, betraten drei Männer die Tanzfläche.

Sie trugen schwarze Hosen, strahlend weiße Hemden und schwarze Krawatten. Zwei von ihnen schleppten Teile eines Schlagzeugs, der dritte hatte ein Akkordeon dabei, das sich in einem dafür vorgesehenen Koffer befand. Ohne besondere Eile baute der Schlagzeuger sein Schlagzeug auf. Sein Kollege, der ihm beim Schleppen geholfen hatte, unterhielt sich kurz mit dem jungen Discjockey, nahm ein Mikro in die Hand und testete, ob es auch funktionierte, indem er ein paar Worte hineinsprach. Zufrieden legte er es aus der Hand und begab sich mit seinen Partnern zum Buffet. Nachdem sie sich gestärkt hatten, kehrten sie zur Tanzfläche zurück und fingen an einen Tango zu spielen.

Tango. Auch das noch, dachte Sören entsetzt. Wenn das die ganze Zeit so ging, würde er den Abend nicht überleben. Jedenfalls nicht ohne Salmiakki. Als dann auch noch der Sänger mit seiner weichen, fast schläfrigen Stimme zum Gesang ansetzte, hätte er sich am liebsten die Ohren zugehalten. Als würde der Sänger den tragischen Tod eines Suppenhuhns beklagen, so hörte es sich an.

Da war Gloria um einiges entspannter. Zwar wunderte sie sich ein wenig, dass bei einer Geburtstagsfeier Tango gespielt wurde – der finnische Tango war für sie nicht unbedingt ein Ausdruck von Lebensfreude –, aber wenn die Finnen sich dabei wohlfühlten, warum nicht? Jedes Land hatte seine Eigenheiten, die es hegte und pflegte. Das Erstaunliche für sie war, dass die Gruppe lediglich mit einem Schlagzeug und einem Akkordeon auskam. Natürlich war da noch der Sänger. Gloria fand, dass er eine sehr zärtliche, sinnliche Stimme hatte. Dagegen war sein ganzes Auftreten eher sachlich und ernsthaft wie das eines Schneiders, der bei einem Kunden die Maße nahm. Umso bemerkenswerter fand es Gloria, wie leicht es der Gruppe gelang, ohne besonderen technischen Aufwand eine Welt großer Gefühle zu erschaffen und damit die Zuhörer in ihren Bann zu ziehen. Der Sänger kam ohne besondere Gesten aus und doch war er mit größerer Leidenschaft bei der Sache als so mancher Rapper.

Die ersten Paare erhoben sich von ihren Plätzen und begaben sich zur Tanzfläche, darunter waren viele ältere, aber auch einige jüngere Leute. Gloria fiel auf, wie eng die Paare miteinander tanzten, nicht alle, aber die meisten schon. Berührungsängste schienen die Finnen nicht zu haben. Zumindest nicht beim Tango. Und wie ernst sie dabei schauten. Als wäre das Ganze eher eine lästige Verpflichtung, aber Gloria hatte niemanden gesehen, der auf die Tanzfläche gezerrt werden musste. Die Männer führten die Frauen, das Tempo war gemächlich, die Schritte einfach und die Bewegungen ein wenig steif. Doch wenn man genauer hinschaute, wurde einem ziemlich schnell bewusst, wie gut die Pärchen aufeinander eingespielt waren. Keiner trat dem anderen auf den Fuß oder fiel sonst wie durch eine Ungeschicklichkeit auf. Offensichtlich hatte auch keins der Paare ein Interesse daran, sich durch spezielle tänzerische Einlagen hervorzutun. Alle Paare tanzten äußerst diszipliniert. Wenn trotzdem Leidenschaft dabei war, verstanden die Paare es hervorragend, dies zu verbergen.

Sören konnte dem Tango nichts abgewinnen. Tanzen war noch nie sein Ding gewesen. Dass sich auch jüngere Paare auf die Tanzfläche wagten, konnte und wollte er nicht verstehen. Hoffentlich kam niemand auf die Idee und forderte ihn zum Tanzen auf. Allein schon die Vorstellung flößte ihm eine solche Furcht ein, dass er erneut daran dachte, die Flucht zu ergreifen.

Abseits am See war es bedeutend sicherer. Und schöner war es dort auch.

Brian war noch nie Zeuge eines so niedrig dosierten Vergnügens gewesen, eines Vergnügens, das von allen Beteiligten mit einer stoischen Zurückhaltung zelebriert wurde, die seiner Ansicht nach einzigartig war. Das musste er unbedingt filmen. Er besprach sich kurz mit Viivi, schnappte sich den Camcorder und brach mit seiner neuen Bekanntschaft auf. Noch während er sich der Tanzfläche näherte, richtete er die Kamera auf die Tanzenden. Dabei sprach er einen Kommentar, der offensichtlich witzig war, denn Viivi musste dauernd lachen.

Normalerweise machte sich Lauri keine Sorgen wegen Viivi. Seine kleine Schwester war alt genug, um zu wissen, was sie tat. Aber wusste auch der Fremde, was er tat? Lauri warf Mika einen Blick zu. Es war kein x-beliebiger Blick. Es war einer, der einen ganz bestimmten Inhalt transportierte und der nur eine einzige Interpretation zuließ.

Solche Blicke zu senden und sie richtig zu deuten, war eine Stärke der Finnen. Das war einer der Gründe, weshalb sich finnische Männer auch ohne Worte gut verstanden. Mika musste also nicht lange überlegen, was Lauri von ihm wollte und erwiderte den Blick, der eine recht klare Botschaft enthielt. Lauri wusste nun, dass Mika den Iren als relativ harmlos einstufte. Relativ hieß, dass Mika den Iren trotz seiner Harmlosigkeit im Auge behalten würde.

Lauri war mit der Antwort zufrieden. Er erhob sich von seinem Platz und da dies nur eins bedeuten konnte, stand Henriikka ebenfalls auf und folgte ihm zur Tanzfläche, wo sie sich unter die anderen Paare mischten.

Der melancholische Gesang und das schwermütige Spiel

auf dem Akkordeon hatten Mika nicht kalt gelassen. Er hatte schon lange keinen Tango mehr getanzt. Es hatte sich einfach nicht ergeben und wenn sich doch mal eine der ganz seltenen Gelegenheit bot, hatte er kein Verlangen gehabt. Doch je länger er dem Sänger zuhörte, umso mehr bekam er Lust, es nach langer Zeit wieder einmal zu versuchen. Als der Sänger dann seinen elegischen Gesang unterbrach und auf einer Triola zu spielen begann, stand seine Entscheidung fest.

„Wollen wir?", fragte er Gloria.

Gloria zuckte vor Schreck zusammen. „Ich weiß doch gar nicht, wie das geht", entgegnete sie.

„Bringe ich dir bei", sagte Mika und erhob sich. So wie er auf einmal dastand, konnte man schnell den Eindruck gewinnen, dass ihm eine Ablehnung wenig imponiert hätte. Glorias Widerstand war schnell gebrochen, sicher auch deswegen, weil sie sich geschmeichelt fühlte, dass er sie zum Tanzen aufgefordert hatte. So etwas passierte ihr nicht alle Tage. Aber Tango? Das konnte nur schiefgehen. „Wenn du unbedingt willst, dass ich mich blamiere", erwiderte sie.

„Du wirst dich nicht blamieren", machte Mika ihr Mut.

Gloria mochte nicht so richtig daran glauben. Mit klopfendem Herzen begleitete sie ihn zur Tanzfläche. Es hatte schon bessere Momente in ihrem Leben gegeben.

Sören schaute den beiden hinterher. Viel Spaß, dachte er hämisch. Als er feststellte, dass er fast allein am Tisch saß, wurde er plötzlich unruhig. Was, wenn nun doch eine Finnin auf die verrückte Idee kam und ihn zum Tanzen aufforderte? Um erst gar nicht in die peinliche Situation zu kommen, wurde es Zeit, sich an den See zurückzuziehen. Und das tat er dann auch.

Das hätte Gloria vielleicht auch tun sollen. „Kann ich nicht lieber noch ein bisschen zugucken?", fragte sie Mika. Wenn sie zuguckte, bestand die Möglichkeit, sich die Schritte einzuprägen.

„Es geht schneller, wenn ich dir die Grundschritte beibringe", entgegnete Mika. „Du siehst ja, es ist ganz einfach."

Sie hielten sich ganz am Rand der Tanzfläche auf, sodass sie niemandem in die Quere kamen. Mika zeigte ihr die wenigen Grundschritte, die man brauchte, um den Tango so zu tanzen, wie es die anderen taten. Gloria schaute genau hin.

„Lang, lang. Kurz, kurz, lang. Kurz, kurz, lang", erklärte Mika. „Okay?"

Gloria nickte unsicher.

Daraufhin erklärte ihr Mika die Aufstellung. Die enge Körperhaltung war dabei das Wichtigste. Gloria reagierte zunächst zögerlich. Die extreme Nähe zu Mika irritierte sie. So eng miteinander zu tanzen, war doch sehr intim. Mika war es noch nicht eng genug und drückte Gloria fester an sich. So war es gut.

Ihre Wangen berührten sich fast. Gloria schluckte. Ihr Herz schlug ein paar Takte höher. Nicht, dass ihr die Nähe zu Mika unangenehm gewesen wäre, es war einfach nur ungewohnt mit jemandem zu tanzen, den sie kaum kannte und dem man doch so nah war, als wäre man ineinander verliebt. Wie nahe sie jemandem kam, hätte sie gern selbst bestimmt. Obwohl das vermutlich ein lächerlicher Gedanke war. Beim Tango führte der Mann. Das war seit hundert Jahren so und würde auch so bleiben.

Ein schöner Nebeneffekt des finnischen Tangos war tatsächlich, der Tanzpartnerin so nah wie möglich zu sein. Wahrscheinlich lag darin sogar der Sinn des Tangos. Man spürte permanent ihren Körper und konnte die Berührungen ungeniert genießen. Mika hatte das vielfach als äußerst erotisch erlebt. Und wie ihm dürfte es Millionen von finnischen Männern ergangen sein. Auch für die Frauen war das sicherlich ein angenehmer Effekt, war es doch eine der wenigen Augenblicke, wo ihre Männer außerhalb des Ehebettes so etwas wie Gefühle zeigten.

„Bereit?", fragte Mika.

„Hm", antwortete Gloria, empfand jedoch genau das Gegenteil.

Die ersten Schritte fühlte sie sich noch unsicher. Am liebsten hätte sie auf ihre Füße geschaut, um zu kontrollieren, ob sie alles richtig machte, doch Mika drückte sie so fest an sich, dass sie sich schon nach wenigen Takten von dem Gedanken verabschiedete. *Konzentrier dich*, hämmerte sie sich ein, *sonst bringst du uns noch aus dem Takt oder trittst ihm auf den Fuß.* Doch sich zu konzentrieren war gar nicht so einfach. Wie auch? Mit einem Mann, der praktisch Besitz von ihrem Körper ergriffen hatte und ihr damit das Gefühl gab, keine gleichberechtigte Tanzpartnerin, sondern willenloses Opfer zu sein? Allerdings unterstellte sie Mika keine böse Absicht. So waren nun mal die Regularien des finnischen Tangos.

29

Mika hatte gar kein Interesse daran, Glorias Körper zu besitzen. Er wollte nur ein bisschen mit ihr tanzen. War sie am Anfang noch verkrampft gewesen, so hatte sich das bald gelegt. Er stellte fest, dass Gloria von Lied zu Lied besser wurde. Doch, diese Frau hatte eindeutig Talent. Und einen reizenden Körper. Sie tanzten so eng miteinander, dass er ihre Brüste spüren konnte. Es war wunderbar. Man musste den finnischen Tango einfach lieben. Schwieriger war es da schon, sich nicht anmerken zu lassen, was sich gerade im Kopf abspielte, sowohl der Tanzpartnerin als auch den anderen Paaren gegenüber oder bestimmte Prozesse aufzuhalten, die so ein enger Tanz unweigerlich mit sich brachte. Ganz besonders die Leidenschaft. Einmal entflammt, war es kein Leichtes, sie zu zügeln, doch selbst damit musste ein finnischer Tangotänzer fertig werden und meistens wurde er damit fertig. Sonst hätte man den Tango in Finnland vermutlich schon längst abgeschafft.

Auch Mika hatte seine liebe Not mit den komplexen Vorgängen, die bei der Überproduktion körpereigener Stoffe entstehen und die sich auf spezielle Bereiche auswirken, ganz besonders auf so sensible Regionen wie die Leistengegend. Man durfte auf keinen Fall zu unvorsichtig sein, sonst merkte die Tanzpartnerin noch etwas. So ungeschickt war Mika aber nicht, dass er die Zügel schleifen ließ und Gloria misstrauisch werden konnte. Beherrschung war alles. Daher lachte auch kein Finne, wenn er Tango tanzte. In Finnland war Beherrschung eine ernsthafte Angelegenheit und nichts, das sich durch ein Lächeln oder fröhliche Mienen überspielen ließ.

Gloria überlegte kurz, wie es wohl sein würde, wenn sie so eng mit einem Mann tanzen müsste, den sie schon auf den ersten Blick nicht mochte oder der auf sonst eine Art abstoßend war. Ihr schauderte regelrecht bei dieser Vorstellung. Mehr als einen Tanz würde sie nicht überstehen und wahrscheinlich würde sie ihre Klamotten anschließend zur Reinigung bringen. Solche Gedanken hatte sie bei Mika nicht. Er war ja kein abstoßender Mensch. Im Gegenteil. Belustigt stellte sie fest, dass es ihr immer besser gefiel, so intim mit ihm zu sein, seinen Körper zu spüren, auch wenn das Ganze ihrer Ansicht nach etwas Obszönes an sich hatte. Sie musste aufpassen, dass sie nicht anfing zu lachen.

Die Frau neben ihr tanzte mit geschlossenen Augen. Gloria beneidete diese Frau insgeheim sogar. Vor anderen so zu versinken, hätte sie nicht gekonnt. Es war schon erstaunlich, was Melancholie mit einem Menschen alles anstellte. Manche brachten sich deswegen um, andere ließen sich von ihr treiben und schmolzen dahin in der Hoffnung, es möge nie mehr aufhören.

Dass es nie mehr aufhören sollte, so weit wäre Mika nicht gegangen. Mit Gloria zu tanzen war ein Anfang. Aber ein Anfang von was? Mika machte sich jedoch nicht die Mühe, darüber nachzudenken. Klar war nur, dass der Anfang von was auch immer bedeutete, dass es irgendwie weitergehen musste. Wie, das konnte man natürlich selbst beeinflussen, man konnte aber auch einfach abwarten, was noch alles passierte. Manche Dinge ergaben sich von ganz allein.

Der Sänger, der eben noch den Zauber des Tangos besungen hatte, begleitete den Rest des Stückes auf seiner Triola. Langsam und andächtig klang das Lied aus. Mika fand, dass sie fürs Erste genug getanzt hatten. Er ließ Gloria los und stellte einen angemessenen Abstand zu ihr her, indem er einen Schritt zurückwich.

Für Gloria kam das plötzliche Ende überraschend. Sie hatte sich gerade an das intime Zusammenspiel gewöhnt und angefangen, sich dabei wohlzufühlen. Schade, dachte sie. Sie versuchte zwar, ihre Enttäuschung zu verbergen, aber wenn man genau hingeschaut hätte, hätte man erkennen können, dass ihr das nicht wirklich gelungen war. Wortlos folgte sie Mika zum Tisch, während die Gruppe bereits das nächste Lied spielte und der Sänger die Leute wieder mit seiner samtweichen Stimme und dem herzbrechenden Gesang beglückte.

Die Dämmerung setzte ein, Teelichter, Laternen und Lampions brannten und je dunkler es wurde, umso eine gemütlichere Atmosphäre verbreitete der hundertfache Kerzenschein. Nach einer Pause, die die Tangoband eingelegt hatte, kehrten die Paare zur schummrig beleuchteten Tanzfläche zurück. Lauri und Mika tranken den nächsten Salmiakki, der im diffusen Licht der Teelichter immer besser schmeckte.

Gloria hätte nichts dagegen gehabt, wenn Mika sie erneut zum Tanzen aufgefordert hätte. Das tat er aber nicht. Dafür hielt er Ausschau nach Brian. Er hatte von dem Iren schon lange nichts mehr gesehen. Und auch nicht von Viivi. Wo verdammt noch mal drückte sich der Kerl mit ihr herum? In der Dunkelheit konnte er auf wer weiß was für Ideen kommen. Dass sich auch Sören nicht blicken ließ, bereitete ihm dagegen keine Sorgen. Sören war bloß ein einsamer Wolf, der dem Trubel entkommen wollte.

Gloria musste auf die Toilette. Ins Haus zu gehen erlaubte ihre Phobie vor Bakterien nicht. Bei den vielen Menschen, die

die Toilette aufsuchten, würde es auf der Klobrille von Bakterien nur so wimmeln. Das wollte sie sich nicht antun. Wenn sie sich ein Stück vom Haus entfernte, würde es dunkel genug sein. Keiner würde bemerken, wenn sie sich irgendwo ins Gebüsch schlug.

„Bin gleich wieder da", sagte sie zu Mika und erhob sich.

Mika schaute ihr hinterher. Wenn sie aufs Klo wollte, nahm sie eindeutig den falschen Weg. Vielleicht hatte sie aber auch etwas anderes vor. Im Licht der Lampions glaubte er Viivi zu erkennen. Aus der Vermutung wurde Gewissheit. Sie lachte. Dann sah er, wie jemand seinen Arm um ihre Schultern legte. Es war der Arm des Iren. Mika gefiel das überhaupt nicht.

Auch Lauri hatte Viivi mit dem Iren entdeckt. Aus irgendeinem Grund störte es ihn, dass dessen Arm um ihre Schultern lag. Nun konnte seine jüngere Schwester tun und lassen, was sie wollte. Ihn störte bloß, dass der Arm, der um ihre Schultern lag, einem Menschen gehörte, der nicht aus dieser Gegend stammte. Das wäre gar nicht mal das Schlimmste gewesen. Auch nicht, dass der Kerl kein Finne war. Lauri wusste zwar nicht viel über Viivis Begleiter, wobei nicht viel eher irreführend war, denn faktisch wusste er gar nichts über ihn. Er wusste nur, dass der Ire spätestens am nächsten Tag nicht mehr da sein würde und das war in seinen Augen Anlass genug, dem Arm um Viivis Schultern zu misstrauen.

Mika war nicht entgangen, dass Lauri die beiden fixierte. Im Gegensatz zu seinem Jugendfreund wusste er wesentlich mehr über den Iren. Er musste etwas tun. Wenn Lauri erfuhr, weshalb Brian sein Land verlassen hatte und Mika das sehr wohl bekannt war, würde er ihm zu Recht vorwerfen können, ihn nicht gewarnt zu haben. Als er sah, dass die beiden beabsichtigten, sich in die Dunkelheit zurückzuziehen, war bei Mika der Punkt erreicht, wo es Zeit wurde, den Iren kurz beiseitezunehmen. Beim Aufstehen berührte er Lauri kurz an der Schulter. Ich kümmere mich darum, hatte er mit der Geste ausdrücken wollen und genauso hatte es Lauri auch verstanden.

Mika begab sich zu jener Stelle, wo sich Viivi und Brian zuletzt aufgehalten hatten. Vom Licht der Lampions beeinträchtigt, starrte er in die Dunkelheit und sah erst einmal gar nichts, außer einer schwarzen Wand, hinter der alles Mögliche sein konnte. Wenn das etwas werden sollte, musste er sich weiter vom Haus wegbewegen und warten, bis sich seine Augen an die Dunkelheit gewöhnt hatten. Nach einer Weile gelang es ihm, einen Baum von einem Felsen zu unterscheiden. Er ging mal in diese, mal in jene Richtung. Manchmal blieb er stehen und horchte angestrengt. Er überlegte, ob es Sinn machte, nach Brian zu rufen. Der Nachteil war, dass der Ire gewarnt sein würde. Wenn er ehrliche Absichten hatte, würde er sich melden, hatte er dagegen vor, die Dunkelheit zu nutzen, um die Spontaneität finnischer Frauen zu erforschen, würde er sich nicht rühren und Viivi vermutlich auch nicht, sollten Brians Bedürfnisse mit den ihrigen zufällig identisch sein. Da Mika Letzteres nicht ausschließen konnte, suchte er leise weiter und verließ sich dabei auf sein Gehör.

Eigentlich mochte Gloria die Dunkelheit überhaupt nicht. Deswegen hatte sie sich auch nicht allzu weit vom Haus entfernt und sich für einen Platz in der Nähe eines Schuppens entschieden. Sie war fertig und wollte gerade gehen. Plötzlich knackte es im Unterholz. Gloria erschrak. Vielleicht war es doch kein so guter Einfall gewesen, sich mit der Dunkelheit zu verbünden, nur um bakterienfrei zu pinkeln. Sie hielt inne und lauschte. Die sanfte, samtig-tiefe Stimme des Tangosängers war selbst hier noch zu hören. Wieder ließ ein verdächtiges Geräusch sie aufschrecken. Das Geräusch kam vom anderen Ende des Schuppens. Gloria schaute genauer hin, als sie eine Gestalt entdeckte. Auch wenn nur ihre Umrisse zu erkennen waren, hätte Gloria auf eine Frau getippt. Die Unbekannte kicherte, als im Schein der Lampions ein Arm auftauchte und sie wegzog. Man hätte meinen können, die Dunkelheit hätte sie geschluckt. Das Kichern ebbte ab und ein vergnügtes und aufgeregtes Flüstern ließ Gloria aufhorchen. Es war nicht schwer zu erraten, was sich in ihrer unmittelbaren Nähe abzuspielen schien. Offensichtlich verspürten zwei Menschen das Bedürfnis, sich näher kennenzulernen. Gloria wollte den beiden nicht den Spaß verderben und sich leise entfernen, als sie auf einmal eine weitere Gestalt wahrnahm, die sich dem Geschehen näherte. Gloria wagte es nicht, sich zu rühren.

Mika glaubte, beim Schuppen die Silhouette von Viivi erkannt zu haben, als sie wieder aus seinem Blickfeld verschwand. Zielstrebig ging er auf den Schuppen zu, ohne dass seine Schritte schneller wurden. Er hatte keine Vorstellung, was er mit Brian anstellen würde, sollte sich das bewahrheiten, was er vermutete. Das konnte er entscheiden, wenn es so weit war. Noch bestand die winzige Möglichkeit, dass er dem Kerl Unrecht tat, ein Gedanke, der allerdings so abwegig war, dass er ihn nicht wirklich in Betracht zog. So wenig wie er an Gott glaubte, so wenig glaubte er an die Seriosität irischer Schweißer. Zumindest soweit es junge finnische Frauen betraf.

Als Mika um den Schuppen bog und feststellen musste, dass er Brian richtig eingeschätzt hatte, war es mit seiner Ruhe vorbei. Auch wenn der Ire und Viivi sich nur küssten, so hatte

Brian eine Grenze überschritten. Finnischen Mädchen den Kopf zu verdrehen, während sich in Dublin die schwangere Freundin vermutlich die Augen ausheulte. Verdammter Mistkerl!

Brian bemerkte Mika zuerst. Er ließ von Viivi ab und grinste wie ein Ministrant, den seine Kumpane dabei erwischt hatten, wie er heimlich ins Weihwasser urinierte und noch stolz darauf war. „Hübsche Feier", sagte er.

Noch beachtete ihn Mika nicht. Lauri würde nach ihr suchen, sagte er zu Viivi.

Viivi ging nicht darauf ein. Ob er ihr etwa hinterhergeschnüffelt habe, entgegnete sie patzig. Da hatte sie sich so einen netten Iren geangelt und dann kam dieser Idiot von Mika und wollte alles kaputtmachen. Hatte er sie noch alle?

Mika bestand darauf, dass sie ging.

Er sei nicht ihr Vater, meinte sie giftig.

Mika verspürte keine Lust auf eine endlose Debatte mit einer frustrierten Zwanzigjährigen, die sich von diesem Abend möglicherweise mehr versprochen hatte, als das bisschen Petting und die Knutscherei mit ihrer Zufallsbekanntschaft. Das Beste war wohl, wenn er der Kleinen die Wahrheit sagte. Das war weniger umständlich und brachte sie eher zur Vernunft. Ob sie gewusst habe, dass der Knabe, mit dem sie gerade so vertraut gewesen sei, eine Freundin in Dublin hätte. Und dass diese Freundin, die er sitzengelassen hatte, um durch die Welt zu reisen, von ihm schwanger sei. Der Kerl würde also in ein paar Monaten Vater werden.

Viivi fixierte Mika mit einer Feindseligkeit, die einem drogenabhängigen Handtaschenräuber das Fürchten gelehrt hätte. Er würde lügen, schrie sie ihn an.

Mika war nicht der Ansicht, dass er es verdient hatte, von

ihr angeschrien zu werden. Weil er merkte, dass er so nicht weiterkam, knöpfte er sich Brian vor. „Hast du es ihr nicht gesagt?".

Brian machte ein dummes Gesicht. „Was gesagt?"

„Dass du eine Freundin hast, die von dir schwanger ist."

„O shit, warum tust du das?" Brian sah Mika verzweifelt an. Verdammt, es hätte so ein schöner Abend werden können.

Als Viivi die Verzweiflung in Brians Gesicht bemerkte, spürte sie, dass Mika die Wahrheit gesagt hatte. Wütend stapfte sie davon. Für ihre Wut gab es zwei Gründe. Sie war wütend, weil Brian offensichtlich nicht der nette Typ war, für den sie ihn gehalten hatte und sie war wütend, weil Mika sich in ihr Leben eingemischt hatte, auch wenn er es vielleicht gut gemeint hatte, aber wenn dieser Ire ein Schuft war – und es schien ja so zu sein –, hätte sie es gern selbst herausgefunden. Sie hatte ein Recht darauf, ihre eigenen Erfahrungen zu machen. Nur so lernte sie etwas dazu und nur so konnte sie es zu etwas bringen.

Brian schaute Viivi sehnsüchtig hinterher. Sie wäre genau nach seinem Geschmack gewesen. „Sorry, ich wusste nicht, dass du selbst scharf auf sie bist", sagte er und grinste verlegen.

Das war der Moment, wo Mika der Kragen platzte. „Du kapierst wohl gar nichts!", schrie er dem Iren ins Gesicht. „Deine Freundin ist schwanger und du denkst nur an dein eigenes Vergnügen. Soll deine Freundin das Kind allein großziehen? Willst du nicht erleben, wie es sprechen und gehen lernt, wie es sich über die kleinsten Dinge freut und wie es dabei lacht? Wie es die Welt entdeckt? Welche großartigen Fortschritte es macht? Ich hatte selbst einen Sohn und ich würde alles darum geben, wenn er noch am Leben wäre. Nutz diese Chance, du Idiot. Du wirst es sonst irgendwann bereuen, glaub mir."

Brian schluckte. In diesem Augenblick glaubte er selbst daran, ein Idiot zu sein, der größte, den Irland jemals hervorgebracht hatte. Er musste an Susan denken. Er liebte sie. Doch. Er liebte sie, wie er noch nie einen Menschen geliebt hatte und dennoch hatte er alles kaputt gemacht. Er würde ihr nie wieder unter die Augen treten können. Versager. Ja, das war er. Ein elender, hirnverbrannter Versager. Zu feige, um Verantwortung zu übernehmen. Wie ein Drittklässler, den die Schulleiterin gerade vor der versammelten Schülerschaft den Kopf gewaschen hatte, trottete er davon. Er brauchte jetzt dringend einen Salmiakki.

Mika ging es nach diesem Gefühlsausbruch deutlich besser. Er hatte jedoch nicht vor, von nun an jedes Mal laut zu werden, nur damit er sich besser fühlte. Das war ihm viel zu anstrengend. Aber erstaunlich war es schon, was ein kleiner Gefühlsausbruch bei einem Menschen bewirken konnte, der sonst ein Vertreter leiser Töne war.

Gloria stand unbeweglich auf derselben Stelle. Das tat auch Sören, der wie Gloria zufällig Zeuge des Disputs geworden war und der sich ebenfalls in der Nähe des Schuppens aufhielt, wobei Gloria nichts von Sören ahnte und dieser nichts von Gloria. Sören fand es richtig, dass sich Mika den Spinner zur Brust genommen hatte. Er hätte nicht den Mut dazu gehabt. Solche Dinge überließ er lieber anderen. *Nutze die Chance. Du wirst es sonst bereuen.* Die beiden letzten Sätze ließen ihn nicht mehr los. Sie waren zwar in einem völlig anderen Zusammenhang gefallen und doch hätten sie sich auch auf ihn beziehen können. Aus Angst, Mika könnte auf ihn aufmerksam werden, wagte er es noch immer nicht, sich vom Fleck zu rühren.

Für Gloria gab es zwei Möglichkeiten. Entweder sie blieb, wo sie war oder sie löste sich aus ihrer Starre und begab sich zu Mika, damit er mit ihr über das, was gerade geschehen war, reden konnte. Das setzte natürlich voraus, dass er dazu bereit war. Wenn nicht, würde sie ziemlich dumm dastehen. Trotzdem würde sie es sich nicht verzeihen, wenn sie nicht wenigstens den Versuch unternommen hätte. Außerdem war sie neugierig geworden. Während sie sich Mika näherte, kamen ihr Zweifel, ob sie das Richtige tat. Was, wenn er es ihr übelnahm, dass sie ihn und Brian belauscht hatte? Die letzten Meter, die sie zurücklegte, waren die unsichersten der ganzen Reise.

30

Mika sah, dass eine Gestalt auf ihn zukam. Er wartete geduldig. Erst im letzten Augenblick erkannte er, dass es Gloria war.

„Entschuldige, aber ich habe zufällig ein bisschen von deinem Gespräch mitgekriegt", sagte sie und lächelte ihn verlegen an. „Ich war mal für kleine Mädchen. Deswegen."

Mika nickte bloß. Es war in Ordnung, dass sie zugehört hatte.

„Einer musste ihm schließlich mal die Meinung sagen", meinte Gloria.

Mika sagte noch immer nichts. Er glaubte nicht daran, dass er mit seinem Wutausbruch bei Brian etwas bewirkt haben könnte.

Gloria machte es nervös, dass Mika einfach nur dastand. Glaubten finnische Männer eigentlich, Frauen könnten ihre Gedanken lesen und daraus die richtigen Schlüsse ziehen? Würde *huutelaine* auch nur so dastehen und den Mund nicht aufbekommen? „Wollen wir uns nicht ein bisschen an den See setzen?", fragte sie. Sie gab es nicht gerne zu, aber wenn sie ehrlich war, hätte sie Mika gern eine Weile für sich allein gehabt und das nicht nur, um ihn auszufragen.

Mika hatte nichts dagegen, sich mit ihr an den See zu setzen. Er hatte ihren Vorschlag zwar nicht ausdrücklich begrüßt, aber weil er losging, schlussfolgerte sie, dass er gegen ihre Idee nichts einzuwenden hatte.

Sören sah, wie die beiden mit der Dunkelheit verschmolzen. Er grinste leicht. Da hatten sich wohl zwei gefunden, dachte er und setzte sich in Bewegung. Jetzt einen schönen Salmiakki trinken. Hoffentlich war von dem Zeug noch etwas da.

Mika führte Gloria zu einem Felsbrocken, der in den See hinausragte. Ganz am Ende des Felsens ließen sie sich nieder. Ein leichter, milder Wind mogelte sich an ihnen vorbei, in seinem Schlepptau die melancholischen Klänge des Tangos. Gloria vertrieb ein paar lästige Mücken mit der Hand, jedoch nur mit mäßigem Erfolg. In ihren Augenwinkeln nahm sie das bunte Licht der Lampions wahr. Sie drehte sich um und ließ das Bild ungefiltert auf sich wirken. Märchenhaft, dachte sie beim Anblick des von zahlreichen Lichtern illuminierten Gehöfts. Gloria würde sich ewig an dieses Bild erinnern – friedlich feiernde Menschen im festlichen Lichterglanz, ergriffen von melancholischen Liedern, in denen der Schimmer des Monds, der spiegelglatte See oder der sanfte Wind in der Abenddämmerung besungen wurden.

Gloria löste sich von dem festlichen Anblick und starrte auf den See, der sich kaum noch von der Dunkelheit unterscheiden ließ. Sie dachte an Mikas Wutausbruch. Was mochte wohl mit seinem Sohn geschehen sein? War es ratsam, das Thema anzuschneiden? Was ging sie das Ganze überhaupt an? Andererseits konnte sie nicht einfach so den Mund halten. Aber vielleicht war es gerade das, was Mika von ihr erwartete und war deswegen mit ihr zum See gegangen, im Vertrauen darauf, dass sie ihn nicht mit Fragen belästigte. Was sollte sie tun? Seine Erwartungen erfüllen (sofern er solche Erwartungen hatte)? Oder doch in die Offensive gehen? Was richtig war, würde sich erst dann herausstellen, wenn sie endlich ihr Herz in die Hand nahm.

„Du hattest einen Sohn?", wagte sie schließlich den entscheidenden Vorstoß. „Darf ich fragen, wie er hieß?"

Mika atmete tief durch. Er hatte die Frage erwartet. „Leevi", antwortete er und starrte verbittert in die Dunkelheit.

„Was ist passiert?"

„Er starb bei einem Verkehrsunfall", antwortete Mika mit brüchiger Stimme.

„Wie alt war er da?"

„Sechs."

Sechs Jahre, dachte Gloria entsetzt. „Das tut mir wirklich sehr leid."

Mika zeigte keinerlei Regung. Ihre Worte bedeuteten ihm nichts. Dass sie ihm nichts bedeuteten, hatte jedoch nichts mit ihr persönlich zu tun. Worte machten das schreckliche Unglück nicht ungeschehen. Nichts, aber auch gar nichts brachte ihm seinen Sohn zurück.

Gloria kam plötzlich ein Gedanke. „Du fährst wegen deinem Sohn nach Oulu, stimmt's?"

Mika fühlte sich ertappt. Dass sie ihn durchschaut hatte, machte ihm aber nichts aus. Es war jetzt sowieso egal. „Ich bin lange nicht mehr an seinem Grab gewesen", antwortete er. Er schämte sich, dass er die Reise so lange hinausgeschoben hatte. Es gehörte sich einfach nicht, dass man seinen toten Sohn so viele Jahre nicht an seiner letzten Stätte besuchte. Das war nicht recht. „Ich konnte nicht früher. Ich hatte es mir so oft vorgenommen, aber dann habe ich jedes Mal gekniffen."

Gloria drängte sich noch ein Gedanke auf. „Gibst du dir etwa die Schuld an seinem Tod?"

Schon wieder so ein Volltreffer. Mika hatte nie einen Zweifel daran gehabt, dass es seine Schuld gewesen war. Er hätte schwören können, dass Pihla derselben Meinung war. Trotzdem hatte sie immer wieder versucht, ihn von diesem Gedanken abzubringen, bis er anfing, sie dafür zu hassen. Natürlich war es seine Schuld gewesen. Wessen Schuld denn sonst? „Wir wollten die Straße überqueren", antwortete er. „Ich hielt seine Hand. Plötzlich sah Leevi auf der anderen Seite seine Lehrerin. Er riss sich von mir los und rannte auf die Straße. Ein Transporter erfasste ihn. Er starb noch auf dem Weg ins Krankenhaus. Ich hätte ihn besser festhalten müssen. Dann würde er noch leben."

Gloria versuchte erst gar nicht, ihm seine Schuldgefühle auszureden. Sie war überzeugt, dass sie damit keinen Erfolg haben würde. Stattdessen streckte sie Mika ihre Hand entgegen. „Nimm sie", forderte sie ihn auf.

Nach anfänglichem Zögern ergriff Mika die Hand. Schon beim Tanzen hatte er feststellen können, wie warm und zart sie war. Zu seiner Verblüffung zog Gloria die Hand plötzlich wieder weg.

„Du siehst, es ist einfacher als du denkst", sagte sie mit einem kaum merklichen Lächeln auf ihren Lippen.

„Aber auch nur, weil ich nicht darauf vorbereitet war", erwiderte Mika ernst.

„Das warst du damals auch nicht", sagte sie und hielt ihm erneut ihre Hand hin. „Versuchs noch mal."

Dieses Mal drückte Mika fester zu.

Bei Glorias Versuch sich zu befreien, erhöhte er den Druck.

„Au!", rief Gloria auf einmal.

Erschrocken ließ Mika ihre Hand los. „Entschuldige. Das wollte ich nicht."

Gloria rieb sich vor Schmerz die Hand. „Du hättest deinem Sohn die Hand schon zerquetschen müssen, um zu verhindern, dass er über die Straße läuft", zog sie dennoch zufrieden ein

Fazit.

Für Mika hatte sich durch das kleine Experiment nichts geändert. Es war seine Schuld gewesen und würde es bis in alle Ewigkeit bleiben. Eine nette Idee war es trotzdem. „Hast du noch Schmerzen?", erkundigte er sich besorgt.

„Eine Nachricht verschicken könnte ich damit noch nicht", lächelte sie milde.

„Wenn das die Hand von Leevi wäre, wüsste ich, was zu tun wäre", entgegnete Mika.

„Ja? Was denn?"

Mika ergriff vorsichtig ihre Hand, führte sie zu seinem Mund und blies sanft über ihren Handrücken wie es ein Erwachsener im Ernstfall bei einem Kind tun würde.

„Besser?"

Gloria spürte die kühlende Luft auf ihrer Haut.

„Viel besser", lächelte sie. Wäre es nach ihr gegangen, hätte er noch eine Weile so weitermachen können. Sie schaute Mika an. Ihr Atem ging schneller, als ihr lieb war.

Davon ausgehend, dass es Gloria unangenehm sein könnte, in ihr noch länger das arme, bedauernswerte Kind zu sehen, ließ Mika ihre Hand wieder los. Als er zu ihr aufschaute und bemerkte, wie intensiv sie ihn betrachtete, hatte er alle Mühe, normal zu atmen, normal zu denken und normal zu reagieren. Vielleicht wollte es ihm deshalb nicht gelingen, seine Augen von ihr abzuwenden. Als hätten sich ihre Blicke verhakt, so sahen sich beide an.

Gloria schlug das Herz bis zum Hals. Warum verdammt noch mal küsste er sie nicht? Dachte er etwa, dass er sie vorher um Erlaubnis fragen müsste? Fühlte er denn nicht, dass er nur mit dem Finger zu schnippen brauchte und schon hätte sie

all ihre Vorsätze, die fragwürdige Flirts, oberflächliche Lieb-
schaften und spontanen Sex betrafen, über Bord geworfen.
Dieser Blick. Diese Augen. Es müsste verboten werden, jemanden so anzuschauen und dann einfach tatenlos zu bleiben.
Gloria kam zu dem Entschluss, dass sie nicht ewig so verwei-
len konnten. Zum einen, weil sie so verflucht unbequem auf
dem felsigen Untergrund hockte, zum anderen drängte die Zeit.
Wenn sie zu lange warteten, mussten sie damit rechnen, dass
sie den magischen Moment verpassten. Dieses Risiko wollte
Gloria auf keinen Fall eingehen (sie hatte keine Lust nach Hause zu fliegen und dieser vertanen Chance ewig nachzutrauern).
Also kam sie Mika mit ihrem Mund ein Stück entgegen. Das
war insofern praktisch, da Mika überraschenderweise dasselbe
getan hatte. Als sich ihre Lippen berührten, sang der Sänger
gerade das Lied von jener wunderschönen Frau, die sich das
Leben genommen hatte, weil sie nicht den kriegen konnte, den
sie haben wollte, weil der, den sie haben wollte, eine andere
liebte, die dieser wiederum nicht bekommen konnte, weil seine
Auserwählte bereits verheiratet war. Mika und Gloria konnte
das in diesem Augenblick ziemlich gleichgültig sein. Sie hatten
sich gefunden. Und so leidenschaftlich wie sie sich küssten,
hätte man meinen können, dass sie nie wieder voneinander
lassen würden. Sie vergaßen die Dunkelheit, sie vergaßen die
Mücken und sie vergaßen, dass ihre Knochen damit begonnen
hatten, gegen den harten Untergrund zu rebellieren. Dass sie
Hände hatten, vergaßen sie nicht. Auf ihrer großen Entde-
ckungsreise gingen die fleißigen Helfer mal geschickt, mal
neugierig, mal sanft, mal ungeduldig, mal stürmisch oder mal
geschmeidig vor und egal, womit diese Hände beschäftigt waren, weckten sie Begehrlichkeiten. Einmal auf Erkundungstour

gab es kein Zurück mehr. Knöpfe, die im Wege waren, wurden hektisch geöffnet, Stoff, der störte, musste sich gefallen lassen, dass man an ihm herumzerrte, bis die Hände auch dieses Hindernis überwunden hatten. Sie überließen nichts dem Zufall. Sie waren flink, kompromisslos und unersättlich. Bald hatten sie so gute Arbeit geleistet, dass sie überall nur noch nackte Haut vorfanden.

Mit dem, was jetzt kam oder kommen sollte, hatten die Hände nicht mehr allzu viel zu tun. Gloria glühte und war zum Äußersten bereit. *Huuhteluaine* konnte ihr gestohlen bleiben. Was zählte, war der Augenblick.

Auch Mika wäre zum Äußersten bereit gewesen, hätte er nicht so viel mit sich selbst zu tun gehabt und mit Gedanken, denen es partout nicht gelingen wollte, sich auf das Wesentliche – auf diesen Augenblick – zu konzentrieren. Einige der Gedanken mussten unbedingt querschießen und in die Vergangenheit abschweifen, andere wiederum hatten nichts Besseres zu tun, als sich mit der Zukunft zu befassen, ganz besonders mit Mikas Ankunft an Leevis Grab. Dieses Ablenkungsmanöver musste nun wirklich nicht sein. Nicht an diesem wunderschönen, milden Sommerabend. Während Vergangenheit und Zukunft klar dominierten, hatte es die Gegenwart ungemein schwerer, sich durchzusetzen. Mika versuchte zwar mit aller Macht, alles, was nun gar nichts mit dem zu tun hatte, was sich zwischen ihm und Gloria in diesem Augenblick abspielte, auszublenden, doch irgendwann wurde es ihm zu viel, sich ständig der verqueren Gedanken zu erwehren. Er kapitulierte. Entnervt und erbost zugleich rollte er sich beiseite und begann sich wortlos anzuziehen.

Gloria hatte mit allem gerechnet, aber nicht damit, dass Mika plötzlich die Finger von ihr ließ, als wäre ihr von einer Sekunde auf die andere ein dichtes Fell gewachsen. Verstört raffte sie ihre Sachen zusammen. Durcheinander wie sie war, verwechselte sie Vor- und Rückseite ihres Slips und musste wieder von vorn beginnen.

Mika kämpfte mit seinen Gefühlen. Einerseits war er überzeugt, dass es richtig war, die Sache abzubrechen, andererseits ärgerte es ihn, dass er nicht stark genug gewesen war, dem Störfeuer Einhalt zu gebieten. „Entschuldige", sagte er zerknirscht. Wenigstens dieses eine Wort glaubte er Gloria schuldig zu sein. Weil er aber befürchtete, dass dieses eine Wort nicht ausreichen könnte, schob er noch schnell einige hinterher. „Ich weiß auch nicht, ich …, ich kann irgendwie nicht abschalten." Treffender hätte er die Situation nicht beschreiben können.

„Schon okay", entgegnete Gloria sanft. Doch im Innern ging sie hart mit sich ins Gericht. Wie konnte sie nur so dumm sein? So unsensibel? Hätte sie nur zwei Prozent ihres Verstands genutzt, wäre es gar nicht zu diesem peinlichen Ende gekommen. Aber nein, sie musste sich ihm ja an den Hals werfen wie eine Fünfzehnjährige. War sie noch zu retten? Keine fünf Minuten zuvor erzählte er von seinem verstorbenen Sohn und sie hatte daraufhin nichts anderes als Sex im Sinn. Eigentlich hätte sie eine noch viel härtere Strafe verdient, als von ihm verschmäht zu werden.

Keiner sagte etwas. Die Stille drohte Gloria förmlich zu erdrücken und auch Mika hatte schon angenehmere Momente des Schweigens erlebt. Genau genommen war es eine Ewigkeit her, dass er Schweigen als etwas so Belastendes erfahren hatte. Und zum ersten Mal in seinem Leben wünschte er sich, die Worte würden nur so aus ihm heraussprudeln. Dieser Wunsch ging zwar nicht in Erfüllung, dafür machte er einen Vorschlag: „Wie wär´s mit einem Tango?"

„Ja, warum nicht?", antwortete Gloria erleichtert. Sie konnte schon wieder lächeln.

31

Sören steckte zufrieden sein Smartphone ein. Er war als Erster aufgewacht, hatte sich schnell gewaschen, war vor die Hütte getreten und hatte zwei Telefonate geführt. Zum einen hatte er sich beim Ausbildungszentrum für den Lehrgang angemeldet (er hatte Glück gehabt und gerade noch den letzten Platz erwischt), zum anderen hatte er bei seinem Arbeitgeber angerufen und gekündigt. Leicht war ihm die Kündigung nicht gefallen. Als er die Nummer in seinem Telefonbuch suchte, hatten ihm leicht die Hände gezittert, doch jetzt, da die Anrufe erledigt waren, fühlte er sich wesentlich besser. Sein Chef hatte noch versucht, ihn zum Bleiben zu bewegen – er verlor ungern einen seiner besten Männer –, aber Sören war seiner Linie treu geblieben und hatte ihm seine Beweggründe erklärt. Drei Monate würde Sören noch bei der Autobahnmeisterei bleiben, dann hatte er auch dieses Kapitel hinter sich gelassen.

Sören schaute auf die Uhr. Es war zehn Uhr am Morgen. Er stand vor einer der alten Hütten, die einmal Saison- oder Landarbeitern als Unterkunft gedient hatten. Er hatte mit den anderen darin geschlafen. Die Hütte war spärlich eingerichtet, aber zum Übernachten hatte sie völlig gereicht. Und es gab Wasser, von dem er reichlich getrunken hatte, nachdem er aufgestanden war. Hätte er keinen Kater gehabt, hätte er sich noch viel besser gefühlt. Er hatte mit Brian bis zwei Uhr morgens den Salmiakki probiert und mit jedem Glas, das sie getrunken hatten, wurden sie in ihrer Meinung bestärkt, was für ein herrliches Getränk dieser schwarze Likör doch war. Im Gegensatz zu Brian hatte er sich aber nicht auf dem Weg zur Hütte übergeben müssen. Sören überlegte, ob es Sinn machte, sein Rennrad zusammenzuschrauben und ein paar Runden zu drehen, damit sein Kreislauf wieder in Schwung kam (vielleicht würden dann auch die Kopfschmerzen verschwinden), als hinter ihm die Tür aufging und Gloria vor die Hütte trat.

„Morgen", murmelte sie verschlafen und setzte sich auf die die steinerne Stufe (es gab nur eine). Gloria war müde und mürrisch, aber fertig angezogen. Sie brauchte unbedingt einen Kaffee, er musste gar nicht mal herausragend schmecken. Es würde ihr völlig genügen, wenn er nur ein bisschen schmeckte, das heißt, etwas besser als der, den sie am Tag zuvor an der Tankstelle gekauft hatte, sollte er schon sein, musste aber auch nicht unbedingt die Qualität haben wie der Kaffee auf der Geburtstagsfeier.

Sören grüßte grinsend zurück. Er konnte nicht verstehen, wie man sich nur so hängen lassen konnte. Da war er ja fitter, obwohl er einen Kater hatte.

„Wie spät ist es eigentlich?", fragte Gloria.

„Zehn Uhr."

In sechseinhalb Stunden würde sie *huuhteluaine* im Café treffen. Ihr wurde etwas flau im Magen. „Wie lange werden wir wohl bis Oulu brauchen?"

„Zwei, drei Stunden ungefähr. Vorausgesetzt der Wagen fährt wieder."

„Wollte sich nicht Mikas Freund darum kümmern? Wo steckt Mika eigentlich? In der Hütte ist er nicht."

„Da kommt er", antwortete Sören.

Mika war beim Haupthaus gewesen und im Begriff zur Hütte zurückzukehren. Als er Sören und Gloria vor der Unterkunft sah, blieb er stehen und winkte sie herbei.

Die beiden wollten schon los, als Gloria einfiel, dass sie nicht vollzählig waren. „Was ist mit Brian?".

„Klammert sich noch an sein Kopfkissen", antwortete Sören belustigt.

„Sollten wir ihn nicht wecken?", fragte Gloria unsicher.

„Kannst es ja mal versuchen", lachte Sören.

Garantiert nicht, dachte Gloria und so brachen sie ohne den Iren auf. Sie trafen Mika hinterm Haus, wo die Geburtstagsfeier stattgefunden hatte. Ein paar Frauen waren damit beschäftigt, aufzuräumen. Mikas Großmutter war auch dabei. Die Tische standen noch und waren voll leerer Flaschen und Gläser. Die Lampions hingen nach wie vor an ihrem Platz und auch die Zapfanlage hatte noch keiner abgebaut. Lediglich das Büffet war abgeräumt.

Mikas Großmutter hatte sich mit Petteris Frau, die gleichzeitig ihre beste Freundin war, darauf verständigt, dass Mika und seinen Begleitern ein ordentliches Frühstück serviert wurde mit Wurst und Käse und selbstgemachter Marmelade. Sie sollten den Hof nicht mit leerem Magen verlassen. Mika hatte vergeblich protestiert und ihr dann geholfen, den Tisch, der am nächsten am Haus stand, für das Frühstück herzurichten. Nun hockte er am reichlich gedeckten Frühstückstisch und wartete darauf, dass sich seine drei Reisebegleiter zu ihm gesellten. Mikas Großmutter fiel auf, dass jemand aus dem Quartett fehlte, aber Mika schaffte es mit weniger als neun Worten, dass daraus kein längerer Dialog wurde. In Ordnung fand sie es trotzdem nicht, dass der nette junge Mann nichts zum Frühstück bekommen sollte.

Gloria schaute dabei zu, wie Mika ihr von dem dampfenden Kaffee einschenkte, den seine Großmutter frisch gekocht hatte.

Sie hätte sich gern bei ihm bedankt, weil aber ihr Kreislaufsystem noch nicht mit genügend Koffein versorgt war, reichte es nur zu einem mageren Lächeln. Immerhin war es ein freundliches mageres Lächeln.

„Es ist genügend Kaffee da", sagte Mika.

Gloria wurde etwas verlegen, sie wollte aber nicht verlegen sein. „Was ist jetzt mit dem Wagen?", wechselte sie daher das Thema. „Fährt er wieder?"

Mika nickte. Gleich nach dem Aufstehen hatte er sich in den Pontiac gesetzt und den Motor gestartet.

„Und was war nun kaputt?"

Mika zuckte mit den Schultern.

„Was hat denn Lauri gesagt?"

„Nichts."

„Warst du denn nicht dabei, als er den Wagen repariert hat?"

Mika schüttelte den Kopf. Er hatte noch geschlafen, als Lauri sich den Pontiac vorgenommen hatte. Mika hatte den Autoschlüssel extra auf den rechten Vorderreifen gelegt.

„Und woher weißt du, dass er wieder fährt?"

„Das kann ich hören."

„Woran denn?"

„Am Klang des Motors."

Gloria gab es auf, weitere Details zu erfahren. Eine Frage aber hatte sie noch. „Wann werden wir in Oulu sein?"

„Am Nachmittag irgendwann", antwortete Mika.

„Könntest du dieses Irgendwann ein bisschen präzisieren?", bat ihn Gloria.

„So zwischen zwei und drei Uhr." Mika erinnerte sich, dass sie ja weiter nach Kuusamo wollte. „Musst du zu einer bestimmten Zeit am Zug sein?"

Am Zug nicht, aber in dem blöden Café, dachte Gloria. „So gegen vier Uhr", behauptete sie.

Sie frühstückten schweigend zu Ende. Als sie den Tisch abräumen wollten, kam sofort Mikas Großmutter herbei und untersagte ihnen das. Zum Abschied umarmte Mika die alte, aber noch äußerst vitale Frau und versprach ihr, sie auf dem Rückweg zu besuchen. Sie hatte ihm das Versprechen abgenötigt, denn auf der Feier hatten sie kaum Gelegenheit gehabt, sich vernünftig zu unterhalten. Damit der nette junge Mann doch noch etwas in den Magen bekam, packte sie für Brian ein Wurstbrot ein und drückte es Mika in die Hand. Mika sagte nichts. Es wäre schwer gewesen, ihr verständlich zu machen, dass der nette junge Mann ihr Mitleid nicht verdient hatte.

Der nette junge Mann schlief noch, als sie die Hütte erreichten. Sie weckten ihn und ließen ihm gerade noch Zeit, sich die Ohren zu waschen. Verkatert und durstig stieg Brian in den Wagen. Sören grinste. Er hatte gedacht, Iren wären härtere Burschen.

Mika startete den Motor und fuhr auf die E 75, wo er rechts abbog. Etwas mehr als hundertsechzig Kilometer und sie würden in Oulu sein. Noch aber traute Gloria dem Frieden nicht. Als sie jedoch eine Weile unterwegs waren und der Motor noch immer nicht stotterte, legte sich ihr Misstrauen.

Brian hatte die ganze Zeit kein einziges Wort gesagt. Er hatte aus dem Fenster geblinzelt und war schließlich wieder eingeschlafen Auch Sören spürte noch einen Rest Müdigkeit in den Knochen. Er kämpfte eine Weile gegen den Schlaf an, doch die Müdigkeit war stärker. Ein letztes Mal öffnete er die

Augen und schloss sie sogleich wieder. Dass sie geschlossen blieben, kriegte er schon gar nicht mehr mit.

Gloria starrte auf die Fahrbahn. Der Kaffee hatte ihrem Kreislauf gutgetan, ihr Verstand war wach und ihr Gedächtnis wieder wunderbar intakt. Letzteres erwies sich zunächst als Handicap, denn sie erinnerte sich nur ungern an bestimmte Abschnitte der vorangegangenen Nacht, speziell daran, was am See geschehen war oder – um genauer zu sein – was nicht geschehen war. Daher sparte sie diesen Teil aus. Da schlechte Erinnerungen äußerst penetrant sein können, klappte das Verdrängen nicht auf Anhieb, doch nach etlichen Anläufen war es ihr schließlich gelungen, sich auf das Geschehen danach zu konzentrieren, auf jene Phase, als Mika mit ihr auf die Tanzfläche zurückgekehrt war und sie wieder Tango getanzt hatten – Wange an Wange und auch sonst recht eng. Gloria hatte eine Weile gebraucht, bis sie das zurückliegende Geschehen so weit verarbeitet hatte, dass sie die neuerliche Nähe zu Mika nicht mehr allzu stark verunsicherte. Sie sagte sich, dass die Berührungen zwangsläufig zum Tango gehörten und demnach nichts zu bedeuten hätten. Das hatte geholfen. Kam doch so etwas wie ein Verlangen auf, riss sie sich zusammen. Nur einmal war es extrem knapp geworden, als sie am liebsten Mikas Ohrläppchen in den Mund genommen hätte. Sie hatte sich jedoch dadurch retten können, indem sie an das Ohrläppchen eines säumigen Kunden dachte. Auch hatte sie keine Zeit damit vergeudet, sich in Mutmaßungen zu verlieren, wenn Mika sie mal fester an sich drückte. Das soll nicht heißen, dass es ihr keinen Spaß gemacht hätte, mit ihm zu tanzen. Aber das Prickelnde, das Erotische verpuffte zunehmend. Nach der achten, neunten Tanzeinlage war sie zur Erkenntnis gelangt, dass jemand eine Entscheidung treffen musste. Sie konnten nicht ewig weitertanzen. Da sie verhindern wollte, dass Mika derjenige war, der diese Entscheidung traf, kam sie ihm zuvor. Mika sollte begreifen, dass sie einen eigenen Willen hatte. Sie hatte behauptet, dass sie müde wäre und sich gern schlafen legen würde. Es wäre ein langer Tag gewesen. Mika hatte genickt. Da man ihnen angeboten hatte, in der Hütte zu übernachten, schickte sich Mika an sie zu begleiten. Gloria hatte jedoch freundlich abgelehnt – sie fände schon allein zurecht. Auf dem Weg zur Hütte bereute sie es kurz, dass sie ihm gegenüber so abweisend gewesen war. Andererseits war sie kein kleines Mädchen, das an die Hand genommen werden musste. Mit immer wiederkehrenden Bildern, wie sie gierig übereinander hergefallen waren, war Gloria schließlich eingeschlafen. Im Schlaf kannte ihre Fantasie keine Grenzen mehr. Dieses Mal endete die Geschichte ganz nach ihrem Geschmack.

32

Hinter Rantsila schreckte Brian auf einmal hoch. Er fuhr sich mit der Zunge über den trockenen Mund und schaute hinüber zu Sören, dessen Augenlider im Schlaf unaufhörlich zuckten. Brian starrte aus dem Seitenfenster. Junge Kiefern, die dicht an dicht standen, säumten die Straße. Der Anblick bedeutete ihm nichts. Mit einem Mal kam ihm die Reise nach Finnland völlig sinnlos vor.

„Kannst du mich zuerst zum Flughafen fahren, wenn wir in Oulu sind?", fragte er Mika, während er wie geistesabwesend aus dem Fenster blickte.

Mika sah verwundert in den Rückspiegel. „Wo willst du hin?"

„Dorthin, wo ich gebraucht werde", antwortete Brian müde. „Nach Hause."

Mika sagte nichts.

Brian starrte noch immer aus dem Fenster. „Würdest du das tun? Ich meine, nur wenn es für dich keinen Umweg bedeutet."

„Sicher", antwortete Mika. „Kein Problem." War es auch nicht. Im Prinzip kam ihm Brian mit seiner Bitte sogar ein Stück entgegen. Das konnte der Ire nicht wissen und er brauchte es auch nicht zu wissen.

Sören, der von Brians Stimme wach geworden war, aber so tat, als würde er noch schlafen, nahm es zunächst mit Gleichgültigkeit auf, dass Brian in seine Heimat zurückkehren wollte. Er musste an die eigene Entscheidung denken, als er noch vor dem Frühstück seinen Job gekündigt und sich für den Lehrgang angemeldet hatte. Ob die Entscheidung richtig war, würde sich noch herausstellen, irgendwann, möglicherweise schon in wenigen Wochen oder erst in ein paar Jahren. Im Augenblick zählte nur, dass er eine Entscheidung getroffen hatte. Immerhin.

Gloria hätte nicht geglaubt, dass Mikas Wutausbruch bei Brian tatsächlich etwas bewirken könnte. Der Blick, den sie dem Finnen zuwarf, enthielt Anerkennung und Ironie zugleich. Welcher Anteil wie hoch war, ließ sich jedoch nur schwer deuten. Gloria wusste es selbst nicht genau. Vielleicht war es ein gesunder Mix und Mika hätte es gefallen. Doch Mika war zu sehr mit sich selbst beschäftigt, um ihren Blick zu bemerken. Und selbst wenn er ihren Blick wahrgenommen hätte, hätte es ihn nicht sonderlich berührt. Dass Brian es sich anders überlegt hatte, war durchaus begrüßenswert, aber Mika wäre nicht auf die Idee gekommen, es als seinen Verdienst anzusehen.

Gloria erinnerte sich an das Brot, das Mikas Großmutter für Brian geschmiert und in eine Papiertüte getan hatte. Mika hatte die Tüte in das Handschuhfach gelegt. Gloria nahm das Brot heraus. „Hunger?", fragte sie den Iren und reichte ihm die Doppelscheiben nach hinten.

Brian nahm das Angebot dankend an und aß das mit Rentierwurst belegte Brot hastig auf. Dabei blickte er still aus dem Fenster. Je länger er an Susan dachte, umso schmerzhafter wurde ihm bewusst, dass mit seiner Rückkehr gar nichts entschieden war, selbst wenn er sie auf Knien um Verzeihung bat. Wer sagte ihm denn, dass sie noch etwas mit ihm zu tun haben wollte? Egal. Er war fest entschlossen, seinen Fehler wiedergutzumachen, sofern er überhaupt wiedergutzumachen war. Was es wohl wird? Ein Junge oder ein Mädchen?

Der Flughafen lag ein paar Kilometer südwestlich vom Zentrum Oulus. Mika verließ die Europastraße und fuhr durch ländliches und dünn besiedeltes Gebiet. Alles machte einen gepflegten Eindruck, die Häuser, die Gärten, die Felder, die Schilder, die Straße. Je näher sie dem Flughafen kamen, umso bedrückter wurde Mika. Rein äußerlich änderte sich dadurch nichts. Daher musste er auch nicht befürchten, man könnte ihm etwas anmerken. Am letzten Kreisel der Straße nahm er die dritte Ausfahrt. In Höhe der Kirche, die von der Straße wegen der Bäume kaum zu sehen war, schaute er stur geradeaus, als würde dieser Ort gar nicht existieren. Doch war es genau der Ort, den er aufsuchen würde, sobald er Brian am Flughafen abgesetzt hatte.

Schon von weitem erkannten sie den futuristisch anmutenden Tower. Brian, noch nicht wirklich bei Kräften, spürte den gewaltigen Unterschied zwischen einer Entscheidung zu treffen und der Endgültigkeit derselben. Letzteres fühlte sich doch um einiges schrecklicher an. Sicher, er hätte immer noch einen Rückzieher machen können, aber dann wäre er nicht mehr derselbe Mensch gewesen. Das war er schon nicht mehr gewesen, als er aus Dublin geflüchtet war. Wo sollte das enden, wenn man ständig dabei war, ein anderer Mensch zu werden? Im Alkoholismus? Im Drogenrausch? In der geschlossenen Abteilung von St. Patrick`s? Brian verspürte kein Verlangen, das herauszufinden. Wenn er es sich angewöhnte, über die Dinge, die ihn bewegten, gewissenhaft nachzudenken, war er schon auf einem guten Weg.

Mika hielt mit dem Pontiac in unmittelbarer Nähe des Haupteingangs. Alle vier stiegen aus. Mika half dem Iren, sein Gepäck zusammenzutragen. Brian hatte sich so an seine Begleiter gewöhnt, dass er sich nur ungern von ihnen trennte. Er war froh, ihnen begegnet zu sein. Es waren gute Menschen. Sören wollte dem Iren zum Abschied die Hand reichen, aber

Brian war das nicht herzlich genug. Er musste diesen Kerl wenigstens umarmen.

Sören hasste es umarmt zu werden, ließ die Prozedur jedoch tapfer über sich ergehen. Menschen zu umarmen war ihm zu intim, zu sentimental, zu lästig.

Brian dankte Gloria noch einmal ausdrücklich dafür, dass sie ihm das Leben gerettet hatte und drückte sie fest an sich. „Ich werde dich vermissen", sagte er traurig. „Ich werde euch alle vermissen."

Gloria schenkte ihm ein warmes Lächeln. Ob sie ihn vermissen würde wie er sie, war damit nicht gesagt.

Zum Schluss umarmte er Mika. Da Brian schon die anderen umarmt hatte, war der Finne darauf vorbereitet. Leichter wurde es dadurch nicht für ihn.

„Danke für die klaren Worte", sagte Brian und löste sich von Mika.

„Du kommst allein klar?", erkundigte sich Gloria.

Brian lächelte gequält und marschierte mit seinem Gepäck auf den Haupteingang zu.

„Hast du auch deinen Camcorder dabei?", rief Sören hinter ihm her und lachte dabei.

Brian drehte sich im Gehen um. Dieses Mal grinste er breit. Den Kopf nun etwas höher tragend, verschwand er in der Eingangshalle des Flughafens.

Mika stieg in den Wagen und auch Gloria und Sören nahmen wieder Platz. Keiner sagte ein Wort, weder eins der Erleichterung noch eins des Bedauerns. Im Bewusstsein, dass nun die heikelste Phase seiner Reise begann, startete Mika den Motor. Als sie am Haupteingang vorbeifuhren, warf Gloria einen flüchtigen Blick durch die Scheiben. Für einen Augenblick bekam sie ein schlechtes Gewissen, dass sie den Iren einfach so hatten gehen lassen, ohne dass Klarheit darüber herrschte, ob es eine direkte Verbindung in seine Heimat gab. Was, wenn der Rückflug mit Komplikationen verbunden war und er kein Ticket erhielt, weil er nicht rechtzeitig gebucht hatte?

Solche Bedenken hatte Sören nicht. Wozu auch? Der Junge würde schon irgendwie nach Hause kommen. Wenn nicht heute, dann eben am nächsten Tag.

Am zweiten Kreisel nahm Mika die erste Abfahrt und die dritte Abfahrt des nächsten Kreisels. Gloria hatte sich bei der Richtungsänderung nichts gedacht, als sie aber durch die Windschutzscheibe den Kirchturm entdeckte und Mika immer langsamer wurde, wusste sie Bescheid.

Die Kirche machte einen recht schlichten Eindruck, war aber hübsch anzusehen. Sie war aus Holz oder mit Holz verkleidet (so einwandfrei ließ sich das auf die Schnelle nicht sagen) und hatte einen ockerfarbenen Anstrich.

Mika fuhr auf den ersten Parkplatz, der sich längsseits der Kirche befand. Er stellte den Motor ab und blickte Richtung Friedhof. Er schien zu zögern, als befürchtete er, Leevi könnte es ihm verübeln, dass er so viele Jahre nicht an seinem Grab gewesen war.

„Ich bin gleich wieder da", murmelte er und stieg aus dem Wagen. Den Schlüssel ließ er stecken.

Gloria schaute hinter ihm her, wie er auf die geschlossene Friedhofspforte zuging und sie öffnete. Sie hatte überlegt, ob sie ihm anbieten solle, ihn zu begleiten, hatte den Gedanken aber sofort verworfen. Was hier geschah, war so brisant und so privat, dass sie kein Recht hatte, sich einzumischen.

„Liegt hier sein Sohn begraben?", erkundigte sich Sören.

„Du wusstest, dass er einen Sohn hat?" Gloria sah ihn verwundert an.

„War nicht zu überhören", antwortete er mit gedämpfter Stimme.

Gloria zuckte leicht zusammen. „Hast du sonst noch was mitgekriegt?" Das fehlte ihr noch, dass er sie und Mika am See beobachtet hatte. Gott, wäre das peinlich.

„Was meinst du?"

„Ach nichts." Gloria hatte nicht den Eindruck, dass er sich dummstellte.

„Schlimme Sache", sagte Sören. Er hätte jetzt nicht mit Mika tauschen wollen. Ereignisse wie diese bestätigten ihn nur darin, dass es richtig war, selbst kein Kind zu bekommen. Seine eigene Kindheit hatte ihm vollauf genügt. Er hätte natürlich versuchen können, es anders zu machen, besser als seine Eltern, die ihn so erbärmlich im Stich gelassen hatten. Doch dieses Bestreben hatte er nicht. Unabhängig davon, dass die Frau erst noch gefunden werden musste, die ein Kind mit ihm haben wollte, hätte er gar nicht die Geduld aufgebracht, ein guter Ehemann und ein guter Vater zu sein.

„Ja", gab Gloria ihm recht. Es war wirklich eine schlimme Sache. Sie sah, wie Mika hinter der Kapelle verschwand oder was auch immer es mit der grün angestrichenen Hütte auf sich hatte.

33

Mika blieb kurz stehen. Er musste nachdenken. Befand sich das Grab links oder rechts von der Kiefer? Plötzlich fiel es ihm wieder ein. Er musste nach links, natürlich. Er suchte und musste feststellen, dass er sich geirrt hatte. Er schämte sich dafür. Wie konnte man so etwas nur vergessen? Vielleicht war er aber auch nur verwirrt. Er ging zurück zur Kiefer und suchte in der entgegengesetzten Richtung. Nachdem er durch ein paar Reihen gegangen war, stand er plötzlich davor – Leevis letzte Stätte. Der Grabstein bestand aus hellbraunem Sandstein. Auf dem Stein waren Leevis Original-Fußabdrücke abgebildet, plastisch ausgearbeitet als Relief. Die Spuren führten zum geschwungenen Kopfende hin, als würde sein Sohn direkt in den Himmel marschieren. *Leevi* stand in schnörkelloser Schrift neben dem mittleren der drei Fußabdrücke, darunter das Geburtsdatum und jenes des Unglückstages. Überrascht stellte Mika fest, wie gepflegt das Beet war. Er distanzierte sich jedoch sogleich wieder von seiner Feststellung. Überrascht hätte er sein können, wenn die Grabstätte nicht gepflegt gewesen wäre. Frische Blumen und Tierfiguren aus Ton zierten das Beet. Er dachte an Pihla. Er war ihr dankbar dafür, dass sie sich so rührend um das Grab gekümmert hatte, während er sich all die Jahre nicht getraut hatte, an diesen Ort zurückzukehren. Mika presste verbittert die Lippen zusammen. Er griff in seine Hosentasche und nahm drei kleine Steine heraus. Sie hatten unterschiedliche Farben. Dadurch dass man sie poliert hatte, waren sie glatt und glänzten ein wenig. Mika hatte keine Ahnung, was für Steine es waren, Achat vielleicht oder Amethyst, er kannte sich da nicht so gut aus, einen großen Wert hatten sie allerdings nicht. Leevi hatte solche Steine geliebt. Mika hatte sie zu Hause in einer der Schubladen seines Schreibtisches gefunden. Sie hatten in einer kleinen Schachtel gelegen. Mika erinnerte sich daran, wie er Leevi die Steine abgenommen hatte, als der Junge meinte, er müsste nicht auf seinen Vater hören. Es sollte eine Strafe dafür sein, dass der Kleine ihm gegenüber so frech gewesen war. Mika muss dann vergessen haben, ihm die Steine zurückzugeben. Die Steine gehörten Leevi. Er hatte ein Recht darauf, dass er sie zurückbekam.

Mika ging in die Hocke, lockerte mit den Fingern die Erde und drückte die drei Steine so ins Beet, dass man nur noch die glänzende Oberfläche sah. Danach richtete er sich wieder auf. Sein Blick wanderte von den Steinen zum Grabstein. *Erkennst du sie wieder?*, sprach er im Geiste mit Leevi. *Das sind deine Steine.* Dass er die Hände gekreuzt hatte, merkte er nicht einmal. *Ich weiß, ich hätte sie dir viel früher bringen müssen. Es tut mir leid. Es ging nicht eher. Nein, nicht weil ich zu viel zu tun gehabt hätte. Das wäre gelogen. Es wäre auch eine jämmerliche Entschuldigung. Ich habe mich nicht eher blicken lassen, weil ich zu feige war. Ich bin einfach nicht damit fertig geworden, dass du plötzlich nicht mehr da warst. Es war meine Schuld gewesen. Zumindest habe ich das immer gedacht. Du hast darauf vertraut, dass ich dich beschütze. Das habe ich nicht getan, weil ich für einen Augenblick unaufmerksam war. Verzeih mir. Wenn du kannst. Genau das aber war all die Jahre meine große Angst – dass du mir nicht verzeihen kannst. Dass du mir nicht verzeihen willst. Deswegen habe ich diesen Besuch immer wieder hinausgeschoben. Ganz schön erbärmlich für einen Vater, der seinen Sohn über alles liebte, nicht wahr? Aber selbst wenn du mir nicht verzeihen kannst, wäre es meine verdammte Pflicht gewesen, hier aufzutauchen. Ich werde dich nie wieder so lange allein lassen, das verspreche ich dir. Nie wieder.*

Mika stand noch eine Weile andächtig vor dem Grab. Gedankenverloren starrte er auf Leevis kleine Fußabdrücke. Mika hätte die Abdrücke zu gern berührt. Da das Beet dazwischen war, hätte er sich neben den Grabstein stellen müssen, um bequem heranzukommen, aber es wäre nicht dasselbe gewesen. Das Spirituelle, das mit der Geste verbunden sein sollte, wäre durch die veränderte Optik verlorengegangen. Daher verzichtete er darauf. Es wurde Zeit aufzubrechen. *Mach´s gut, mein Sohn. Bis zum nächsten Mal.* Mika wandte sich zum Gehen, als ihm noch etwas Wichtiges einfiel. *Ich werde mich auch bei Pihla melden. Nicht heute, aber bald. Versprochen.*

Mit dem festen Vorsatz, mit Leevis Mutter endlich Frieden zu schließen, kehrte Mika zu seinem Wagen zurück.

Scheint ziemlich gefasst zu sein, dachte Gloria, als sich Mika ihnen näherte. Dennoch machte sie sich Sorgen. Sie musste nicht Psychologie studiert haben, um zu wissen, dass es in seinem Innersten ganz anders aussah und sein Herz vermutlich einer zerklüfteten Landschaft glich.

Sören dagegen war ganz froh, dass Mika einen so gefassten Eindruck machte. Er schätzte Leute, die ihre Gefühle im Griff hatten. Einen aufgelösten Finnen hätte er nur schwer ertragen. Jemanden zu trösten, gehörte nicht unbedingt zu seinen Stärken. Es war ihm bei seinen Freundinnen nie gelungen und bei Männern hatte er es nie versucht.

Nachdem Mika in den Wagen gestiegen war und den Motor gestartet hatte, rollte er vom Parkplatz. „Danke", sagte er zu Gloria.

Danke? Wofür? Dass sie ihn nicht begleitet hatte? Dass sie ihm keine Fragen stellen wird? Dass sie nicht beleidigt war, weil er sie am Abend zuvor verschmäht hatte? Egal, was er damit gemeint hatte, es würde keinen Zweck haben zu fragen. Er würde ihr keine Antwort geben, zumindest keine, die ihr weiterhelfen würde. Besser er ging davon aus, sie hätte seine Botschaft verstanden, bevor ihm noch durch eine dumme Frage Zweifel an ihrer Klugheit kamen.

Nach knapp einer halben Stunde trafen sie am Bahnhof ein. Es war kein besonders schönes Gebäude, aus Holz zwar oder mit Holz verkleidet, ansonsten ein schlichter Zweckbau, mit dem Haupteingang in der Mitte und einer schmalen Veranda zu beiden Seiten der Fassade. Die Wohn- und Geschäftsgebäude gegenüber dem Bahnhof, mehrstöckige Betonklötze, zeugten nicht gerade von einer architektonischen Glanzleistung, aber vermutlich hatte man von Anfang an nicht vorgehabt, einen Preis zu gewinnen, als man die Häuser plante.

Mika parkte den Wagen auf dem Parkplatz des Bahnhofs und öffnete den Kofferraum. Sören nahm die Teile seines Rennrads und den Rucksack heraus (den Rest seines Gepäcks hatte er im Landrover gelassen). Mit geübten Handgriffen baute er das Rad zusammen. Mika und Gloria schauten ihm dabei wortlos zu. Mika hätte Sören natürlich fragen können, ob er ihn noch irgendwohin bringen könne, aber so zielstrebig, wie Sören zu Werke ging, schien für ihn festzustehen, die restliche Strecke mit dem Rad zurückzulegen. Mit Hilfe von Google Maps auf seinem Smartphone hatte Sören schnell herausgefunden, wie er fahren musste.

„Wo musst du hin?", fragte ihn Mika.

„Nallikari", antwortete Sören. In etwa einer halben Stunde

276

würde er dort sein. Er hatte per E-Mail eine Hütte gebucht. Nichts Besonderes, aber zum Übernachten reichte es allemal.

Mika nickte. Keine schlechte Wahl, dachte er. Der Campingplatz befand sich etwas nördlich von Oulu und lag direkt am Wasser.

„Wie kommst du wieder zurück?", fragte ihn Gloria. „Du musst doch noch dein Auto abholen."

„Hiermit", antwortete Sören und hob kurz das Lenkrad an, sodass das Vorderrad in der Luft stand.

„Die weite Strecke?" Gloria schaute ihn an, als hätte er vor, den Mount Everest mit Ballettschuhen zu besteigen.

„Kein Problem", entgegnete Sören wie selbstverständlich.

Mika gab ihm vorsichtshalber noch seine Telefonnummer. „Falls du in Schwierigkeiten stecken solltest."

Sören speicherte die Nummer in sein Telefonbuch. Danach gab er Mika die Hand. „Vielen Dank für alles."

Mika nickte. Er spürte wieder die unbändige Energie, die in diesem Händedruck lag. Sein eigener war keineswegs lasch, er bezweifelte aber, dass Sören ihn wirklich wahrnahm. Da mussten vermutlich schon andere Kräfte wirken. Er wünschte Sören viel Glück.

Sören hängte sich den Rucksack um und schwang sich auf sein Rennrad. „Mach´s gut", sagte er zu Gloria und das war sogar ehrlich gemeint.

„Du auch", entgegnete Gloria und schenkte ihm ein freundliches Lächeln. Ihr fiel ein, dass sie sich noch gar nicht dafür entschuldigt hatte, dass sie am Anfang so unfreundlich zu ihm gewesen war, besonders, als sich gleich hinter Lahti herausgestellt hatte, dass der Kühler Wasser verlor. Jetzt war es für eine Entschuldigung ein bisschen zu spät, sagte sie sich.

Sören fragte sich, ob sie und Mika etwas miteinander hatten und ob sie nur darauf warteten, bis er verschwunden war, damit sie sich nicht mehr so verstellen mussten. Sonderlich gewundert hätte es ihn nicht, wenn es so gewesen wäre. Seinen Segen hätten sie, allerdings wäre er vermutlich der Letzte gewesen, dessen Segen sie bräuchten.

Froh darüber, wieder allein zu sein – das soll nicht heißen, dass er alles schlecht fand, was er in den letzten drei Tagen erlebt hatte –, trat er in die Pedale und bog in die Seitenstraße unmittelbar gegenüber dem Bahnhof ein. Von nun an zählte für ihn nur noch das Rennen, das am nächsten Tag beginnen sollte.

Gloria konnte sich noch gar nicht damit anfreunden, dass die gemeinsame Fahrt zu Ende war. Verstohlen blickte sie auf die Bahnhofsuhr. In vierzig Minuten würde sie *huuhteluaine* begegnen. Das Café befand sich ganz in der Nähe. Zehn Minuten zu Fuß, schätzte sie, länger würde der Fußmarsch vermutlich nicht dauern. Sie war überhaupt nicht in Stimmung, ihren Chatpartner zu treffen. Sie wäre viel lieber bei Mika geblieben. So zu denken war natürlich kindisch. Schweren Herzens nahm sie ihre Reisetasche und den Rucksack aus dem Kofferraum.

„Und du willst wirklich heute noch mit dem Zug nach Kuusamo?", erkundigte sich Mika.

Gloria lächelte etwas unglücklich. Sie schluckte. Dass sie Mika belügen musste, tat ihr in der Seele weh. Sie kam sich auf einmal richtig dumm vor. Und gemein. Als hätte sie vor, ihren Freund mit einem anderen Mann zu betrügen. Was, wenn sie ihm die Wahrheit sagte? Wenn sie ihm gestand, dass sie sich in wenigen Minuten mit ihrem Chatpartner treffen würde? Dass sie aber gar nicht mehr dorthin möchte, sondern gern bei ihm bleiben würde. Damit Mika ihr den Vogel zeigte, und sie dann wie eine Idiotin stehenließ?

„Du weißt schon, dass kein Zug nach Kuusamo fährt", unterbrach Mika ihre wirren Gedanken.

„Bitte?" Gloria schaute ihn entgeistert an.

„Es gibt keine Zugverbindung nach Kuusamo", wiederholte Mika.

„Seit wann?"

„Meines Wissens schon immer."

Gloria fühlte sich mit einem Mal wie eine alte, fette, dämliche Planschkuh auf einem Parkett voller Schmierseife und die nicht die geringste Ahnung hatte, wie sie jemals wieder auf die Beine kommen sollte. Verdammt, vielleicht hilft mir mal jemand, hätte sie am liebsten geschrien. In diesem Augenblick zwitscherte es in ihrem Rucksack. Ihr schossen drei Gedanken gleichzeitig durch den Kopf: Hattest du das blöde Smartphone nicht ausgeschaltet? Nicht schon wieder mein Bruder. Geh ich ran oder nicht? Blitzschnell erkannte sie, dass der Anruf möglicherweise ihre Rettung war, selbst wenn es ihr Bruder sein sollte und sich ihr gegenüber wie der letzte Mensch benahm. Immer noch besser, als hier herumzueiern und nicht zu wissen, wie es weitergehen sollte, ohne sich erneut bis auf die Knochen zu blamieren.

Als sie sah, dass der Anrufer nicht ihr Bruder, sondern ihre Mutter war, erstarrte sie. Ausgerechnet ihre Mutter. Das hatte ihr noch gefehlt. Gott, was sollte sie bloß machen? Reflexartig nahm sie das Gespräch entgegen. Es war die einzige Möglichkeit, sich der peinlichen Situation mit Mika zu entziehen.

„Ja?", meldete sie sich kurz und knapp und ging ein paar Schritte beiseite. Mika sollte nicht mithören, wie unfreundlich sie werden konnte, wenn sie mit ihrer Mutter sprach.

„Ich bin´s" Glorias Mutter machte eine Pause.

„Was willst du?"

„Wie geht es dir?"

Die Frage überraschte Gloria. Ihre Mutter hatte sie noch nie gefragt, wie es ihr ging. War das eine neue Taktik von ihr? „Hör zu, mein Entschluss steht fest. Ich werde nicht zu deinem Geburtstag kommen."

„Ich weiß", antwortete ihre Mutter erstaunlich ruhig. „Dagmar und Robert haben mich bereits informiert, wie du dir sicherlich denken kannst. Ich respektiere deine Entscheidung."

Gloria konnte nicht glauben, was sie da gehört hatte. „Das ist mir völlig neu", entgegnete sie feindselig.

„Was denn?"

„Dass du etwas respektierst."

„Gloria, ich weiß, dass du dich in Finnland aufhältst. Wenn ich die Absicht hätte, mich mit dir zu streiten, würde ich warten, bis du wieder zu Hause bist."

„Was willst du dann von mir?", fragte Gloria argwöhnisch. Sie hatte mehr als einmal die Erfahrung gemacht, dass man dieser Frau nicht trauen durfte. Tat man es trotzdem, wurde man jedes Mal von Neuem enttäuscht.

„Ich möchte dir einen Vorschlag machen." Wieder legte ihre Mutter eine Pause ein.

Gloria schwieg. Ein Vorschlag von ihrer Mutter. Wieso sollte sie das plötzlich interessieren?

„Möchtest du den Vorschlag hören?"

„Mama, lass diese Spielchen. Entweder du sagst es mir oder du sagst es mir nicht. Mir ist es egal." Gloria hätte schwören können, dass gleich jene zerstörerische Heftigkeit zum Einsatz kam, wie das bei allen ihren Gesprächen der Fall gewesen war und die in der Regel damit endete, dass sie sich gegenseitig heftige Vorwürfe machten.

„Entschuldige, du hast recht", entgegnete ihre Mutter mit einer Sanftheit, die so gar nicht zu ihr zu passen schien.

„Ich würde mich gern mit dir zusammensetzen und über alles reden, was zwischen uns gewesen ist. Den Zeitpunkt bestimmst du. Das Angebot gilt auch dann, wenn du nicht zu meinem Geburtstag kommen solltest. Natürlich würde ich mich freuen, wenn du kämst, aber wenn du dich nicht überwinden kannst, dann ist das so. Ich weiß, dass ich viele Fehler gemacht habe. Der größte Fehler war, nicht zu sehen, was wirklich hinter deinen Vorwürfen steckt. Ich dachte immer, du würdest mich hassen, aber möglicherweise gibt es auch eine andere Erklärung – dass es dir gar nicht darum geht, dich mit mir zu streiten, sondern dass du, ja, wie soll ich sagen, dass du um mich kämpfst, dass du um uns beide kämpfst, damit wir nach so vielen verlorenen Jahren endlich zueinanderfinden."

34

Gloria fühlte sich von der geradezu entwaffnenden Friedfertigkeit ihrer Mutter wie vor den Kopf gestoßen. Seit sie denken konnte, hatte sie noch nie derartig selbstkritische Worte aus deren Mund vernommen. Bestürzt horchte sie in sich hinein, um herauszufinden, was sie von dem Ganzen halten sollte. Da sie nicht an den plötzlichen Wandel ihrer Mutter glaubte, hatte sie keinen Grund, auch nur einen Bruchteil ihres Misstrauens aufzugeben. Im Gegenteil. Eigentlich hätte sie noch misstrauischer werden müssen.

„Gloria? Bist du noch dran?"

„Du hast doch Tabletten genommen", antwortete Gloria.

„Nein, aber ich mache seit zwei Monaten eine Therapie", entgegnete ihre Mutter.

„Wieso hast du mir kein Wort davon gesagt?"

„Weil es zunächst nur mich etwas anging."

Ein Argument, dem Gloria sich nicht ganz verschließen konnte. „Und warum?" Gloria war gespannt, was ihre Mutter antworten würde.

„Warum ich eine Therapie mache? Nun, in erster Linie wegen mir. Was hältst du also von meinem Vorschlag? Könntest du dir ein solches Gespräch zwischen uns vorstellen?"

Gloria war viel zu verwirrt, um einen klaren Gedanken fassen zu können. Was, wenn das alles bloß ein Schwindel war? „Was soll das denn bringen? Wir haben doch schon so viele Gespräche geführt."

„Bis jetzt haben wir uns immer nur gestritten", antwortete ihre Mutter unbeirrt. „Ich dachte mehr an eine Aussprache. Ich kann verstehen, dass du misstrauisch bist. Ich habe auch nicht erwartet, dass du sofort zusagst. Lass dir Zeit. Ich würde mich jedenfalls darüber freuen, wenn du den Vorschlag annehmen würdest und uns noch eine Chance gibst. Ja?"

Gloria suchte verzweifelt nach einer Antwort. Sie sollte auf keinen Fall so ausfallen, als wäre sie bereit, die Vergangenheit und die Kämpfe, die sie mit ihrer Mutter ausgetragen hatte, zu vergessen. Gänzlich die Tür zuschlagen wollte sie aber auch nicht. Es sprach nichts dagegen, sie einen Spalt offen zu lassen. Nur wie teilte Gloria ihrer Mutter das mit, ohne ihr das Gefühl zu geben, sie hätte schon gewonnen?

„Bis dann", sagte ihre Mutter, während Gloria noch am Sondieren war, wie sie antworten könnte, ohne falsche Hoffnungen zu wecken.

Irritiert registrierte Gloria, dass das Telefonat vorüber war. Sie starrte auf das Smartphone, als hätte sich das Gerät in ein seltsames Wesen verwandelt. Vor dem Anruf hatte das Bild, das sie von ihrer Mutter hatte, einen festen Rahmen gehabt. Der Rahmen war zwar nie schön gewesen, er hatte viele Risse und überall war die Farbe abgeblättert, dass das Holz zu sehen war, aber das Bild hatte hineingepasst. Gloria dachte nach. Konnte es sein, dass sich die Proportionen verändert hatten? War der Rahmen auf einmal zu klein oder das Bild zu groß? Noch aber war sie nicht bereit, an eine Veränderung zu glauben. Gloria steckte das Smartphone weg und wandte sich wieder Dingen zu, die, wie ihr sofort bewusst wurde, um keinen Deut weniger kompliziert waren.

„In zwei Stunden fährt ein Bus nach Kuusamo", sagte Mika mit einem Blick auf das Display seines Smartphones. Er hatte sich im Internet den Fahrplan angeschaut.

Gloria hatte Mühe, den Sinn seiner Worte zu begreifen. Sie

war noch viel zu durcheinander. „Was für ein Bus?"

„Wenn du nach Kuusamo willst, musst du mit dem Bus fahren", antwortete Mika. „Der Busbahnhof ist ganz in der Nähe. Wir müssen nur unter den Gleisen durch, dann sind wir schon da."

Gloria blickte ihn mit ausdruckslosen Augen an. „Kuusamo hat sich erledigt", sagte sie auf einmal.

Mika war nicht entgangen, dass Gloria sich seit dem Telefonat verändert hatte. Als wäre sie mit ihren Gedanken in einer anderen Welt. „Ist etwas passiert?", erkundigte er sich ganz gegen seine Gewohnheit.

„Kann man wohl sagen", lachte Gloria höhnisch auf. „Muss aber nichts bedeuten", wurde sie gleich wieder ernst.

Mika konnte mit der Antwort nichts anfangen. Nachhaken wollte er aber auch nicht. Er hätte das Gefühl gehabt, in ihre Privatsphäre einzudringen und er glaubte nicht, dass er das Recht dazu hatte. Eins hätte er jedoch gern gewusst. „Wo willst du dann hin?"

„Ich weiß nicht", antwortete Gloria resigniert. Sie musste an *huuhteluaine* denken. Sie hatte nicht mehr das geringste Interesse an einer Begegnung mit ihm. Dazu war alles viel zu schwierig geworden. Eigentlich wollte sie nur noch ihre Ruhe haben.

Mika überlegte, ob er sie so stehenlassen könnte. Er hatte sie nach Oulu gebracht, damit war die Angelegenheit erledigt. Er war also zu nichts mehr verpflichtet. Sie würde schon allein klarkommen. Trotzdem. Die Vorstellung, dass sich ihre Wege trennen sollten, behagte ihm immer weniger. Noch war er nicht wirklich sicher, ob dieses Unbehagen wirklich mit ihr zu tun hatte, daher hätte er nichts dagegen gehabt, ein paar Nachforschungen anzustellen. Er musste nur herausfinden, was mit ihm passierte, wenn es ihm gelang, den Abschied eine Weile hinauszuzögern. Ging es ihm dann besser oder was geschah mit ihm? Reichte die Zeit überhaupt aus, daraus die richtigen Schlüsse zu ziehen? Egal. Er würde es sich nicht verzeihen, wenn er es nicht wenigstens versucht hätte.

„In der Nähe gibt es ein Café", sagte er und damit Gloria erst gar nicht auf die Idee kam, ihm zu widersprechen, nahm er ihr Gepäck und verfrachtete es zurück in den Kofferraum.

Gloria fühlte sich etwas überrumpelt, hatte aber grundsätzlich nichts gegen einen Kaffee einzuwenden. Er würde ihr sicherlich guttun. Vielleicht gelang es ihr dann, ihre Gedanken zu sortieren. Sie willigte ein und weil sie es nicht weit hatten, gingen sie zu Fuß. Das Café befand sich in jener Straße, in die schon Sören mit dem Rennrad eingebogen war. Hätte sie der Anruf ihrer Mutter nicht so durcheinandergebracht, hätte sie den Kopf für andere Dinge freigehabt und sich mehr auf das Café konzentriert, zu dem sie unterwegs waren. Vermutlich hätte sie Mika nie und nimmer dorthin begleitet. So aber musste sie unentwegt an die Worte ihrer Mutter denken. Sie hatte Sachen gesagt, die Gloria nur schwer mit ihr in Verbindung bringen konnte. Allein dass sie den Begriff Therapie in den Mund genommen hatte, grenzte schon an ein Wunder. Oder zuzugeben, dass sie Fehler gemacht hatte. Dass sie eine Aussprache wünschte. Dass sie die Streitereien plötzlich in einem völlig anderen Licht sah – als Zeichen, dass Gloria um sie kämpfte. War das so? Kämpfte sie um ihre Mutter? Wollte sie wirklich, dass sie endlich zueinanderfanden? Je länger Gloria darüber nachdachte, umso verärgerter wurde sie. Alles Quatsch. Warum sollte sie um ihre Mutter kämpfen, wenn sie doch genau wusste, dass ihre Mutter sie gar nicht liebte? Dass sie gar nicht dazu fähig war. *Manchmal wünschte ich, du hättest dich damals umgebracht.* Waren das nicht die Worte ihrer Mutter? Verlorene Jahre. O ja, das waren sie. Und wie verloren sie waren. Okay, wenn sie mit ihr reden wollte, warum nicht? Es würde bestimmt interessant werden, wie sie versuchen würde, sich herauszureden. Zu ihrem Geburtstag würde sie trotzdem nicht erscheinen. Wenn ihre Mutter es mit der Aussprache ernst gemeint hatte, würde sie an ihrem Angebot festhalten. Das war Glorias Bedingung. Entweder ihre Mutter kam damit klar oder nicht.

„Wir sind da."

Gloria wäre stumpf weitergegangen, hätte Mika sie nicht aus ihren Gedanken gerissen. Sie war ganz dankbar dafür, wieder in der Wirklichkeit zu sein (obwohl das andere nicht weniger eine Wirklichkeit war). Sich noch länger mit ihrer Mutter zu befassen, war nicht unbedingt das, was sie jetzt brauchte. Was sie brauchte, war ein vernünftiger Kaffee.

Da man auch draußen sitzen konnte, ließen sich Mika und Gloria an einem der runden Tische nieder, die man auf dem Bürgersteig aufgestellt hatte. Es dauerte nicht lange, als ein junger Mann erschien, um die Bestellung aufzunehmen. Mika fragte Gloria, was für einen Kaffee sie haben möchte und zählte auf, welche Produkte es laut Karte zu trinken gab. Gloria hatte keinen besonderen Wunsch. Ein simpler Kaffee reichte ihr völlig, nur stark musste er sein. Der junge Mann nahm die Bestellung auf und verschwand im Innern des Cafés. Zerstreut, wie sie war, nahm sie die Karte in die Hand. Das Einzige, das sie entziffern konnte und das ihr sofort ins Auge sprang, war das Logo des Cafés. Das reichte, um die Kontrolle über einige

286

der lebenswichtigsten Funktionen ihres Organismus zu verlieren, angefangen bei der Atmung und sämtlichen Vorgängen, die zwangsläufig damit verbunden waren und endend bei ihrer Herztätigkeit, bei der von geordneten Verhältnissen nichts mehr zu spüren war. Es war dasselbe Café, das *huuhteluaine* ausgesucht hatte, um sich mit ihr zu treffen. Ihr erster Reflex war, sofort die Flucht zu ergreifen. Ohne Gepäck machte das jedoch keinen Sinn. Die zweite Möglichkeit bestand darin, sich für eine Stunde in der Toilette einzuschließen, notfalls konnte sie noch eine Stunde dranhängen, selbst wenn sie von Millionen von Bakterien umgeben sein würde. Gott, was hatte sie sich da nur eingebrockt? So dämlich konnte ein Mensch doch gar nicht sein. Mit einer Ausnahme und diese Ausnahme war sie. Gloria blickte verstohlen auf Mikas Armbanduhr. Noch zehn Minuten. Gott. Noch am Abend zuvor hätten sie beinahe miteinander geschlafen und in wenigen Minuten sollte sie einem anderen Mann begegnen. Wie sollte sie Mika das erklären? Er würde denken, sie hätte bloß mit ihm gespielt, und zu Recht verärgert sein und sie verachten. Gloria schluckte. Sie saß so, dass sie die anderen Tische gut überschauen konnte. An zwei Tischen saß jeweils eine Frau, ein Tisch war frei und an dem letzten hockte ein junges Pärchen, beide mit ihrem Smartphone beschäftigt. Im Innern des Cafés war lediglich ein Tisch besetzt, von einem Ehepaar mit Kind, alle drei aßen schweigend Kuchen.

Der junge Mann brachte den Kaffee auf einem Tablett. Gloria schenkte ihm ein flüchtiges Lächeln, mehr konnte man von ihr in dieser Situation nicht verlangen.

Mika drehte die Tasse, damit er besser an den Henkel kam. Es lief besser, als er dachte. Er hatte befürchtet, sein Interesse an Gloria könnte sich verflüchtigen, je weiter sie sich vom Bahnhof entfernten. Doch er musste feststellen, dass er sich in ihrer Gegenwart umso wohler fühlte, je länger er mit ihr allein war. Das war schon eine kleine Überraschung, aber auch eine Bestätigung dafür, dass es richtig war, noch etwas Zeit mit ihr zu verbringen. Er konnte sich nun gut vorstellen, wie es wäre, wenn sich eins zum anderen fügte und wie es sein würde, wenn man am Ziel angelangt war.

Gloria nippte an ihrem Kaffee. Das schwarze Getränk war zwar ganz nach ihrem Geschmack, genießen konnte sie den Kaffee aber nicht. Noch zwei Minuten. Gott, wie sollte sie das nur aushalten? Zum Glück hatte *huuhteluaine* keine Beschreibung von ihr. Und wenn man sie so mit Mika sitzen sah, hätte man meinen können, sie wären ein Paar. Eine bessere Tarnung hätte sie sich gar nicht wünschen können. Dennoch hämmerte ihr Herz wie wahnsinnig, sodass ihr Brustkorb zu beben schien. Noch eine Minute. Gloria schwitzte unter den Achseln wie nach einer halben Stunde Jogging und in ihrem Kopf waren die tapfersten Gedanken darum bemüht, sich im dichten Nebel jäh entstandener Verwirrung zurechtzufinden und sich zu einem sinnvollen Ganzen zu formieren. Immerhin kam bei diesem schwierigen Bestreben eine vernünftige Frage heraus. „Bleibst du noch in Oulu oder fährst du noch heute wieder nach Helsinki zurück?"

„Ich übernachte im Hotel", antwortete Mika.

Gloria nahm noch einen Schluck von ihrem Kaffee. Hilflos und nervös zugleich starrte sie auf ihre Tasse und wünschte sich nichts sehnlichster als ein bisschen mehr Klarheit.

„Um noch Pläne zu schmieden, ist es wohl für heute zu spät", meinte Mika. „Vielleicht solltest du eine Nacht darüber

288

schlafen.“

Gloria lächelte gequält. „Ja, aber wo?“ Sie schaute ihn verzweifelt an.

„Ich habe ein Doppelzimmer gebucht“, antwortete Mika.

Gloria versuchte erst gar nicht, das Für und Wider des Angebots abzuwägen. Sie wollte nur noch weg. „Würdest du es überhaupt mit mir in einem Zimmer aushalten?“

„Käme auf einen Versuch an“, entgegnete Mika. Es war das erste Mal, dass so etwas wie ein Lächeln über seine Lippen kam.

„Okay, worauf warten wir dann noch?“, drängte Gloria.

Jetzt wollte auch Mika keine Zeit mehr verlieren. Er winkte den jungen Kellner herbei und zahlte. Gloria wollte ihre Rechnung selbst begleichen, doch Mika ließ das nicht zu. Sie war sein Gast und das konnte von ihm aus noch eine Weile so bleiben.

Als sie den Tisch verließen, hielt auf der gegenüberliegenden Seite ein grüner Passat. Der Wagen war schon lange nicht mehr gewaschen worden und hatte zahlreiche Rostflecke. Gloria registrierte den Wagen sehr wohl, traute sich aber nicht hinzuschauen aus Furcht, es könnte ihr Chatpartner sein. Daher sah sie auch nicht, dass die etwas schlaksige und ungepflegt wirkende männliche Person, die aus dem Auto stieg, es eilig hatte und das Café betrat. Gloria sagte sich, dass sie besser damit klarkommen würde, wenn sie kein konkretes Bild von *huuhteluaine* hatte (falls er es denn gewesen sein sollte). Sie dachte, es würde ihr dann leichter fallen, sich bei ihm zu entschuldigen, weil sie nicht erschienen war. Eine glaubhafte Begründung würde ihr noch einfallen. Spätestens, wenn sie wieder zu Hause war. Ein schlechtes Gewissen hatte sie trotzdem.

Zeitfracht Medien GmbH
Ferdinand-Jühlke-Straße 7
99095 Erfurt, Deutschland
produktsicherheit@kolibri360.de